CONTES DE NOËL

DANS LA MÊME COLLECTION

DÉJÀ PARUS

Le Colonel Chabert, par Honoré de Balzac
Lettres de mon moulin ; Le Petit Chose, par Alphonse Daudet
Robinson Crusoé, par Daniel Defoe
La Reine Margot, par Alexandre Dumas
Les Trois Mousquetaires, par Alexandre Dumas
L'Île au Trésor, par Robert Louis Stevenson
Germinal, par Émile Zola

Anatole FRANCE, Pierre-Alexis PONSON DU TERRAIL,
ERCKMANN-CHATRIAN, Alphonse DAUDET,
Guy de MAUPASSANT, Jules VERNE, Anatole LE BRAZ,
Nikolaï GOGOL, Hans-Christian ANDERSEN, Charles DICKENS

CONTES DE NOËL

Choisis et présentés par Francis Lacassin

Les grands classiques

ÉDITIONS DU ROCHER
Jean-Paul Bertrand
Éditeur

ISBN 2-268-018350

Préface

QUELQUES NOËLS DE L'ÈRE PRÉ-ATOMIQUE

En un temps où la télévision n'avait pas réduit les Français en esclavage, ils avaient le temps de lire ; le « conte de Noël » était alors un genre littéraire, très prisé et incontournable. Tous les journaux, revues et magazines en publiaient inlassablement chaque année. Rien qu'à Paris, il y avait, avant 1939, trente et un quotidiens sans oublier leur supplément magazine ou illustré.

Aucun écrivain, à un moment ou à un autre de sa carrière, ne pouvait éviter de sacrifier à cette tradition. Ni les débutants auxquels l'abondance et l'éternité des débouchés offraient une assurance alimentaire. Ni les vétérans ravis de voir leur notoriété ainsi confirmée sur papier glacé illustré en quadrichromie.

Le conte de Noël était pourtant un exercice difficile à la thématique imposée et étroite. Il fallait plus que du talent, de l'habileté, pour traiter avec originalité un événement, la Nativité, enfermé dans l'espace temporel étroit du 25 décembre. La plupart des tâcherons du conte de Noël renonçaient à lutter contre un tel « cahier des charges » et se bornaient à renouveler la rhétorique exprimant une piété sucrée plus ou moins sincère.

Les écrivains les plus doués s'en tiraient en prenant le thème de Noël comme prétexte pour exposer leur érudition ou leurs préoccupations. L'exercice était encore plus difficile pour ceux d'entre eux qui avaient de plus la malchance d'être matérialistes et athées. Aux difficultés inhérentes à l'exercice de style s'ajoutait le devoir de ne pas bafouer leurs convictions. Anatole France et Guy de Maupassant se livrent l'un et l'autre à une habile pirouette. Le premier, en évoquant les amours de la reine de Saba ; le second, en décrivant un miracle psycho-somatique.

D'autres écrivains ont au contraire réussi à élargir à l'infini le thème de Noël en utilisant la voie qu'indiquait George Sand, dès 1851, dans *Les Visions de la nuit dans les campagnes.*

« La nuit de Noël est, en tous pays, la plus solennelle crise du monde fantastique. Toujours par suite de ce besoin qu'éprouvent les hommes primitifs de compléter le miracle religieux par le merveilleux de leur vive imagination dans tous les pays chrétiens, comme dans toutes les provinces de France, le coup de minuit de la messe de Noël ouvre les prodiges du sabbat, en même temps qu'il annonce la commémoration de l'ère divine. Le ciel pleut de bienfaits à cette heure sacrée ; aussi l'enfer vaincu, voulant disputer encore au Sauveur la conquête de l'humanité, vient-il s'offrir à elle pour lui donner les biens de la terre sans même exiger en échange le sacrifice du salut éternel : c'est une flatterie, une avance gratuite que Satan fait à l'homme. Le paysan pense qu'il peut en profiter. Il est assez malin pour ne pas se laisser prendre au piège ; il se croit bien aussi rusé que le diable, et il ne se trompe guère. »

Alphonse Daudet *(Les Trois Messes basses)*, Anatole Le Braz *(Le Forgeron de Plouzelambre)* – et surtout Nicolas Gogol avec sa célèbre *Nuit de Noël* – illustrent avec des sensibilités diverses cette crise du monde fantastique que représente la fête de Noël.

Aujourd'hui que cette célébration n'est plus que prétexte à ripaille, il est agréable de la revivre à travers le grand talent d'écrivains qui transformaient en petits chef-d'œuvres un exercice de style rituel et difficile.

Francis LACASSIN

BALTHASAR

par

Anatole France (1844-1924)

L'historien de Jeanne d'Arc, *l'auteur du* Livre de mon ami, Les dieux ont soif, le Lys rouge, la Rôtisserie de la reine Pédauque, *n'a pu échapper, en raison de sa notoriété, à la tradition du conte de Noël. Il s'est tiré d'affaire en reliant la Nativité, fondatrice du Nouveau Testament, à l'une des plus charmantes légendes de l'Ancien Testament.*

Au vicomte Eugène Melchior de Vogüé

I

Magos reges fere habuit Oriens
Tertullien

En ce temps-là, Balthasar, que les Grecs ont nommé Saracin, régnait en Éthiopie. Il était noir, mais beau de visage. Il avait l'esprit simple et le cœur généreux. La troisième année de son règne, qui était la vingt-deuxième de son âge, il alla rendre visite à Balkis, reine de Saba. Le mage Sembobitis et l'eunuque Menkéra l'accompagnaient. Il était suivi de soixante-quinze chameaux, portant du cinnamome, de la myrrhe, de la poudre d'or et des dents d'éléphant. Pendant qu'ils cheminaient, Sembobitis lui enseignait tant l'influence des planètes que les vertus des pierres, et Menkéra lui chantait des chansons liturgiques ; mais il ne les écoutait pas et il s'amusait à voir les petits chacals assis sur leur derrière, les oreilles droites, à l'horizon des sables.

Enfin, après douze jours de marche, Balthasar et ses compagnons sentirent une odeur de roses, et bientôt ils virent les jardins qui entourent la ville de Saba.

Là, ils rencontrèrent des jeunes filles qui dansaient sous des grenadiers en fleurs.

– La danse est une prière, dit le mage Sembobitis.

– On vendrait ces femmes un très grand prix, dit l'eunuque Menkéra.

Étant entrés dans la ville, ils furent émerveillés de la grandeur des magasins, des hangars et des chantiers qui s'étendaient devant eux, ainsi que de la quantité de marchandises qui y étaient entassées. Ils marchèrent longtemps dans des rues pleines de chariots, de portefaix, d'ânes et d'âniers, et découvrirent tout à coup les murailles de marbre, les tentes de pourpre, les coupoles d'or du palais de Balkis.

La reine de Saba les reçut dans une cour rafraîchie par des jets d'eau parfumée qui retombaient en perles avec un murmure clair. Debout dans une robe de pierreries, elle souriait.

Balthasar, en la voyant, fut saisi d'un grand trouble. Elle lui sembla plus douce que le rêve et plus belle que le désir.

– Seigneur, lui dit tout bas Sembobitis, songez à conclure avec la reine un bon traité de commerce.

– Prenez garde, seigneur, ajouta Menkéra. On dit qu'elle emploie la magie pour se faire aimer des hommes.

Puis, s'étant prosternés, le mage et l'eunuque se retirèrent.

Balthasar, resté seul avec Balkis, essaya de parler, il ouvrit la bouche, mais il ne put prononcer une seule parole. Il se dit : « La reine sera irritée de mon silence ».

Pourtant la reine souriait encore et n'avait pas l'air fâché.

Elle parla la première et dit d'une voix plus suave que la plus suave musique :

– Soyez le bienvenu et seyez-vous près de moi.

Et, d'un doigt qui semblait un rayon de lumière blanche, elle lui montra des coussins de pourpre étendus à terre.

Balthasar s'assit, poussa un grand soupir et, saisissant un coussin dans chaque main, s'écria très vite :

– Madame, je voudrais que ces deux coussins fussent deux géants, vos ennemis. Car je leur tordrais le cou.

Et, en parlant ainsi, il serra si fort les coussins dans ses poings que l'étoffe se creva et qu'il en sortit une nuée de duvet blanc. Une des petites plumes voltigea un moment dans l'air ; puis elle vint se poser sur le sein de la reine.

– Seigneur Balthasar, dit Balkis en rougissant, pourquoi donc voulez-vous tuer des géants ?

– Parce que je vous aime, répondit Balthasar.

– Dites-moi, demanda Balkis, si dans votre capitale l'eau des puits est bonne ?

– Oui, répondit Balthasar surpris.

– Je suis curieuse aussi de savoir, reprit Balkis, comment on fait les confitures sèches en Éthiopie.

Le roi ne savait que répondre. Elle le pressa :

– Dites, dites, pour me faire plaisir.

Alors, il fit un grand effort de mémoire et décrivit les pratiques des cuisiniers éthiopiens, qui font confire des coings dans du miel. Mais elle ne l'écoutait pas. Tout à coup elle l'interrompit :

– Seigneur, on dit que vous aimez la reine Candace, votre voisine. Ne me trompez pas : est-elle plus belle que moi ?

– Plus belle, madame ? s'écria Balthasar en tombant aux pieds de Balkis. Est-il possible ?

La reine poursuivit :

– Ainsi ! ses yeux ? sa bouche ? son teint ? sa gorge ?

Balthasar étendit les bras vers elle et s'écria .

– Laissez-moi prendre la petite plume qui s'est posée sur votre cou et je vous donnerai la moitié de mon royaume avec le sage Sembobitis et l'eunuque Menkéra.

Mais elle se leva et s'enfuit en riant d'un rire clair.

Quand le mage et l'eunuque revinrent, ils trouvèrent leur maître dans une attitude pensive, qui ne lui était pas habituelle.

– Seigneur, n'auriez-vous conclu un bon traité de commerce ? demanda Sembobitis.

Ce jour-là, Balthasar soupa avec la reine de Saba et but du vin de palmier.

– Il est donc vrai ? lui dit Balkis, tandis qu'ils soupaient : la reine Candace n'est pas aussi belle que moi ?

– La reine Candace est noire, répondit Balthasar.

Balkis regarda vivement Balthasar et dit :

– On peut être noir sans être laid.

– Balkis ! s'écria le roi…

Il n'en dit pas davantage. L'ayant saisie dans ses bras, il tenait renversé sous ses lèvres le front de la reine. Mais il vit qu'elle pleurait. Alors il lui parla tout bas d'une voix caressante, en chantant un peu, comme font les nourrices. Il l'appela sa petite fleur et sa petite étoile.

– Pourquoi pleurez-vous ? lui dit-il. Et que faut-il faire pour que vous ne pleuriez plus ? Si vous avez quelque désir, faites-le-moi connaître et je le contenterai.

Elle ne pleurait plus et elle restait songeuse. Il la pressa longtemps de lui confier son désir.

Enfin elle lui dit :

– Je voudrais avoir peur.

Comme Balthasar semblait ne pas comprendre, elle lui expliqua que depuis longtemps elle avait envie de courir quelque danger inconnu, mais qu'elle ne pouvait pas, parce que les hommes et les dieux sabéens veillaient sur elle.

– Pourtant, ajouta-t-elle en soupirant, je voudrais sentir pendant la nuit le froid délicieux de l'épouvante pénétrer dans ma chair. Je voudrais sentir mes cheveux se dresser sur ma tête. Oh ! ce serait si bon d'avoir peur !

Elle noua ses bras au cou du roi noir et dit de la voix d'un enfant qui supplie :

– Voici la nuit venue. Allons tous deux par la ville sous un déguisement. Voulez-vous ?

Il voulut. Aussitôt elle courut à la fenêtre et regarda, à travers le treillis, sur la place publique.

– Un mendiant, dit-elle, est couché contre le mur du palais. Donnez-lui vos vêtements et demandez-lui en échange son turban en poil de chameau et l'étoffe grossière dont il se ceint les reins. Faites vite, je vais m'apprêter.

Et elle courut hors de la salle du banquet en frappant ses mains l'une contre l'autre pour marquer sa joie.

Balthasar quitta sa tunique de lin, brodée d'or, et ceignit le jupon du mendiant. Il avait l'air ainsi d'un véritable esclave. La reine reparut bientôt, vêtue de la robe bleue sans couture des femmes qui travaillent aux champs.

– Allons ! dit-elle.

Et elle entraîna Balthasar par d'étroits corridors, jusqu'à une petite porte qui s'ouvrait sur les champs.

II

La nuit était noire. Balkis était toute petite dans la nuit.

Elle conduisit Balthasar dans un des cabarets où les crocheteurs et les portefaix de la ville s'assemblent avec des prostituées. Là, s'étant assis tous deux à une table, ils voyaient, à la lueur d'une lampe infecte, dans l'air épais, les brutes puantes qui se frappaient à coups de poing et à coups de couteau pour une femme ou pour une tasse de boisson fermentée, tandis que d'autres ronflaient, les poings fermés, sous les tables. Le cabaretier, couché sur des sacs, observait prudemment, du coin de l'œil, les rixes des buveurs.

Balkis, ayant vu des poissons salés qui pendaient aux solives du toit, dit à son compagnon :

– Je voudrais bien manger un de ces poissons, avec de l'oignon pilé.

Balthasar la fit servir. Quand elle eut mangé, il s'aperçut qu'il n'avait point emporté d'argent. Il en prit peu de souci et pensa sortir avec elle sans payer son écot. Mais le cabaretier leur barra le chemin, en les appelant vilain esclave et méchante ânesse. Balthasar l'abattit à terre d'un coup de poing. Plusieurs buveurs, le couteau levé, se jetèrent alors sur les deux inconnus. Mais le noir, s'étant armé d'un énorme pilon qui servait à piler les oignons d'Égypte, assomma deux de ses agresseurs et força les autres à reculer. Cependant il sentait la chaleur du corps de Balkis blottie contre lui ; c'est pourquoi il était invincible. Les amis du cabaretier, n'osant plus approcher, firent voler sur lui, du fond de la boutique, les jarres d'huiles, les tasses d'étain, les lampes allumées et même l'énorme marmite de bronze où cuisait un mouton tout entier. Cette marmite tomba avec un bruit horrible sur la tête de Balthasar, qui en eut le crâne fendu. Il resta un moment étonné, puis, rassemblant ses forces, il renvoya la marmite avec tant de vigueur que le poids en fut décuplé. Au choc de l'airain se mêlèrent des hurlements inouïs et des râles de mort. Profitant de l'épouvante des survivants et craignant que Balkis ne reçût quelque blessure, il la prit dans ses bras et s'enfuit avec elle par des ruelles sombres et désertes. Le silence de la nuit enveloppait la terre, et les fugitifs entendaient décroître derrière eux les clameurs des buveurs et des femmes, qui les poursuivaient au hasard, dans l'ombre. Bientôt ils n'entendirent plus que le bruit léger des gouttes de sang qui tombaient une à une du front de Balthasar sur la gorge de Balkis.

– Je t'aime, murmura la reine.

Et la lune, sortant d'un nuage, fit voir au roi une lueur humide et blanche dans les yeux demi-clos de Balkis. Ils descendaient le lit desséché d'un torrent. Tout à coup, le pied de Balthasar glissa dans la mousse. Ils tombèrent tous deux embrassés. Ils crurent s'abîmer sans fin dans un néant délicieux et le monde des vivants cessa d'exister pour eux. Ils goûtaient encore l'oubli charmant du temps, du nombre et de l'espace, quand les gazelles vinrent, à l'aube, boire dans le creux des pierres.

À ce moment, des brigands qui passaient virent les deux amants couchés dans la mousse.

– Ils sont pauvres, se dirent ces brigands, mais nous les vendrons un grand prix, à cause de leur jeunesse et de leur beauté.

Alors ils s'approchèrent d'eux, les chargèrent de liens et, les ayant attachés à la queue d'un âne, ils poursuivirent leur chemin.

Le noir, enchaîné, proférait contre les brigands des menaces de mort. Mais Balkis, frissonnant dans l'air frais du matin, semblait sourire à quelque chose d'invisible.

Ils marchèrent dans d'affreuses solitudes jusqu'à ce que la chaleur du jour se fît sentir. Le soleil était déjà haut quand les brigands délièrent leurs prisonniers et, les faisant asseoir près d'eux à l'ombre d'un rocher, leur jetèrent un peu de pain moisi, que Balthasar dédaigna de ramasser, mais dont Balkis mangea avidement.

Elle riait. Et le chef des brigands lui ayant demandé pourquoi elle riait :

– Je ris, lui répondit-elle, à la pensée que je vous ferai tous pendre.

– Vraiment ! s'écria le chef des brigands, voilà un propos étrange dans la bouche d'une laveuse d'écuelles comme toi, ma mie ! C'est sans doute avec l'aide de ton galant noir que tu nous feras tous pendre ?

En entendant ces paroles outrageantes, Balthasar entra dans une grande fureur ; il se jeta sur le brigand et lui pressa le cou si fort qu'il l'étrangla presque.

Mais celui-ci lui enfonça son couteau dans le ventre jusqu'au manche. Le pauvre roi, roulant à terre, tourna vers Balkis un regard mourant qui s'éteignit presque aussitôt.

III

À ce moment, il se fit un grand bruit d'hommes, de chevaux et d'armes, et Balkis reconnut le brave Abner qui venait à la tête de sa garde délivrer sa reine, dont il avait appris dès la veille la disparition mystérieuse.

Il se prosterna trois fois aux pieds de Balkis et fit avancer près d'elle une litière préparée pour la recevoir. Cependant, les gardes liaient les mains des brigands. La reine se tourna vers le chef et lui dit avec douceur :

– Vous ne me reprocherez pas, mon ami, de vous avoir fait une vaine promesse, quand je vous ai dit que vous seriez pendu.

Le mage Sembobitis et l'eunuque Menkéra, qui se tenaient aux côtés d'Abner, poussèrent de grands cris en voyant leur prince étendu à terre, immobile, un couteau planté dans le ventre. Ils le soulevèrent avec précaution. Sembobitis, qui excellait dans l'art de la médecine, vit qu'il respirait encore. Il fit un premier pansement, tandis que Menkéra essuyait l'écume qui souillait la bouche du roi. Ensuite ils le lièrent sur un cheval et le conduisirent doucement jusqu'au palais de la reine.

Balthasar resta pendant quinze jours en proie à un délire violent. Il parlait sans cesse de la marmite fumante et de la mousse du ravin, et il appelait Balkis à grands cris. Enfin, le seizième jour, ayant rouvert les yeux, il vit à son chevet Sembobitis et Menkéra, et il ne vit pas la reine.

– Où est-elle ? Que fait-elle ?

– Seigneur, répondit Menkéra, elle est enfermée avec le roi de Comagène.

– Ils conviennent, sans doute, d'échanger des marchandises, ajouta le sage Sembobitis. Mais ne vous troublez point ainsi, seigneur, car votre fièvre en redoublerait.

– Je veux la voir ! s'écria Balthasar.

Et il s'élança vers l'appartement de la reine, sans que ni le vieillard ni l'eunuque pussent le retenir. Arrivé près de la chambre à coucher, il vit le roi de Comagène qui en sortait, tout couvert d'or et brillant comme un soleil.

Balkis, étendue sur un lit de pourpre, souriait, les yeux clos.

– Ma Balkis, ma Balkis ! cria Balthasar.

Mais elle ne détournait pas la tête et elle semblait prolonger un songe.

Balthasar s'approcha et lui prit une main qu'elle retira brusquement.

– Que me voulez-vous ? lui dit-elle.

– Vous le demandez ! répondit le roi noir en fondant en larmes.

Elle tourna vers lui des yeux tranquilles et durs.

Il comprit qu'elle avait tout oublié et il lui rappela la nuit du torrent. Mais elle :

– Je ne sais, en vérité, ce que vous voulez dire, seigneur. Le vin de palmier ne vous vaut rien. Il faut que vous ayez rêvé.

– Quoi ! s'écria le malheureux prince en se tordant les bras, tes baisers et le couteau dont j'ai gardé la marque, ce sont des rêves !

Elle se leva ; les pierreries de sa robe firent le bruit de la grêle et lancèrent des éclairs.

– Seigneur, dit-elle, voici l'heure où s'assemble mon conseil. Je n'ai pas le loisir d'éclaircir les songes de votre cerveau malade. Prenez du repos. Adieu !

Balthasar, se sentant défaillir, fit effort pour ne point montrer sa faiblesse à cette méchante femme et il courut dans sa chambre où il tomba évanoui, sa blessure rouverte.

IV

Il resta trois semaines insensible et comme mort, puis, s'étant ranimé le vingt-deuxième jour, il saisit la main de Sembobitis, qui le veillait en compagnie de Menkéra, et il s'écria en pleurant :

– Oh ! mes amis, que vous êtes heureux tous deux, l'un d'être vieux et l'autre d'être semblable aux vieillards !... Mais non ! il n'est pas de bonheur au monde, et tout y est mauvais, puisque l'amour est un mal et que Balkis est méchante.

– La sagesse rend heureux, répondit Sembobitis.

– J'en veux essayer, dit Balthasar. Mais partons tout de suite pour l'Éthiopie.

Et, comme il avait perdu ce qu'il aimait, il résolut de se consacrer à la sagesse et de devenir un mage. Si cette résolution ne lui donnait point de plaisir, du moins lui rendait-elle un peu de calme. Chaque soir, assis sur la terrasse de son palais, en compagnie du mage Sembobitis et de l'eunuque Menkéra, il contemplait les palmiers immobiles à l'horizon, ou bien il regardait, à la clarté de la lune, les crocodiles flotter sur le Nil comme des troncs d'arbres.

– On ne se lasse point d'admirer la nature, disait Sembobitis.

– Sans doute, répondait Balthasar. Mais il y a dans la nature quelque chose de plus beau que les palmiers et que les crocodiles.

Il parlait ainsi parce qu'il lui souvenait de Balkis.

Et Sembobitis, qui était vieux, disait :

– Il y a le phénomène des crues du Nil qui est admirable et que j'ai expliqué. L'homme est fait pour comprendre.

– Il est fait pour aimer, répondait Balthasar en soupirant. Il y a des choses qui ne s'expliquent pas.

– Lesquelles ? demanda Sembobitis.

– La trahison d'une femme, répondit le roi.

Pourtant Balthasar, ayant résolu d'être un mage, fit construire une tour du haut de laquelle on découvrait plusieurs royaumes et tous les espaces du ciel. Cette tour était de brique et elle s'élevait au-dessus de toutes les autres tours. Elle ne fut pas construite en moins de deux ans, et Balthasar avait dépensé pour l'élever le trésor entier du roi son père. Chaque nuit il montait au faîte de cette tour et, là, il observait le ciel sous la direction du sage Sembobitis.

– Les figures du ciel sont les signes de nos destinées, lui disait Sembobitis.

Et il lui répondait :

– Il faut le reconnaître : ces signes sont obscurs. Mais, tandis que je les étudie, je ne pense pas à Balkis, et c'est un grand avantage.

Le mage lui enseignait, entre autres vérités utiles à connaître, que les étoiles sont fixées comme des clous dans la voûte du ciel et qu'il y a cinq planètes, savoir : Bel, Mérodach et Nébo, qui sont mâles ; Sin et Mylitta, qui sont femelles.

– L'argent, lui disait-il encore, correspond à Sin, qui est la lune, le fer à Mérodach, l'étain à Bel.

Et le bon Balthasar disait :

– Voilà des connaissances que je veux acquérir. Pendant que j'étudie l'astronomie, je ne pense ni à Balkis, ni à quoi que ce soit au monde. Les sciences sont bienfaisantes : elles empêchent les hommes de penser. Sembobitis, enseigne-moi les connaissances qui détruisent le sentiment chez les hommes, et je t'élèverai en honneurs parmi mon peuple.

C'est pourquoi Sembobitis enseigna la sagesse au roi.

Il lui apprit l'apotélesmatique, d'après les principes d'Astrampsychos, de Gobryas et de Pazatas. Balthasar, à mesure qu'il observait les douze maisons du soleil, songeait moins à Balkis.

Menkéra, qui s'en aperçut, en conçut une grande joie.

– Avouez, seigneur, dit-il un jour, que la reine Balkis cachait sous sa robe d'or des pieds fourchus comme en ont les chèvres.

– Qui t'a conté une pareille sottise ? demanda le roi.

– C'est la créance publique, seigneur, en Saba comme en Éthiopie, répondit l'eunuque. Chacun y dit couramment que la reine Balkis a la jambe velue et le pied fait de deux cornes noires.

Balthasar haussa les épaules. Il savait que les jambes et les pieds de Balkis étaient faits comme les pieds et les jambes des autres femmes et parfaitement beaux. Pourtant cette idée lui gâta le souvenir de celle qu'il avait tant aimée. Il fit comme un grief à Balkis de ce que sa beauté n'était pas sans offense dans l'imagination de ceux qui l'ignoraient. À la pensée qu'il avait possédé une femme, bien faite en réalité, mais qui passait pour monstrueuse, il éprouva un véritable malaise et il ne désira plus revoir Balkis. Balthasar avait l'âme simple ; mais l'amour est toujours un sentiment très compliqué.

À compter de ce jour, le roi fit de grands progrès en magie et en astrologie. Il était extrêmement attentif aux conjonctions des astres et il tirait les horoscopes aussi exactement que le sage Sembobitis lui-même.

– Sembobitis, disait-il, réponds-tu sur ta tête de la vérité de mes horoscopes ?

Et le sage Sembobitis répondait :

– Seigneur, la science est infaillible ; mais les savants se trompent toujours.

Balthasar avait un beau génie naturel. Il disait :

– Il n'y a de vrai que ce qui est divin et le divin nous est caché. Nous cherchons vainement la vérité. Pourtant voici que j'ai découvert une étoile nouvelle dans le ciel. Elle est belle, elle semble vivante et, quand elle scintille, on dirait un œil céleste qui cligne avec douceur. Je crois l'entendre qui m'appelle. Heureux, heureux, heureux, qui naîtra sous cette étoile ! Sembobitis, vois quel regard nous jette cet astre charmant et magnifique.

Mais Sembobitis ne vit pas l'étoile parce qu'il ne voulait pas la voir. Savant et vieux, il n'aimait pas les nouveautés.

Et Balthasar répétait seul dans le silence de la nuit :

– Heureux, heureux, heureux, qui naîtra sous cette étoile !

V

Or, le bruit s'était répandu dans toute l'Éthiopie et dans les royaumes voisins que le roi Balthasar n'avait plus d'amour pour Balkis.

Quand la nouvelle en parvint au pays des Sabéens, Balkis s'indigna comme si elle était trahie. Elle courut vers le roi de Comagène qui oubliait son empire dans la ville de Saba, et elle lui cria :

– Mon ami, savez-vous ce que je viens d'apprendre ? Balthasar ne m'aime plus.

– Qu'importe ! répondit en souriant le roi de Comagène, puisque nous nous aimons.

– Mais vous ne sentez donc pas l'affront que ce noir me fait ?

– Non, répondit le roi de Comagène, je ne le sens pas.

Elle le chassa ignominieusement et ordonna à son grand vizir de tout préparer pour un voyage en Éthiopie.

– Nous partons cette nuit même, dit-elle. Je te fais couper la tête si tout n'est pas prêt avant le coucher du soleil.

Puis, quand elle fut seule, elle se mit à sangloter.

– Je l'aime ! Il ne m'aime plus, et je l'aime ! soupirait-elle dans la sincérité de son cœur.

Or, une nuit qu'il était sur sa tour, pour observer l'étoile miraculeuse, Balthasar, abaissant le regard vers la terre, vit une longue file noire qui serpentait au loin sur le sable du désert comme une armée de fourmis. Peu à peu, ce qui semblait des fourmis grandit et devint assez net pour que le roi reconnût des chevaux, des chameaux et des éléphants.

La caravane s'étant approchée de la ville, Balthasar distingua les cimeterres luisants et les chevaux noirs des gardes de la reine de Saba. Il la reconnut elle-même. Et il fut saisi d'un grand trouble. Il sentit qu'il allait l'aimer encore.

L'étoile brillait au zénith d'un éclat merveilleux. En bas, Balkis, couchée dans une litière de pourpre et d'or, était petite et brillante comme l'étoile.

Balthasar se sentait attiré vers elle par une force terrible. Pourtant, il détourna la tête en un effort désespéré et, levant les yeux, il revit l'étoile. Alors l'étoile parla et dit :

« Gloire à Dieu dans les cieux et paix sur la terre aux hommes de bonne volonté !

« Prends une mesure de myrrhe, doux roi Balthasar, et suis-moi. Je te conduirai aux pieds du petit enfant qui vient de naître dans une étable, entre l'âne et le bœuf.

« Et ce petit enfant est le roi des rois. Il consolera ceux qui veulent être consolés.

« Il t'appelle à lui, ô toi, Balthasar, dont l'âme est aussi obscure que le visage, mais dont le cœur est simple comme celui d'un enfant.

« Il t'a choisi parce que tu as souffert, et il te donnera la richesse, la joie et l'amour.

« Il te dira : "Sois pauvre avec allégresse ; c'est là la richesse véritable". Il te dira encore : "La véritable joie est dans le renoncement à la joie. Aime-moi, et n'aime les créatures qu'en moi, car seul je suis l'amour." »

À ces mots, une paix divine se répandit comme une lumière sur le visage sombre du roi.

Balthasar, ravi, écoutait l'étoile. Et il se sentait devenir un homme nouveau. Sembobitis et Menkéra, prosternés le front contre la pierre, adoraient à son côté.

La reine Balkis observait Balthasar. Elle comprit qu'il n'y aurait plus jamais d'amour pour elle dans ce cœur rempli par l'amour divin. Elle pâlit de dépit et donna l'ordre à la caravane de retourner immédiatement au pays de Saba.

Quand l'étoile eut cessé de parler, le roi et ses deux compagnons descendirent de la tour. Puis, ayant préparé une mesure de myrrhe, ils formèrent une caravane et s'en allèrent où les conduisait l'étoile. Ils voyagèrent longtemps par des contrées inconnues, et l'étoile marchait devant eux.

Un jour, se trouvant à un endroit où trois chemins se rencontraient, ils virent deux rois qui s'avançaient avec une suite nombreuse. L'un était jeune et blanc de visage. Il salua Balthasar et lui dit :

– Je me nomme Gaspar, je suis roi et je vais porter de l'or en présent à l'enfant qui vient de naître dans Bethléem de Juda.

Le second roi s'avança à son tour. C'était un vieillard dont la barbe blanche couvrait la poitrine.

– Je me nomme Melchior, dit-il, je suis roi et je vais porter de l'encens à l'enfant divin qui vient enseigner la vérité aux hommes.

– J'y vais comme vous, répondit Balthasar ; j'ai vaincu ma luxure, c'est pourquoi l'étoile m'a parlé.

– Moi, dit Melchior, j'ai vaincu mon orgueil, et c'est pourquoi j'ai été appelé.

– Moi, dit Gaspar, j'ai vaincu ma cruauté, c'est pourquoi je vais avec vous.

Et les trois mages continuèrent ensemble leur voyage. L'étoile qu'ils avaient vue en Orient les précédait jusqu'à ce que, venant au-dessus du lieu où était l'enfant, elle s'y arrêta.

Or, en voyant l'étoile s'arrêter, ils se réjouirent d'une grande joie.

Et, entrant dans la maison, ils trouvèrent l'enfant avec Marie, sa mère, et, se prosternant, ils l'adorèrent. Et, ouvrant leurs trésors, ils lui offrirent de l'or, de l'encens et de la myrrhe, ainsi qu'il est dit dans l'Évangile.

Le Temps, *26 décembre 1886.*

La fée de Noël

par
Pierre-Alexis Ponson du Terrail
(1829-1871)

Successeur d'Eugène Sue comme roi du roman-feuilleton sous le Second Empire, le créateur de Rocambole a-t-il voulu étonner les lecteurs qu'il faisait délicieusement frémir d'horreur ? Puisse cette bluette féerique lui valoir le pardon de tous les péchés sanglants qu'il fit commettre à ses peu recommandables personnages !

I. LES TROIS PIÈCES D'OR

Dans le château de mon grand-père…

N'allez point croire, mes jeunes amis, que mon aïeul fût un grand seigneur. C'était un pauvre soldat estimé de tous, parce qu'il avait été brave ; que j'aimais, moi, avec vénération et respect, parce qu'il était bon. Son château était vieux et pauvre comme lui, les dorures y étaient rares, et ses murs lézardés ressemblaient assez bien à ce manteau troué et râpé dans lequel se drapent si orgueilleusement les mendiants espagnols, les plus fiers et les plus nobles du monde.

Heureusement, Dieu, qui rétablit toujours l'équilibre, avait caché quelques-uns de ses trous sous les festons d'une vigne grimpante et d'un lierre vert, il lui avait donné pour ceinture une prairie où courait un ruisseau causeur, pour toiture un ciel bleu, – et la chaîne des Alpes pour majestueux horizon.

Dans le château de mon grand-père, il y avait une vaste salle où flambait, l'hiver, un large feu.

Au coin de ce feu, assis dans de vieux fauteuils de cuir à clous dorés, se trouvaient, chaque soir, un vieillard et un enfant. Le vieillard avait l'esprit jeune, la mémoire excellente, la verve facile ; il racontait de belles histoires des temps passés, pleines de nobles actions, de hauts faits héroïques et d'humbles traits de vertu.

L'enfant écoutait avec un recueillement profond.

Ce vieillard était mon grand-père, – cet enfant c'était moi.

La soirée se prolongeait ordinairement de sept à dix heures.

À dix heures, on grand-père demandait sa canne et son bougeoir, et se retirait.

Moi, je demeurais parfois encore une grande demi-heure au coin du feu, rêvant comme on rêve à douze ans, l'œil fixé sur les bizarres peintures de la braise qui se métamorphosait sans cesse, tantôt en palais, souvent en chaumière, jetant çà et là une petite flamme bleuâtre que je me figurais être une bonne fée mutine et souriante, et dont le reflet indécis et fauve allait se jouer et jeter un éclat fantastique à la vieille tapisserie à personnages décolorés qui tendait les murs.

Un soir, mes jeunes amis, c'était la veille de Noël ; il faisait bien froid, je vous jure, la neige couvrait la prairie, le vent pleurait dans les cheminées et dans les sapins frissonnants, et mon grand-père, qui avait mainte blessure et des rhumatismes, avait demandé qu'on chauffât son grand lit à rideaux de serge.

Dans la grand'salle, il y avait une grande horloge. Cette horloge avait sonné onze heures, et cependant j'étais encore auprès du feu, tout seul, rêvant délicieusement et faisant maint castel en Espagne.

Car j'avais dans la main trois pièces fauves, jaunes, brillantes, que je considérais à la lueur tremblotante du foyer avec une joie indicible. C'étaient trois pièces d'or.

Mon grand-père venait de me les donner en me disant :

– L'année dernière, à pareille époque, je te donnai des jouets ; cette année, je préfère te laisser choisir toi-même. Tu iras à la ville demain, avec Pierre, et tu achèteras ce que tu voudras ; réfléchis bien.

Mon grand-père avait sans doute une arrière-pensée en agissant ainsi.

J'étais donc à réfléchir, et, comme la laitière du bois La Fontaine, j'hésitais entre l'achat d'une ferme et l'acquisition d'un palais…, le tout pour soixante francs !

Je m'arrêtai d'abord à un fusil, un vrai fusil avec lequel je pourrais tuer des lapins dans la garenne et des poules d'eau dans les fossés ; – puis, je songeai que j'en avais un déjà, et je me demandai si je ne ferais pas bien d'opter pour un équipement de pêcheur et de me fournir d'hameçons, de lignes et de filets.

Puis encore, des filets je passai à une barque : – une belle barque neuve, peinte en vert ou en jaune, avec une voile échancrée, et qui ferait merveille, à coup sûr, dans la rivière qui passait à cinq cents pas du château.

Puis enfin, et certes j'aurais dû commencer par là, je me souvins que j'avais vu, à l'étalage d'un libraire, de beaux livres reliés en maroquin, dorés sur tranche et renfermant une foule de choses beaucoup plus belles que leur reliure.

Le fusil, les filets et la barque luttèrent bien une minute contre cette quatrième et plus sérieuse fantaisie, – mais enfin les livres l'emportèrent, et mon choix eût été définitivement arrêté, si…

Si je n'eusse vu tout à coup un des tisons du foyer jeter une petite flamme bleue.

Cette flamme grandit, grandit peu à peu, et éclaira bientôt le foyer tout entier et la salle ensuite.

Je fermai les yeux, ébloui, et quand je les rouvris, la flamme avait disparu ; mais à sa place, devant moi, je vis une belle jeune fille dont la vue m'arracha un cri d'admiration.

Si vous voulez vous la figurer bien exactement, mes jeunes amis, regardez votre sœur aînée, votre sœur de quinze à seize ans, dont l'œil est rêveur, la bouche un peu sérieuse ; – ou bien, envisagez le portrait de votre mère, peinte à dix-huit ans, de votre mère qui pressentait déjà, sans doute, les petits chagrins et les soucis que vous lui causeriez, et dont le front commençait à se voiler d'une mélancolie pensive, quand sa lèvre avait encore le frais et bon sourire, le sourire naïf et joyeux de la jeunesse.

Elle avait des cheveux blonds, de grands yeux bleus rêveurs et bien doux, une petite main rosée, diaphane, qu'on eût volontiers baisée respectueusement un jour tout entier. Elle était vêtue de blanc comme les anges du paradis, et sa tête portait une couronne de bluets et de marguerites qui embaumait l'air autour d'elle.

Elle vint à moi, souriante, effleurant à peine le parquet de son petit pied, et elle mit sa main blanche sur mon épaule :

– Je suis la fée de Noël, me dit-elle, et j'apporte aux enfants des jouets bien plus beaux que ceux qu'ils veulent acheter.

Je la regardai avec étonnement.

– Puisque je suis fée, poursuivit-elle, je puis tout savoir. J'ai vu ton hésitation, et je suis venue pour te conseiller. Veux-tu venir avec moi ?

– Oh ! oui, lui dis-je enthousiasmé.

– Nous allons à la messe de minuit. Viens.

Je pris mon manteau et ma casquette, et je la suivis. Nous traversâmes, sans bruit, les corridors ; nous arrivâmes à la porte d'entrée qui s'ouvrit sans grincer, et Lord Ébène, le grand chien noir, qui veillait la nuit, nous laissa passer sans murmurer.

Il y avait sur la terre, ainsi que je vous l'ai dit déjà, un épais manteau de neige ; les arbres ressemblaient, tant ils en étaient chargés, à ces forêts de sucre cristallisées que les confiseurs étalent au jour de l'an…

Mais il ne faisait plus froid, car la fée semblait jeter autour d'elle une douce chaleur, et le vent, à sa vue sans doute, s'était apaisé et réfugié dans les noires forêts qui lui servent d'asile pendant les beaux jours.

La neige se durcissait sous nos pas, et la lune éclairait notre route.

Le village était éloigné d'une demi-lieue, mais nous allions d'un pas rapide, et nous eûmes bientôt atteint ses premières maisons, – d'humbles chaumières, couvertes de paille, bâties à pierres sèches, cimentées d'argile et abritant de pauvres laboureurs qui avaient bien de la peine à gagner pendant l'été du pain pour manger tout l'hiver.

– La messe n'est point sonnée, me dit la petite fée de Noël, qui me tenait toujours par la main. Entrons un peu chez le père Jean ; je vois de la lumière à travers les ais vermoulus de sa porte.

Le père Jean était un vieux soldat qui avait servi sous les ordres de mon grand-père et qui n'avait plus qu'une jambe.

Il était pauvre et n'avait pour vivre que son métier et le travail de sa fille, une belle jeune fille vertueuse et pleine de courage, que Dieu lui avait envoyée, comme l'Antigone d'Œdipe ou la Malvina de Fingal, pour étayer ses vieux ans de sa verte jeunesse.

Le père Jean tressait des corbeilles avec les ajoncs de la rivière et rempaillait les chaises grossières du village. Sa fille travaillait aux champs.

Nous entrâmes dans la cabane, – la fée, invisible pour ses hôtes, bien entendu.

La fée se manifestait à moi seul.

Le père Jean était couché et se plaignait douloureusement. L'hiver était une rude saison pour lui ; le tronçon de sa jambe le faisait horriblement souffrir, ses blessures se rouvraient parfois, et il était souvent des mois entiers dans l'impossibilité de travailler.

Ce jour-là était le vingtième que le père Jean passait dans son lit.

– Regarde et réfléchis bien, me souffla la fée à l'oreille.

Je regardai en effet, et je vis qu'il n'y avait sur la table qu'un pot d'eau glacée au lieu de vin, dans le feu que de maigres tisons, dans la huche que du pain noir et en petite quantité. J'avais toujours dans la main mes trois pièces d'or. Je les considérai furtivement à la lueur du foyer, je vis briller sur l'une l'effigie de Napoléon, et je la mis dans la main du vieux soldat qui pleura d'attendrissement et m'appela son fils.

– Viens, me dit la fée de Noël en m'entraînant.

Nous sortîmes. La messe n'était point sonnée encore, et tout près de l'église il y avait une autre chaumière également éclairée.

– Frappe et entrons, me dit la fée.

C'était la chaumière de Marthe, la veuve, une pauvre femme dont le mari, chasseur de chamois, s'était tué dans un ravin, l'année précédente, lui laissant cinq enfants, un champ bien petit et une maison qui lui semblait bien grande et bien vide maintenant.

Les laboureurs du village, prenant en pitié la détresse de la veuve, s'étaient réunis pour cultiver son champ à tour de rôle. Mais l'année avait été rude, les pommes de terre avaient manqué, et le chanvre était de mauvaise venue.

Marthe était au coin de son maigre feu, entourée de ses jeunes enfants qui avaient revêtu leurs pauvres habits du dimanche pour aller assister à la naissance de l'Enfant-Dieu. Ils dévoraient, en attendant, une galette de blé noir, et ils m'en offrirent, les chers enfants du bon Dieu ; et comme, lorsqu'ils venaient au château, ils partageaient mes jeux et mes tartines beurrées, j'acceptai ma part de leur grossier gâteau.

– Ils n'auront pas de jouets de Noël, me dit la petite fée tout bas.

J'ouvris ma main et je considérai ma seconde pièce d'or. Elle portait l'empreinte du roi Louis XVI, Louis XVI qu'on avait appelé d'abord Louis le Désiré, avant qu'on lui donnât le nom de roi martyr. Je me souvins de mille traits de noble charité que mon grand-père, qui avait eu l'honneur d'être au nombre des officiers de sa maison, m'avait contés durant nos soirées d'hiver, – et je laissai tomber mon Louis XVI dans le tablier de Rose, la plus jeune des enfants de la veuve.

En ce moment, le premier coup de la messe de minuit tinta au clocher rustique.

– Viens à l'église, me dit la fée.

– Il me reste une pièce d'or, murmurai-je.

– Viens toujours, fit-elle avec un sourire.

Nous entrâmes dans l'église, dont tous les cierges brûlaient, dont l'autel avait revêtu sa plus fine et plus blanche nappe ; et, au lieu de me laisser asseoir au vieux banc seigneurial où je me plaçais d'ordinaire, la fée m'entraîna jusqu'à la sacristie où le curé s'apprêtait à se couvrir de la chasuble dorée qui servait aux jours solennels.

C'était un bon vieux prêtre, mettant en pratique l'Évangile, la providence des pauvres, le père des orphelins, le soutien des veuves, le consolateur de tous.

Il m'avait baptisé, il m'avait fait apprendre les premières pages du catéchisme et enseigné la première déclinaison latine.

– Demande-lui, me dit la fée bien bas, pourquoi, veille de Noël, il a une soutane aussi usée.

J'allai vers lui :

– Mon bon monsieur le curé, lui dis-je, bon papa ne vous a-t-il pas donné, le mois dernier, un peut d'argent en vous disant : « C'est pour une soutane neuve » ?

– Oui, mon ami, me répond naïvement le pasteur, mais le lendemain, Marguerite Dubois, tu sais, la petite Marguerite, épousait Pierre le berger.

– Oui, eh bien ?

– Eh bien ! mon enfant, Marguerite n'avait pas de robe assez neuve pour se marier, et j'ai pensé que, toute vieille qu'elle était, ma soutane pourrait aller jusqu'à Pâques prochaines.

Pour la troisième fois, j'ouvris ma main, et j'examinai ma troisième et dernière pièce d'or. Elle était à l'effigie du roi Charles X.

Quelques jours auparavant, j'avais vu mon grand-père pâlir en lisant un numéro de *La Quotidienne,* puis verser des larmes silencieuses et brûlantes en le laissant tomber à terre. Et comme, effrayé, je lui avais demandé pourquoi il pleurait, il m'avait répondu :

– Je pleure mon vieux roi qui vient de mourir dans l'exil.

Charles X était mort sur la terre étrangère.

– Monsieur le curé, dis-je alors en prenant une voix câline, vous savez que chaque année, le jour de la Saint-Charles, bon papa avait coutume de venir à la messe avec son plus bel habit. Cette année, nous aurons une messe de mort, au lieu d'une messe de fête, et bon papa serait bien mécontent, si vous célébriez cette funèbre cérémonie avec une vieille soutane. Tenez, voici vingt francs que je vous prête ; si cela ne suffit pas, je demanderai de l'argent à ma mère, et vous me rendrez cela plus tard quand vos pauvres auront ce qu'il leur faut.

Le vieux prêtre me prit dans ses bras et me dit avec émotion :

– Que Dieu te bénisse, mon enfant, comme je te bénis moi-même.

Je me retournai tout fier pour chercher du regard l'œil ami de la petite fée de Noël…

La fée avait disparu !

II. ARMAND

Jour pour jour, une année après, j'étais au collège.

J'avais dit adieu aux bonnes soirées du château, aux belles histoires de mon grand-père, aux leçons indulgentes du vieux curé, et je regrettais tout cela, placé que j'étais en présence de maîtres durs et indifférents qui stimulaient ma paresse avec des pensums.

Nous revenions de la messe de Noël, célébrée dans la chapelle du collège, et nous montions tristement au dortoir où nous attendait notre lit glacé.

Sur mon lit, je trouvai une petite bourse. Dans cette bourse étaient trois pièces d'or, – les trois pièces d'or annuelles de mon grand-père.

– Ah ! pensais-je en les retournant, tout soucieux, dans mes doigts, je suis si loin du village… Et puis, le père Jean est mort, la soutane de M. le curé ne peut pas être usée encore… Et bon papa, cette année, donnera des étrennes aux enfants de Marthe, la veuve. Que ferais-je donc de ces trois pièces d'or ? Qu'achèterais-je ? – Un fusil, j'en ai un ; – une barque, j'en ai une aussi ; – des livres, j'en ai maintenant bien plus que je n'en veux…, et de bien peu amusants, encore !

Et je retournais toujours ma bourse dans mes doigts.

– Petite fée, murmurai-je enfin, petite fée de Noël, où êtes-vous ? Et ne voulez-vous pas venir me conseiller ?

J'avais à peine achevé, que la petite fée était devant moi. Comme l'année précédente, elle me prit par la main et, me rendant invisible pour mes camarades, elle me fit traverser le dortoir et me conduisit à la salle d'étude où j'aperçus, penché sur son pupitre et écrivant à cette heure avancée de la nuit, Armand, mon meilleur ami.

C'était un jeune homme triste et grave, et plus triste que son âge, – il avait quatorze ans. – Il jouait rarement, il ne riait jamais ; mais il était studieux, et ses camarades, auxquels en imposait, sans doute, son front pâle et un peu hautain, l'aimaient avec une sorte de respect.

Armand était le fils d'un camarade de mon père. Son père avait été tué sur le rempart de Constantine, en conduisant son régiment à l'assaut.

Armand était plus grand, plus fort, plus sage que moi. Il savait que nos pères étaient amis, et il avait continué cette amitié en devenant mon protecteur. Grâce à lui, j'avais évité ce qu'en terme de collège on nomme les *écoles,* rudes épreuves qui attendent les élèves novices.

La petite fée de Noël mit un doigt sur sa bouche pour me recommander le silence, et elle me conduisit derrière lui. Puis, me montrant la lettre qu'Armand écrivait, elle me dit :

– Lis !

Je me penchai, retenant mon souffle, et voici ce que je lus :

« Ma bonne petite sœur,

« J'ai le cœur bien serré aujourd'hui, car c'est Noël, et les enfants ont tous de belles étrennes ce jour-là. Hélas ! je n'ai rien à t'envoyer, mon pauvre ange ! Tu sais que notre bonne mère a bien de la peine, depuis que papa est mort au service de la France, pour payer ma pension ; et elle n'a pas pu m'envoyer d'argent cette année… Pauvre petite sœur ! mon cœur se brise en songeant que je ne puis pas te faire un de ces jolis cadeaux que les frères font à leur sœur. Mais, va, patience ! je deviendrai un jour officier, comme notre père, et alors, petite sœur, j'aurai de l'argent… »

Je n'eus pas la force d'en lire davantage, et je pris dans mes bras Armand qui se retourna stupéfait et rougit.

– Tiens, lui dis-je, un jour viendra où nous serons officiers tous deux et où nous pourrons partager encore ; prends la moitié de mes étrennes pour les envoyer à ta petite sœur…

Et, tandis qu'Armand versait une fière larme, la petite fée prit ma main, la pressa doucement, mit un charmant baiser sur mon front et s'enfuit.

III. LE NOM DE LA FÉE

Bien des veilles de Noël avaient passé, et je n'avais point revu la petite fée. Mais, chaque année, je m'étais souvenu de la joie que j'avais éprouvée à consoler une misère ou une fière et noble infortune…

Mon pauvre grand-père dormait depuis longtemps du dernier sommeil, à l'ombre des cyprès de mon village ; j'étais devenu homme, et j'habitais cette grande ville au ciel noir, au pavé brûlant, qu'on nomme Paris.

Les hommes avaient été durs pour moi, les soucis de la vie avaient creusé plus d'un sillon imperceptible sur mon front, et j'avais dépassé cette heure solennelle qui sépare à jamais de l'adolescence, et qu'on nomme la vingtième année.

C'était aussi la veille de Noël. Il faisait froid, il pleuvait et le vent agitait lugubrement la flamme des réverbères.

Je passais, le sourcil froncé, enveloppé dans mon manteau, sur le boulevard, une main dans ma poche, et tourmentant avec mes doigts fébriles, non plus les louis et les napoléons de mon pauvre grand-père, mais un peu de cet or que les hommes me vendaient au prix de mes veilles laborieuses et de mon rude travail.

Au milieu du boulevard, il y avait une maison splendidement illuminée, d'où m'arrivèrent des rires joyeux et frénétiques.

C'était un de ces restaurants à la mode, ouverts toute la nuit, de Noël à la fin du carnaval.

Parmi les voix qui retentissaient au dedans, je crus en reconnaître plusieurs, et je m'apprêtai à entrer.

Sur le seuil de la porte était une mendiante en haillons, tenant dans ses bras grelottants un enfant bleui par le froid et que la pluie inondait :

– Au nom de Dieu ! murmura la femme, pitié, monsieur ; j'ai bien faim et mon enfant est glacé...

J'hésitai une seconde, une seconde je fus tenté de changer en joie la détresse de la pauvre femme... Mais, je vous l'ai dit, les hommes avaient été durs pour moi, ils avaient heurté, de la lèvre et du pied, mon cœur et ma jeunesse, et ma jeunesse s'était repliée meurtrie, et mon cœur s'était fermé.

Je passai outre brusquement, sans écouter la mendiante ; je montai, guidé par les rires ; j'arrivai dans un salon où était dressée une table magnifiquement servie, – et je reconnus autour d'elle d'anciens amis à moi, de jeunes hommes comme moi froissés, ayant souffert comme moi, et qui avaient besoin d'oublier.

Je pris place avec eux ; je tendis, frémissant, mon verre sous les flots du vin d'Aï qui coulaient ; je bus et je ris d'un rire fébrile, toute une nuit, et quand, au matin, les premières clartés de l'aube vinrent pâlir nos bougies, quand, chancelants et brisés, nous sortîmes... la mendiante n'était plus là !

Je me souvins alors de sa voix sourde et déchirante, de la main amaigrie qu'elle m'avait tendue avec un regard suppliant... Et le remords me prit à la gorge, et je m'enfuis tout seul, à travers les rues, marchant dans la boue noire, et la tête nue, pour calmer un peu, aux baisers de la pluie, le délire de mon front.

J'arrivai ainsi chez moi.

Mon feu brûlait encore, ma lampe venait de s'éteindre, mon chien dormait, dans un coin, du sommeil paisible de la fidélité.

Sur la dalle du foyer et à la lueur indécise du dernier tison, je vis une forme blanche courbée, ou plutôt agenouillée, dans l'attitude de la douleur ; j'entendis une respiration haletante et entrecoupée de sanglots, – et, frissonnant, je demandai qui était là.

La forme blanche se leva lentement, et je reconnus la fée de Noël.

Non plus la fée belle et sereine qui deux fois m'était apparue, mais une jeune fille au regard triste et mourant, plein de larmes, au front pâle, aux lèvres décolorées..., un fantôme !

– Fée de Noël ! m'écriai-je, est-ce vous ?

– Je ne suis plus la fée de Noël, me répondit-elle en pleurant ; tu viens de me tuer, malheureux ! et je veux te dire mon véritable nom avant de mourir.

Alors je la vis se fondre peu à peu en une flamme bleuâtre pareille à celle qui, autrefois, lui avait donné naissance. Cette flamme éclaira d'abord le foyer, puis, diminuant, tremblota, crinière lumineuse, au-dessus du dernier tison, puis s'éteignit brusquement...

Et alors j'entendis une voix déchirante, brisée, empreinte du râle de l'agonie, qui perça le silence qui m'environnait, et me cria :

– Je ne suis plus, et j'étais ta JEUNESSE !

Enfants, qui venez de lire cette histoire, ayez la main ouverte toujours, donnez sans cesse et sans vous lasser : la JEUNESSE ne s'en va que lorsque le cœur est fermé !

Le Musée des Familles, *1859.*

Entre deux vins

par

Erckmann-Chatrian

Émile Erckmann (1822-1899)
Alexandre Chatrian (1826-1890)

Au témoin des guerres napoléoniennes (Un conscrit de 1813, Madame Thérèse) *et au peintre bienveillant et bon vivant de* L'Ami Fritz, Confession d'un journal de clarinette, *Noël inspire une page agréable et légère comme un petit vin d'Alsace.*

Pendant la messe de minuit de l'an 1847, à Phalsbourg, le petit greffier de la justice de paix Conrad Spitz et moi nous vidions notre troisième bol de punch au café Schweitzer, près de la porte d'Allemagne.

Les cloches ne sonnaient plus ; tout le monde était à l'église depuis un quart d'heure ; la veuve Schweitzer, avant de partir, avait éteint les quinquets ; la chandelle, placée entre Spitz et moi, éclairait vaguement un angle du billard, notre bol et nos verres : le reste se perdait dans l'ombre. La servante Grédel causait à voix basse dans la cuisine, avec un trompette de hussards, et nous venions d'entendre une chaise tomber au milieu du silence.

En ce moment, le petit greffier se prit à dire :

« Comment se fait-il, mon cher monsieur Vanderbach, qu'à cette heure indue… sans nous être dérangés de notre place au café Schweitzer, nous nous trouvions transportés chez Holbein, le tisserand… au coin de la halle aux grains et des vieilles boucheries ? »

Ces paroles m'étonnèrent… Je regardai autour de moi, et je reconnus qu'en effet nous étions assis dans une petite chambre tellement basse, que les poutres enfumées du plafond nous touchaient presque la tête. Les petites vitres à mailles de plomb étaient ensevelies sous la neige. Un métier de tisserand en forme de buffet, des écheveaux de chanvre suspendus à des traverses, un rouet, un dévidoir, des navettes, un vieux bahut, un lit à baldaquin drapé de serge grise, un antique fauteuil à fond de cuir poli comme un plat à barbe, trois chaises effondrées, deux pots sur une étagère, une petite Vierge en plâtre au fond d'une niche, des ficelles tendues en tous sens, où pendaient des guenilles, de vieux bas, des linges filandreux… Voilà ce que je vis dans ce recoin du monde, large de dix pieds au plus et haut de cinq. Les bas me pendaient sur le nez, les ficelles se croisaient autour de nous comme des toiles d'araignée… Enfin, entre le bahut et le pied du lit, une perruque jaunâtre s'élevait et s'abaissait tout à tour, et je reconnus, en la regardant attentivement, que c'était la tête du grand-père Holbein, tombé en enfance depuis quinze ans, et qui dormait toujours à la même place, plus jaune, plus ratatiné qu'une momie du temps de Sésostris.

Mais ce qui m'étonna le plus, c'est qu'en me retournant vers Conrad Spitz, pour lui témoigner ma surprise, je me trouvai face à face avec une vieille pie chauve, posée sur le bâton supérieur de la chaise du greffier… le bec droit, la tête enfoncée entre les épaules, les yeux recouverts d'une pellicule blanche qu'elle relevait de temps en temps, et ses petites pattes sèches et noires, cramponnées au bois vermoulu. Elle était immobile et rêveuse.

Je me dis aussitôt que Spitz, connu par son humeur caustique, s'était transformé en pie pour jouir de ma confusion ; rien de plus naturel, il avait profité du moment où je tournais la tête… Du reste, son habit noir, sa cravate blanche, son nez pointu, ses petites mains nerveuses lui donnaient les plus grandes facilités à cet égard.

« Oh ! Oh ! camarade, lui dis-je, si tu veux jouir de mon embarras… tu te trompes… Ce n'est pas moi qui m'étonne de ces choses-là… Il y a bel âge que j'ai entendu raconter de semblables histoires !

– Ce n'est pas pour cela que j'ai pris cette forme, dit-il, c'est parce qu'elle m'est plus commode… Ces chaises mal rempaillées ne me conviennent pas. Je suis bien mieux sur ce petit bâton… il semble avoir été fait tout exprès pour moi. »

Je compris que ses raisons pouvaient être bonnes. Cependant, je l'avoue, sa nouvelle physionomie me parut bizarre et je le considérais avec une curiosité singulière : son bec d'un noir luisant, ses prunelles brillantes comme l'agate, son attitude endormie ; et puis, le fond de la chambre, traversé de filaments inextricables, et je ne sais quelle odeur de moisi… tout me portait à m'extasier des choses les plus vulgaires.

« Conrad, repris-je en dissimulant mes véritables pensées, je m'étonne que Holbein, sa femme et sa grande fille borgne abandonnent ainsi leur maison au milieu de la nuit… car enfin, si nous n'étions pas d'honnêtes gens, si nous ne faisions point partie de la magistrature, nous pourrions fort bien enlever ces écheveaux de chanvre, cette pièce de toile, cette Vierge de plâtre, et même ce rouet et ce bahut… Il y a tant de coquins dans ce monde !

– Oh ! fit-il, je suis ici pour garder la maison. »

Ce fut pour moi un trait de lumière. J'avais souvent remarqué sur le seuil de la vieille cassine et sur les volets à fleur de terre, une pie chauve… J'avais observé cet animal avec une vague défiance, ainsi que la mère Holbein, aux mains sillonnées de grosses veines bleuâtres… à la face creuse… aux yeux ternes… aux cheveux plus blancs que lin.

« Hé ! hé ! me disait la vieille en branlant la tête… vous regardez mon oiseau… Vous voudriez bien l'avoir… mais il est de la famille ! »

Je ne doutai pas alors que cette pie ne fût Conrad Spitz lui-même ; le petit greffier venait se reposer là de ses fatigues, se voyant bien accueilli par ces braves gens.

Je lui communiquai ma supposition.

« Hé ! fit-il, vous êtes plus perspicace que je ne l'aurais cru, monsieur Vanderbach. En effet, c'est bien moi ! Que voulez-vous ? la vieille Ursule me soigne bien ; elle se priverait plutôt que de me laisser manquer… Chacun cherche ses avantages. »

Nous causions ainsi, quand la voix du père Holbein, celle de sa femme et de sa fille se firent entendre au dehors. Ils traversaient la petite place encombrée de neige, tandis que les cloches annonçaient la fin de la messe.

Holbein descendit les trois marches de sa cassine en criant :

« Orchel, tu as oublié de fermer notre porte… Que le diable emporte la vieille folle… Nous sommes peut-être volés ! »

Puis il entra, et me voyant assis en face de la lampe :

« Hé ! fit-il, c'est monsieur Vanderbach ! »

Puis la vieille, avec son livre de prières… puis la fille, secouant la neige attachée au bas de sa robe, entrèrent à leur tour, en me saluant d'un « Dieu vous bénisse ! »

La pie s'envola sur l'épaule de la vieille, et Holbein, me regardant, dit à sa femme :

« Hé ! hé ! hé ! ce bon M. Vanderbach !... Comment diable est-il ici ? Il m'a l'air d'avoir fait le réveillon.

– Oui, dit la femme, conduis-le chez lui.

– Allons, monsieur, dit le tisserand… il est tard… Prenez mon bras.

– Oh ! je retournerai bien tout seul, lui répondis-je.

– C'est égal… c'est égal… faites-moi le plaisir de vous appuyer un peu. »

Nous venions de sortir… il y avait deux pieds de neige.

« Et mon ami Spitz ? lui dis-je en marchant.

– Qui, Spitz ?

– Le greffier ?... La pie ?

– Ah ! fit-il, oui… oui… je vous comprends… la pie va dormir… Vous avez causé avec elle… C'est un animal bien intelligent. »

Et le brave homme me conduisit jusqu'à la porte de la maison… Ma servante m'attendait… Elle le remercia.

Cette nuit-là, je dormis comme un bienheureux.

Le lendemain, quand je rencontrai Spitz, il ne se souvenait plus de rien ; il prétendit que j'étais sorti seul du café et que j'étais entré en trébuchant chez les Holbein… Du reste, il ne voulut jamais convenir de sa transformation, et s'indigna même de mes propos à ce sujet !

Les trois messes basses

par
Alphonse Daudet (1840-1897)

L'auteur du Petit Chose, *des* Lettres de mon moulin, de Tartarin de Tarascon *ne pouvait traiter qu'avec le sourire, et en la parfumant aux bonnes herbes de Provence, cette histoire de fantômes sacrilèges… pour cause de gourmandise…*

I

– Deux dindes truffées, Garrigou ?…

– Oui, mon révérend, deux dindes magnifiques bourrées de truffes. J'en sais quelque chose, puisque c'est moi qui ai aidé à les remplir. On aurait dit que leur peau allait craquer en rôtissant, tellement elle était tendue…

– Jésus-Maria ! moi qui aime tant les truffes !… Donne-moi vite mon surplis, Garrigou… Et avec les dindes, qu'est-ce que tu as encore aperçu à la cuisine ?…

– Oh ! toutes sortes de bonnes choses… Depuis midi nous n'avons fait que plumer des faisans, des huppes, des gelinottes, des coqs de bruyère. La plume en volait partout… Puis de l'étang on a apporté des anguilles, des carpes dorées, des truites, des…

– Grosses comment, les truites, Garrigou ?

– Grosses comme ça, mon révérend… Énormes !…

– Oh ! Dieu ! il me semble que je les vois… As-tu mis le vin dans les burettes ?

– Oui, mon révérend, j'ai mis le vin dans les burettes… Mais dame ! il ne vaut pas celui que vous boirez tout à l'heure en sortant de la messe de minuit. Si vous voyiez cela dans la salle à manger du château, toutes ces carafes qui flambent pleines de vins de toutes les couleurs… Et la vaisselle d'argent, les surtouts ciselés, les fleurs, les candélabres !… Jamais il ne se sera vu un réveillon pareil. Monsieur le marquis a invité tous les seigneurs du voisinage. Vous serez au moins quarante à table, sans compter le bailli ni le tabellion… Ah ! vous êtes bien heureux d'en être, mon révérend !… Rien que d'avoir flairé ces belles dindes, l'odeur des truffes me suit partout… Meuh !…

– Allons, allons, mon enfant ! Gardons-nous du péché de gourmandise, surtout la nuit de la Nativité… Va bien vite allumer les cierges et sonner le premier coup de la messe ; car voilà que minuit est proche, et il ne faut pas nous mettre en retard…

Cette conversation se tenait une nuit de Noël de l'an de grâce mille six cent et tant, entre le révérend dom Balaguère, ancien prieur des Barnabites, présentement chapelain gagé des sires de Trinquelage, et son petit clerc Garrigou, ou du moins ce qu'il croyait être le petit clerc Garrigou, car vous saurez que le diable, ce soir-là, avait pris la face ronde et les traits indécis du jeune sacristain pour mieux induire le révérend père en tentation et lui faire commettre un épouvantable péché de gourmandise. Donc, pendant que le soi-disant Garrigou (hum ! hum !) faisait à tour de bras carillonner les cloches de la chapelle seigneuriale, le révérend achevait de revêtir sa chasuble dans la petite sacristie du château ; et, l'esprit déjà troublé par toutes ces descriptions gastronomiques, il se répétait à lui-même en s'habillant :

– Des dindes rôties… des carpes dorées… des truites grosses comme ça !…

Dehors, le vent de la nuit soufflait en éparpillant la musique des cloches, et à mesure, des lumières apparaissaient dans l'ombre aux flancs du mont Ventoux, en haut duquel s'élevaient les vieilles tours de Trinquelage. C'étaient des familles de métayers qui venaient entendre la messe de minuit au château. Ils grimpaient la côte en chantant par groupes de cinq ou six, le père en avant, la lanterne en main, les femmes enveloppées dans leurs grandes mantes brunes où les enfants se serraient et s'abritaient. Malgré l'heure et le froid, tout ce brave peuple marchait allègrement, soutenu par l'idée qu'au sortir de la messe il y aurait, comme tous les ans, table mise pour eux en bas dans les cuisines. De temps en temps, sur la rude montée, le carrosse d'un seigneur précédé de porteurs de torches faisait miroiter ses glaces au clair de lune, ou bien une mule trottait en agitant ses sonnailles, et à la lueur des falots enveloppés de brume, les métayers reconnaissaient leur bailli et le saluaient au passage :

– Bonsoir, bonsoir, maître Arnoton !

– Bonsoir, bonsoir, mes enfants !

La nuit était claire, les étoiles avivées de froid ; la bise piquait, et un fin grésil, glissant sur les vêtements sans les mouiller, gardait fidèlement la tradition des Noëls blancs de neige. Tout en haut de la côte, le château apparaissait comme le but, avec sa masse énorme de tours, de pignons, le clocher de sa chapelle montant dans le ciel bleu noir, et une foule de petites lumières qui clignotaient, allaient, venaient, s'agitaient à toutes les fenêtres, et ressemblaient, sur le fond sombre du bâtiment, aux étincelles courant dans des cendres de papier brûlé… Passé le pont-levis et la poterne, il fallait, pour se rendre à la chapelle, traverser la première cour, pleine de carrosses, de valets, de chaises à porteurs, toute claire du feu des torches et de la flambée des cuisines. On entendait le tintement des tournebroches, le fracas des casseroles, le choc des cristaux et de l'argenterie remués dans les apprêts d'un repas ; par là-dessus, une vapeur tiède, qui sentait bon les chairs rôties et les herbes fortes des sauces compliquées, faisait dire aux métayers comme au chapelain, comme au bailli, comme à tout le monde :

– Quel bon réveillon nous allons faire après la messe !

II

Drelindin din !… Drelindin din !…

C'est la messe de minuit qui commence. Dans la chapelle du château, une cathédrale en miniature, aux arceaux entrecroisés, aux boiseries de chêne, montant jusqu'à hauteur des murs, les tapisseries ont été tendues, tous les cierges allumés. Et que de monde ! Et que de toilettes ! Voici d'abord, assis dans les stalles sculptées qui entourent le chœur, le sire de Trinquelage, en habit de taffetas saumon, et près de lui tous les nobles seigneurs invités. En face, sur des prie-Dieu garnis de velours, ont pris place la vieille marquise douairière dans sa robe de brocart couleur de feu et la jeune dame de Trinquelage, coiffée d'une haute tour de dentelle gaufrée à la dernière mode de la cour de France. Plus bas on voit, vêtus de noir avec de vastes perruques en pointe et des visages rasés, le bailli Thomas Arnoton et le tabellion maître Ambroy, deux notes graves parmi les soies voyantes et les damas brochés. Puis viennent les gras majordomes, les pages, les piqueurs, les intendants, dame Barbe, toutes ses clefs pendues sur le côté à un clavier d'argent fin. Au fond, sur les bancs, c'est le bas office, les servantes, les métayers avec leurs familles ; et enfin, là-bas, tout contre la porte qu'ils entrouvrent et referment discrètement, messieurs les marmitons qui viennent entre deux sauces prendre un petit air de messe et apporter une odeur de réveillon dans l'église toute en fête et tiède de tant de cierges allumés.

Est-ce la vue de ces petites barrettes blanches qui donne des distractions à l'officiant ? Ne serait-ce pas plutôt la sonnette de Garrigou, cette enragée petite sonnette qui s'agite au pied de l'autel avec une précipitation infernale et semble dire tout le temps :

– Dépêchons-nous, dépêchons-nous... Plus tôt nous aurons fini, plus tôt nous serons à table.

Le fait est que chaque fois qu'elle tinte, cette sonnette du diable, le chapelain oublie sa messe et ne pense plus qu'au réveillon. Il se figure les cuisiniers en rumeur, les fourneaux où brûle un feu de forge, la buée qui monte des couvercles entrouverts, et dans cette buée deux dindes magnifiques, bourrées, tendues, marbrées de truffes...

Ou bien encore il voit passer des files de pages portant des plats enveloppés de vapeurs tentantes, et avec eux il entre dans la grande salle déjà prête pour le festin. Ô délices ! voilà l'immense table toute chargée et flamboyante, les paons habillés de leurs plumes, les faisans écartant leurs ailes mordorées, les flacons couleur de rubis, les pyramides de fruits éclatants parmi les branches vertes, et ces merveilleux poissons dont parlait Garrigou (ah ! bien oui, Garrigou !) étalés sur un lit de fenouil, l'écaille nacrée comme s'ils sortaient de l'eau, avec un bouquet d'herbes odorantes dans leurs narines de monstres. Si vive est la vision de ces merveilles, qu'il semble à dom Balaguère que tous ces plats mirifiques sont servis devant lui sur les broderies de la nappe d'autel, et deux ou trois fois, au lieu de *Dominus vobiscum*, il se surprend à dire le *Benedicite*. À part ces légères méprises, le digne homme débite son office très consciencieusement, sans passer une ligne, sans omettre une génuflexion ; et tout marche assez bien jusqu'à la fin de la première messe ; car vous savez que le jour de Noël le même officiant doit célébrer trois messes consécutives.

– Et d'une ! se dit le chapelain avec un soupir de soulagement ; puis, sans perdre une minute, il fait signe à son clerc ou celui qu'il croit être son clerc, et…

Drelindin din !… Drelindin din !

C'est la seconde messe qui commence, et avec elle commence aussi le péché de dom Balaguère.

– Vite, vite, dépêchons-nous, lui crie de sa petite voix aigrelette la sonnette de Garrigou, et cette fois le malheureux officiant, tout abandonné au démon de gourmandise, se rue sur le missel et dévore les pages avec l'avidité de son appétit en surexcitation. Frénétiquement il se baisse, se relève, esquisse les signes de croix, les génuflexions, raccourcit tous ses gestes pour avoir plus tôt fini. À peine s'il étend ses bras à l'Évangile, s'il frappe sa poitrine au *Confiteor*. Entre le clerc et lui c'est à qui bredouillera le plus vite. Versets et répons se précipitent, se bousculent. Les mots à moitié prononcés, sans ouvrir la bouche, ce qui prendrait trop de temps, s'achèvent en murmures incompréhensibles.

Oremus ps… ps… ps…

Mea culpa… pa… pa…

Pareils à des vendangeurs pressés foulant le raisin de la cuve, tous deux barbotent dans le latin de la messe, en envoyant des éclaboussures de tous les côtés.

Dom… scum !… dit Balaguère.

… Stutuo !… répond Garrigou ; et tout le temps la damnée petite sonnette est là qui tinte à leurs oreilles, comme ces grelots qu'on met aux chevaux de poste pour les faire galoper à la grande vitesse. Pensez que de ce train-là une messe basse est vite expédiée.

– Et de deux ! dit le chapelain tout essoufflé ; puis sans prendre le temps de respirer, rouge, suant, il dégringole les marches de l'autel et…

Drelindin din !… Drelindin din !…

C'est la troisième messe qui commence. Il n'y a plus que quelques pas à faire pour arriver à la salle à manger ; mais, hélas ! à mesure que le réveillon approche, l'infortuné Balaguère se sent pris d'une folie d'impatience et de gourmandise. Sa vision s'accentue, les carpes dorées, les dindes rôties sont là, là… Il les touche ; … il les… Oh ! Dieu !… Les plats fument, les vins embaument ; et secouant son grelot enragé, la petite sonnette lui crie :

– Vite, vite, encore plus vite !…

Mais comment pourrait-il aller plus vite ? Ses lèvres remuent à peine. Il ne prononce plus les mots… À moins de tricher tout à fait le bon Dieu et de lui escamoter sa messe… Et c'est ce qu'il fait, le malheureux !… De tentation en tentation il commence par sauter un verset, puis deux. Puis l'épître est trop longue, il ne la finit pas, effleure l'Évangile, passe devant le *Credo* sans entrer, saute le *Pater*, salue de loin la préface, et par bonds et par élans se précipite ainsi dans la damnation éternelle, toujours suivi de l'infâme Garrigou *(Vade retro, Satanas !)* qui le seconde avec une merveilleuse entente, lui relève sa chasuble, tourne les feuillets deux par deux, bouscule les pupitres, renverse les burettes, et sans cesse secoue la petite sonnette de plus en plus fort, de plus en plus vite.

Il faut voir la figure effarée que font tous les assistants ! Obligés de suivre à la mimique du prêtre cette messe dont ils n'entendent pas un mot, les uns se lèvent quand les autres s'agenouillent, s'asseyent quand les autres sont debout ; et toutes les phases de ce singulier office se confondent sur les bancs dans une foule d'attitudes diverses. L'étoile de Noël en route dans les chemins du ciel, là-bas, vers la petite étable, pâlit d'épouvante en voyant cette confusion…

– L'abbé va trop vite… On ne peut pas suivre, murmure la vieille douairière en agitant sa coiffe avec égarement.

Maître Arnoton, ses grandes lunettes d'acier sur le nez, cherche dans son paroissien où diantre on peut bien en être. Mais au fond, tous ces braves gens, qui eux aussi pensent à réveillonner, ne sont pas fâchés que la messe aille ce train de poste ; et quand dom Balaguère, la figure rayonnante, se tourne vers l'assistance en criant de toutes ses forces : *Ite, missa est,* il n'y a qu'une voix dans la chapelle pour lui répondre un *Deo gratias* si joyeux, si entraînant, qu'on se croirait déjà à table au premier toast du réveillon.

III

Cinq minutes après, la foule des seigneurs s'asseyait dans la grande salle, le chapelain au milieu d'eux. Le château, illuminé de haut en bas, retentissait de chants, de cris, de rires, de rumeurs ; et le vénérable dom Balaguère plantait sa fourchette dans une aile de gelinotte, noyant le remords de son péché sous des flots de vin du pape et de bons jus de viandes. Tant il but et mangea, le pauvre saint homme, qu'il mourut dans la nuit d'une terrible attaque, sans avoir eu seulement le temps de se repentir ; puis, au matin, il arriva dans le ciel encore tout en rumeur des fêtes de la nuit, et je vous laisse à penser comme il y fut reçu.

– Retire-toi de mes yeux, mauvais chrétien ! lui dit le souverain Juge, notre maître à tous. Ta faute est assez grande pour effacer toute une vie de vertu… Ah ! tu m'as volé une messe de minuit… Eh bien ! tu m'en payeras trois cents en place, et tu n'entreras en paradis que quand tu auras célébré dans ta propre chapelle ces trois cents messes de Noël en présence de tous ceux qui ont péché par ta faute et avec toi…

…Et voilà la vraie légende de dom Balaguère comme on la raconte au pays des olives. Aujourd'hui le château de Trinquelage n'existe plus, mais la chapelle se tient encore droite tout en haut du mont Ventoux, dans un bouquet de chênes verts. Le vent fait battre sa porte disjointe, l'herbe encombre le seuil ; il y a des nids aux angles de l'autel et dans l'embrasure des hautes croisées dont les vitraux coloriés ont disparu depuis longtemps. Cependant il paraît que tous les ans, à Noël, une lumière surnaturelle erre parmi ces ruines, et qu'en allant aux messes et aux réveillons, les paysans aperçoivent ce spectre de chapelle éclairé de cierges invisibles qui brûlent au grand air, même sous la neige et le vent. Vous en rirez si vous voulez, mais un vigneron de l'endroit, nommé Garrigue, sans doute un descendant de Garrigou, m'a affirmé qu'un soir de Noël, se trouvant un peu en ribote, il s'était perdu dans la montagne du côté de Trinquelage ; et voici ce qu'il avait vu… Jusqu'à onze heures, rien. Tout était silencieux, éteint, inanimé. Soudain, vers minuit, un carillon sonna tout en haut du clocher, un vieux, vieux carillon qui avait l'air d'être à dix lieues. Bientôt, dans le chemin qui monte, Garrigue vit trembler des feux, s'agiter des ombres indécises. Sous le porche de la chapelle, on marchait, on chuchotait :

– Bonsoir, maître Arnoton !

– Bonsoir, bonsoir, mes enfants !…

Quand tout le monde fut entré, mon vigneron, qui était très brave, s'approcha doucement, et regardant par la porte cassée eut un singulier spectacle. Tous ces gens qu'il avait vus passer étaient rangés autour du chœur, dans la nef en ruine, comme si les anciens bancs existaient encore. De belles dames en brocart avec des coiffes de dentelle, des seigneurs chamarrés du haut en bas, des paysans en jaquettes fleuries ainsi qu'en avaient nos grands-pères, tous l'air vieux, fané, poussiéreux, fatigué. De temps en temps, des oiseaux de nuit, hôtes habituels de la chapelle, réveillés par toutes ces lumières, venaient rôder autour des cierges dont la flamme montait droite et vague comme si elle avait brûlé derrière une gaze ; et ce qui amusait beaucoup Garrigue, c'était un certain personnage à grandes lunettes d'acier, qui secouait à chaque instant sa haute perruque noire sur laquelle un de ces oiseaux se tenait droit tout empêtré en battant silencieusement des ailes…

Dans le fond, un petit vieillard de taille enfantine, à genoux au milieu du chœur, agitait désespérément une sonnette sans grelot et sans voix, pendant qu'un prêtre, habillé de vieil or, allait, venait devant l'autel en récitant des oraisons dont on n'entendait pas un mot… Bien sûr, c'était dom Balaguère, en train de dire sa troisième messe basse.

D'abord paru dans la 1re édition des Contes du lundi, *1875, puis recueilli dans* Les Lettres de mon moulin *en 1878.*

Conte de Noël

par

Guy de Maupassant (1850-1893)

Le maître du récit réaliste a voulu rompre avec l'atmosphère de confiserie pieuse et de lumière de cierge environnant Noël. La célébration de la fête de la Nativité lui inspire une page percutante et grinçante digne de La Maison Tellier *ou* Bel-Ami.

Le docteur Bonenfant cherchait dans sa mémoire, répétant à mi-voix : « Un souvenir de Noël ?… Un souvenir de Noël ?… »

Et tout à coup, il s'écria :

– Mais si, j'en ai un, et un bien étrange encore ; c'est une histoire fantastique. J'ai vu un miracle ! Oui, mesdames, un miracle, la nuit de Noël.

Cela vous étonne de m'entendre parler ainsi, moi qui ne crois guère à rien. Et pourtant j'ai vu un miracle ! Je l'ai vu, dis-je, vu, de mes propres yeux vu, ce qui s'appelle vu.

En ai-je été fort surpris ? non pas ; car si je ne crois point à vos croyances, je crois à la foi, et je sais qu'elle transporte les montagnes. Je pourrais citer bien des exemples ; mais je vous indignerais et je m'exposerais aussi à amoindrir l'effet de mon histoire.

Je vous avouerai d'abord que si je n'ai pas été fort convaincu et converti par ce que j'ai vu, j'ai été du moins fort ému, et je vais tâcher de vous dire la chose naïvement, comme si j'avais une crédulité d'Auvergnat.

J'étais alors médecin de campagne, habitant le bourg de Rolleville, en pleine Normandie.

L'hiver, cette année-là, fut terrible. Dès la fin de novembre, les neiges arrivèrent après une semaine de gelées.

On voyait de loin les gros nuages venir du nord ; et la blanche descente des flocons commença.

En une nuit, toute la plaine fut ensevelie.

Les fermes, isolées dans leurs cours carrées, derrière leurs rideaux de grands arbres poudrés de frimas, semblaient s'endormir sous l'accumulation de cette mousse épaisse et légère.

Aucun bruit ne traversait plus la campagne immobile. Seuls les corbeaux, par bandes, décrivaient de longs festons dans le ciel, cherchant leur vie inutilement, s'abattant tous ensemble sur les champs livides et piquant la neige de leurs grands becs.

On n'entendait rien que le glissement vague et continu de cette poussière tombant toujours.

Cela dura huit jours pleins, puis l'avalanche s'arrêta. La terre avait sur le dos un manteau épais de cinq pieds.

Et, pendant trois semaines ensuite, un ciel clair, comme un cristal bleu le jour, et, la nuit, tout semé d'étoiles qu'on aurait crues de givre, tant le vaste espace était rigoureux, s'étendit sur la nappe unie, dure et luisante des neiges.

La plaine, les haies, les ormes des clôtures, tout semblait mort, tué par le froid. Ni hommes ni bêtes ne sortaient plus : seules les cheminées des chaumières en chemise blanche révélaient la vie cachée, par les minces filets de fumée qui montaient droit dans l'air glacial.

De temps en temps on entendait craquer les arbres, comme si leurs membres de bois se fussent brisés sous l'écorce ; et, parfois, une grosse branche se détachait et tombait, l'invincible gelée pétrifiant la sève et cassant les fibres.

Les habitations semées çà et là par les champs semblaient éloignées de cent lieues les unes des autres. On vivait comme on pouvait. Seul, j'essayais d'aller voir mes clients les plus proches, m'exposant sans cesse à rester enseveli dans quelque creux.

Je m'aperçus bientôt qu'une terreur mystérieuse planait sur le pays. Un tel fléau, pensait-on, n'était point naturel. On prétendit qu'on entendait des voix la nuit, des sifflements aigus, des cris qui passaient.

Ces cris et ces sifflements venaient sans aucun doute des oiseaux émigrants qui voyagent au crépuscule, et qui fuyaient en masse vers le sud. Mais allez donc faire entendre raison à des gens affolés. Une épouvante envahissait les esprits et on s'attendait à un événement extraordinaire.

La forge du père Vatinel était située au bout du hameau d'Épivent, sur la grande route, maintenant invisible et déserte. Or, comme les gens manquaient de pain, le forgeron résolut d'aller jusqu'au village. Il resta quelques heures à causer dans les six maisons qui forment le centre du pays, prit son pain et des nouvelles, et un peu de cette peur épandue sur la campagne.

Et il se mit en route avant la nuit.

Tout à coup, en longeant une haie, il crut voir un œuf dans la neige ; oui, un œuf déposé là, tout blanc comme le reste du monde. Il se pencha, c'était un œuf en effet. D'où venait-il ? Quelle poule avait pu sortir du poulailler et venir pondre en cet endroit ? Le forgeron s'étonna, ne comprit pas ; mais il ramassa l'œuf et le porta à sa femme.

« Tiens, la maîtresse, v'là un œuf que j'ai trouvé sur la route ! »

La femme hocha la tête :

« Un œuf sur la route ? Par ce temps-ci, t'es soûl, bien sûr ?

– Mais non, la maîtresse, même qu'il était au pied d'une haie, et encore chaud, pas gelé. Le v'là, j'me l'ai mis sur l'estomac pour qui n'refroidisse pas. Tu le mangeras pour ton dîner. »

L'œuf fut glissé dans la marmite où mijotait la soupe, et le forgeron se mit à raconter ce qu'on disait par la contrée.

La femme écoutait toute pâle.

« Pour sûr que j'ai entendu des sifflets l'autre nuit, même qu'ils semblaient v'nir de la cheminée. »

On se mit à table, on mangea la soupe d'abord, puis, pendant que le mari étendait du beurre sur son pain, la femme prit l'œuf et l'examina d'un œil méfiant.

« Si y avait quelque chose dans c't'œuf ?

– Qué que tu veux qu'y ait ?

– J'sais ti, mé ?

– Allons, mange-le, et fais pas la bête. »

Elle ouvrit l'œuf. Il était comme tous les œufs, et bien frais.

Elle se mit à le manger en hésitant, le goûtant, le laissant, le reprenant. Le mari disait :

« Eh bien ! qué goût qu'il a, c't'œuf ? »

Elle ne répondit pas et elle acheva de l'avaler ; puis, soudain, elle planta sur son homme des yeux fixes, hagards, affolés, leva les bras, les tordit et, convulsée de la tête aux pieds, roula par terre, en poussant des cris horribles.

Toute la nuit elle se débattit en des spasmes épouvantables, secouée de tremblements effrayants, déformée par de hideuses convulsions. Le forgeron, impuissant à la tenir, fut obligé de la lier.

Et elle hurlait sans repos, d'une voix infatigable :

« J'l'ai dans l'corps ! J'l'ai dans l'corps ! »

Je fus appelé le lendemain. J'ordonnai tous les calmants connus sans obtenir le moindre résultat. Elle était folle.

Alors, avec une incroyable rapidité, malgré l'obstacle des hautes neiges, la nouvelle, une nouvelle étrange, courut de ferme en ferme : « La femme du forgeron qu'est possédée ! » Et on venait de partout, sans oser pénétrer dans la maison ; on écoutait de loin ses cris affreux poussés d'une voix si forte qu'on ne les aurait pas crus d'une créature humaine.

Le curé du village fut prévenu. C'était un vieux prêtre naïf. Il accourut en surplis comme pour administrer un mourant et il prononça, en étendant les mains, les formules d'exorcisme, pendant que quatre hommes maintenaient sur un lit la femme écumante et tordue.

Mais l'esprit ne fut point chassé.

Et la Noël arriva sans que le temps eût changé.

La veille au matin, le prêtre vint me trouver :

« J'ai envie, dit-il, de faire assister à l'office de cette nuit cette malheureuse. Peut-être Dieu fera-t-il un miracle en sa faveur, à l'heure même où il naquit d'une femme. »

Je répondis au curé :

« Je vous approuve absolument, monsieur l'abbé. Si elle a l'esprit frappé par la cérémonie (et rien n'est plus propice à l'émouvoir), elle peut être sauvée sans autre remède. »

Le vieux prêtre murmura :

« Vous n'êtes pas croyant, docteur, mais aidez-moi, n'est-ce pas ? Vous vous chargez de l'amener ? »

Et je lui promis mon aide.

Le soir vint, puis la nuit ; et la cloche de l'église se mit à sonner, jetant sa voix plaintive à travers l'espace morne, sur l'étendue blanche et glacée des neiges.

Des êtres noirs s'en venaient lentement, par groupes, dociles au cri d'airain du clocher. La pleine lune éclairait d'une lueur vive et blafarde tout l'horizon, rendait plus visible la pâle désolation des champs.

J'avais pris quatre hommes robustes et je me rendis à la forge.

La possédée hurlait toujours, attachée à sa couche. On la vêtit proprement malgré sa résistance éperdue, et on l'emporta.

L'église était maintenant pleine de monde, illuminée et froide ; les chantres poussaient leurs notes monotones ; le serpent ronflait ; la petite sonnette de l'enfant de chœur tintait, réglant les mouvements des fidèles.

J'enfermai la femme et ses gardiens dans la cuisine du presbytère, et j'attendis le moment que je croyais favorable.

Je choisis l'instant qui suit la communion. Tous les paysans, hommes et femmes, avaient reçu leur Dieu pour fléchir sa rigueur. Un grand silence planait pendant que le prêtre achevait le mystère divin.

Sur mon ordre, la porte fut ouverte et les quatre aides apportèrent la folle.

Dès qu'elle aperçut les lumières, la foule à genoux, le chœur en feu et le tabernacle doré, elle se débattit d'une telle vigueur, qu'elle faillit nous échapper, et elle poussa des clameurs si aiguës qu'un frisson d'épouvante passa dans l'église ; toutes les têtes se relevèrent ; des gens s'enfuirent.

Elle n'avait plus la forme d'une femme, crispée et tordue en nos mains, le visage contourné, les yeux fous.

On la traîna jusqu'aux marches du chœur et puis on la tint fortement accroupie à terre.

Le prêtre s'était levé ; il attendait. Dès qu'il la vit arrêtée, il prit en ses mains l'ostensoir ceint de rayons d'or, avec l'hostie blanche au milieu, et, s'avançant de quelques pas, il l'éleva de ses deux bras tendus au-dessus de sa tête, le présentant aux regards effarés de la démoniaque.

Elle hurlait toujours, l'œil fixé, tendu sur cet objet rayonnant.

Et le prêtre demeurait tellement immobile qu'on l'aurait pris pour une statue.

Et cela dura longtemps, longtemps.

La femme semblait saisie de peur, fascinée ; elle contemplait fixement l'ostensoir, secouée encore de tremblements terribles, mais passagers, et criant toujours, mais d'une voix moins déchirante.

Et cela dura encore longtemps.

On eût dit qu'elle ne pouvait plus baisser les yeux, qu'ils étaient rivés sur l'hostie ; elle ne faisait plus que gémir ; et son corps raidi s'amollissait, s'affaissait.

Toute la foule était prosternée, le front par terre.

La possédée maintenant baissait rapidement les paupières, puis les relevait aussitôt, comme impuissante à supporter la vue de son Dieu. Elle s'était tue. Et puis soudain, je m'aperçus que ses yeux demeuraient clos. Elle dormait du sommeil des somnambules, hypnotisée, pardon ! vaincue par la contemplation persistante de l'ostensoir aux rayons d'or, terrassée par le Christ victorieux.

On l'emporta, inerte, pendant que le prêtre remontait vers l'autel.

L'assistance, bouleversée, entonna le *Te Deum* d'action de grâces.

Et la femme du forgeron dormit quarante heures de suite, puis se réveilla sans aucun souvenir de la possession ni de la délivrance.

Voilà, mesdames, le miracle que j'ai vu.

Le docteur Bonenfant se tut, puis ajouta d'une voix contrariée : « Je n'ai pu refuser de l'attester par écrit. »

Le Gaulois, *25 décembre 1882.*

M. RÉ-DIÈZE
ET Mlle MI-BÉMOL

par

Jules Verne (1828-1905)

Le génial précurseur a entraîné ses lecteurs en des « voyages extraordinaires » aux quatre coins du globe. Et un peu au-dessus et en dessous avec Vingt mille lieues sous les mers, De la Terre à la Lune, Voyage au centre de la Terre… *Après avoir accompli* Le Tour du monde en 80 jours, *l'auteur, pour se reposer de ses exploits, s'est arrêté dans un tout petit village de Suisse, un soir de Noël. Là, il a entendu chanter une très étrange messe de minuit…*

I

Nous étions une trentaine d'enfants à l'école de Kalfermatt, une vingtaine de garçons entre six et douze ans, une dizaine de filles entre quatre et neuf ans. Si vous désirez savoir où se trouve exactement cette bourgade, c'est, d'après ma Géographie (p. 47), dans un des cantons catholiques de la Suisse, pas loin du lac de Constance, au pied des montagnes de l'Appenzell.

« Eh ! donc, vous là-bas, Joseph Müller ?

– Monsieur Valrügis ? répondis-je.

– Qu'est-ce que vous écrivez pendant que je fais la leçon d'histoire ?

– Je prends des notes, monsieur.

– Bien. »

La vérité est que je dessinais un bonhomme, tandis que le maître nous racontait pour la millième fois l'histoire de Guillaume Tell et du farouche Gessler. Personne ne la possédait comme lui. Le seul point qui lui restât à élucider était celui-ci : à quelle espèce, reinette ou calville, appartenait la pomme historique que le héros de l'Helvétie avait placée sur la tête de son fils, pomme aussi discutée que celle dont notre mère Ève dépouilla l'arbre du bien et du mal ?

Le bourg de Kalfermatt est agréablement situé au fond d'une de ces dépressions qu'on appelle « van », creusée sur le côté d'avers de la montagne, celui que les rayons du soleil ne peuvent atteindre l'été. L'école, ombragée de larges frondaisons, à l'extrémité du bourg, n'a point l'aspect farouche d'une usine d'instruction primaire. Elle est gaie d'aspect, en bon air, avec une vaste cour plantée, un préau pour la pluie et un petit clocher où la cloche chante comme un oiseau dans les branches.

C'est M. Valrügis qui tient l'école, de compte à demi avec sa sœur Lisbeth, une vieille fille plus sévère que lui. Tous deux suffisent à l'enseignement : lecture, écriture, calcul, géographie, histoire – histoire et géographie de la Suisse s'entend. Nous avons classe tous les jours, sauf le jeudi et le dimanche. On vient à huit heures avec son panier et des livres sous la boucle de la courroie ; dans le panier, il y a de quoi manger à midi : du pain, de la viande froide, du fromage, des fruits, avec une demi-bouteille de vin coupé. Dans les livres, il y a de quoi s'instruire : des dictées, des chiffres, des problèmes. À quatre heures, on remporte chez soi le panier vide jusqu'à la dernière miette.

«… Mademoiselle Betty Clère ?…

– Monsieur Valrügis ?… répondit la fillette.

– Vous n'avez pas l'air de prêter attention à ce que je dicte. Où en suis-je, s'il vous plaît ?

– Au moment, dit Betty en balbutiant, où Guillaume refuse de saluer le bonnet…

– Erreur !… Nous n'en sommes plus au bonnet, mais à la pomme, de quelque espèce qu'elle soit !… »

Mlle Betty Clère, toute confuse, baissa les yeux, après m'avoir adressé ce bon regard que j'aimais tant.

« Sans doute, reprit ironiquement M. Valrügis, si cette histoire se chantait au lieu de se réciter, vous y prendriez plus de plaisir, avec votre goût pour les chansons ! Mais jamais un musicien n'osera mettre pareil sujet en musique ! »

Peut-être notre maître d'école avait-il raison ? Quel compositeur prétendrait faire vibrer de telles cordes !... Et pourtant qui sait ?... Dans l'avenir ?...

Mais M. Valrügis continue sa dictée. Grands et petits, nous sommes tout oreilles. On aurait entendu siffler la flèche de Guillaume Tell à travers la classe... une centième fois depuis les dernières vacances.

II

Il est certain que M. Valrügis n'assigne à l'art de la musique qu'un rang très inférieur. A-t-il raison ? Nous étions trop jeunes alors pour avoir une opinion là-dessus. Songez donc, je suis parmi les grands, et je n'ai pas encore atteint ma dixième année. Et pourtant, une bonne douzaine de nous aimait bien les chansons du pays, les vieux lieds des veillées, et aussi les hymnes des fêtes carillonnées, les antiennes de l'antiphonaire, lorsque l'orgue de l'église de Kalfermatt les accompagne. Alors les vitraux frémissent, les enfants de la maîtrise jettent leurs voix en fausset, les encensoirs se balancent, et il semble que les versets, les motets, les répons s'envolent au milieu des vapeurs parfumées...

Je ne veux pas me vanter, c'est un mauvais sentiment, et quoique je fusse un des premiers de la classe, ce n'est pas à moi de le dire. Maintenant, si vous me demandez pourquoi, moi, Joseph Müller, fils de Guillaume Müller et de Marguerite Has, actuellement, après son père, maître de poste à Kalfermatt, on m'avait surnommé *Ré-Dièze*, et pourquoi Betty Clère, fille de Jean Clère et de Jenny Rose, cabaretiers audit lieu, portait le surnom de *Mi-Bémol,* je vous répondrai : patience, vous le saurez tout à l'heure. N'allez pas plus vite qu'il ne convient, mes enfants. Ce qui est certain, c'est que nos deux voix se mariaient admirablement, en attendant que nous fussions mariés l'un à l'autre. Et j'ai déjà un bel âge, mes enfants, à l'époque où j'écris cette histoire, sachant des choses que je ne savais pas alors – même en musique.

Oui ! M. *Ré-Dièze* a épousé Mlle *Mi-Bémol* et nous sommes très heureux, et nos affaires ont prospéré avec du travail et de la conduite !... Si un maître de poste ne savait pas se conduire, qui le saurait ?...

Donc, il y a quelque quarante ans, nous chantions à l'église, car il faut vous dire que les petites filles, comme les petits garçons, appartenaient à la manécanterie de Kalfermatt. On ne trouvait point cette coutume déplacée, et on avait raison. Qui s'est jamais inquiété de savoir si les séraphins descendus du ciel sont d'un sexe ou de l'autre ?

III

La maîtrise de notre bourgade avait grande réputation, grâce à son directeur, l'organiste Eglisak. Quel maître de solfège, et quelle habileté il mettait à nous faire vocaliser ! Comme il nous apprenait la mesure, la valeur des notes, la tonalité, la modalité, la composition de la gamme ! Très fort, très fort, le digne Eglisak. On disait que c'était un musicien de génie, un contrapontiste sans rival, et qu'il avait fait une fugue extraordinaire, une fugue à quatre parties.

Comme nous ne savions pas trop ce que c'était, nous le lui demandâmes un jour.

« Une fugue, répondit-il, en redressant sa tête en forme de coquille de contrebasse.

– C'est un morceau de musique ? dis-je.

– De musique transcendante, mon garçon.

– Nous voudrions bien l'entendre, s'écria un petit Italien, du nom de Farina, doué d'une jolie voix de haute-contre et qui montait… montait… jusqu'au ciel.

– Oui, ajouta un petit Allemand, Albert Hoct, dont la voix descendait… descendait… jusqu'au fond de la terre.

– Allons, monsieur Eglisak ?… répétèrent les autres garçonnets et fillettes.

– Non, mes enfants. Vous ne connaîtrez ma fugue que lorsqu'elle sera achevée…

– Et quand le sera-t-elle ? demandai-je.

– Jamais. »

On se regarda, et lui de sourire finement.

« Une fugue n'est jamais achevée, nous dit-il. On peut toujours y ajouter de nouvelles parties. »

Donc, nous n'avions point entendu la fameuse fugue du profane Eglisak ; mais il avait pour nous mis en musique l'hymne de saint Jean-Baptiste, vous savez ce psaume en vers, dont Gui d'Arrezo a pris les premières syllabes pour désigner les notes de la gamme :

Ut queant laxis
*Re*sonare fibris
*Mi*ra gestorum
*Fa*muli tuorum,
*Sol*ve polluti,
*La*bii reatum,
Sancte Joannes.

Le *Si* n'existait pas à l'époque de Gui d'Arrezo. Ce fut en 1026 seulement qu'un certain Guido compléta la gamme par l'adjonction de la note sensible, et m'est avis qu'il a bien fait.

Vraiment, quand nous chantions ce psaume, on serait venu de loin, rien que pour l'entendre. Quant à ce qu'ils signifiaient, ces mots bizarres, personne ne le savait à l'école, pas même M. Valrügis. On croyait que c'était du latin, mais ce n'était pas sûr. Et, cependant, il paraît que ce psaume sera chanté au Jugement dernier, et il est probable que le Saint-Esprit, qui parle toutes les langues, le traduira en langage édénique.

Il n'en reste pas moins que M. Eglisak passait pour être un grand compositeur. Par malheur, il était affligé d'une infirmité bien regrettable, et qui tendait à s'accroître. Avec l'âge, son oreille se faisait dure. Nous nous en apercevions, mais lui n'aurait pas voulu en convenir. D'ailleurs, afin de ne pas le chagriner, on criait quand on lui adressait la parole, et nos faussets parvenaient à faire vibrer son tympan. Mais l'heure n'était pas éloignée où il serait complètement sourd.

Cela arriva, un dimanche, à vêpres. Le dernier psaume des Complies venait d'être achevé, et Eglisak s'abandonnait sur l'orgue aux caprices de son imagination. Il jouait, il jouait, et cela n'en finissait pas. On n'osait pas sortir, crainte de lui faire de la peine. Mais voici que le souffleur, n'en pouvant plus, s'arrête. La respiration manque à l'orgue… Eglisak ne s'en est pas aperçu. Les accords, les arpèges se plaquent ou se déroulent sous ses doigts. Pas un son ne s'échappe, et cependant, dans son âme d'artiste, il s'entend toujours… On a compris : un malheur vient de le frapper. Nul n'ose l'avertir. Et pourtant le souffleur est descendu par l'étroit escalier de la tribune…

Eglisak ne cesse pas de jouer. Et toute la soirée ce fut ainsi, toute la nuit également, et, le lendemain encore, il promenait ses doigts sur le clavier muet. Il fallut l'entraîner… le pauvre homme se rendit compte enfin. Il était sourd. Mais cela ne l'empêcherait pas de finir sa fugue. Il ne l'entendrait pas, voilà tout.

Depuis ce jour, les grandes orgues ne résonnaient plus dans l'église de Kalfermatt.

IV

Six mois se passèrent. Vint novembre, très froid. Un manteau blanc couvrait la montagne et traînait jusque dans les rues. Nous arrivions à l'école le nez rouge, les joues bleuies. J'attendais Betty au tournant de la place. Qu'elle était gentille sous sa capeline rabattue !

« C'est toi, Joseph ? disait-elle.

– C'est moi, Betty. Cela pince, ce matin. Enveloppe-toi bien ! Ferme ta pelisse…

– Oui, Joseph. Si nous courions ?

– C'est cela. Donne-moi tes livres, je les porterai. Prends garde de t'enrhumer. Ce serait un vrai malheur de perdre ta jolie voix…

– Et toi, la tienne, Joseph ! »

C'eût été malheureux, en effet. Et, après avoir soufflé dans nos doigts, nous filions à toutes jambes pour nous réchauffer. Par bonheur, il faisait chaud dans la classe. Le poêle ronflait. On n'y épargnait pas le bois. Il y en a tant, au pied de la montagne, et c'est le vent qui se charge de l'abattre. La peine de le ramasser seulement. Comme ces branches pétillaient joyeusement ! On s'empilait autour. M. Valrügis se tenait dans sa chaire, sa toque fourrée jusqu'aux yeux. Des pétarades éclataient, qui accompagnaient comme une arquebusade l'histoire de Guillaume Tell. Et je pensais que si Gessler ne possédait qu'un bonnet, il avait dû s'enrhumer pendant que le sien figurait au bout de la perche, si ces choses-là s'étaient passées l'hiver !

Et alors, on travaillait bien, la lecture, l'écriture, le calcul, la récitation, la dictée, et le maître était content. Par exemple, la musique chômait. On n'avait trouvé personne capable de remplacer le vieil Eglisak. Bien sûr, nous allions oublier tout ce qu'il nous avait appris ! Quelle apparence qu'il vint jamais à Kalfermatt un autre directeur de manécanterie ! Déjà le gosier se rouillait, l'orgue aussi, et cela coûterait des réparations, des réparations…

M. le curé ne cachait point son ennui. Maintenant que l'orgue ne l'accompagnait plus, ce qu'il détonnait, le pauvre homme, surtout dans la préface de la messe ! Le ton baissait graduellement, et, quand il arrivait à *supplici confessione dicentes,* il avait beau chercher des notes sous son surplis, il n'en trouvait plus. Cela excitait à rire quelques-uns. Moi, cela me faisait pitié, – à Betty aussi. Rien de lamentable comme les offices à présent. À la Toussaint, il n'y avait eu aucune belle musique, et la Noël qui s'approchait avec ses *Gloria,* ses *Adeste Fideles,* ses *Exultet !…*

M. le curé avait bien essayé d'un moyen. Ç'avait été de remplacer l'orgue par un serpent. Au moins, avec un serpent, il ne détonnerait plus. La difficulté ne consistait pas à se procurer cet instrument antédiluvien. Il y en avait un pendu au mur de la sacristie, et qui dormait là depuis des années. Mais où trouver le serpentiste ? Au fait, ne pourrait-on utiliser le souffleur d'orgue, maintenant sans ouvrage.

« Tu as du souffle ? lui dit un jour M. le curé.

– Oui, répondit ce brave homme, avec mon soufflet, mais pas avec ma bouche.

– Qu'importe ! essaie pour voir…

– J'essaierai. »

Et il essaya, il souffla dans le serpent, mais le son qui en sortit était abominable. Cela venait-il de lui, cela venait-il de la bête en bois ? Question insoluble. Il fallut donc y renoncer, et il était probable que la prochaine Noël serait aussi triste que l'avait été la dernière Toussaint. Car, si l'orgue manquait faute d'Eglisak, la maîtrise ne fonctionnait pas davantage. Personne pour nous donner des leçons, personne pour battre la mesure, c'est pourquoi les Kalfermattiens étaient désolés, lorsqu'un soir, la bourgade fut mise en révolution.

On était au 15 décembre. Il faisait un froid sec, un de ces froids qui portent les brises au loin. Une voix, au sommet de la montagne, arriverait alors jusqu'au village ; un coup de pistolet tiré de Kalfermatt s'entendrait à Reischarden, et il y a une bonne lieue.

J'étais allé souper chez M. Clère un samedi. Pas d'école le lendemain. Quand on a travaillé toute la semaine, il est permis, n'est-ce pas, de se reposer le dimanche ? Guillaume Tell a également le droit de chômer, car il doit être fatigué après huit jours passés sur la sellette de M. Valrügis.

La maison de l'aubergiste était sur la petite place, au coin à gauche, presque en face de l'église, dont on entendait grincer la girouette au bout de son clocher pointu. Il y avait une demi-douzaine de clients chez Clère, des gens de l'endroit, et, ce soir-là, il avait été convenu que Betty et moi, nous leur chanterions un joli nocturne de Salviati.

Donc, le souper achevé, on avait desservi, rangé les chaises, et nous allions commencer, lorsqu'un son lointain parvint à nos oreilles.

« Qu'est-ce que cela ? dit l'un.
– On croirait que ça vient de l'église, répondit l'autre.
– Mais c'est l'orgue !...
– Allons donc ! L'orgue jouerait tout seul ?... »

Cependant, les sons se propageaient nettement, tantôt *crescendo,* tantôt *diminuendo,* s'enflant parfois comme s'ils fussent sortis des grosses bombardes de l'instrument.

On ouvrit la porte de l'auberge, malgré le froid. La vieille église était sombre, aucune lueur ne perçait à travers les vitraux de la nef. C'était le vent, sans doute, qui se glissait par quelque hiatus de la muraille. Nous nous étions trompés, et la veillée allait être reprise, lorsque le phénomène se reproduisit avec une telle intensité que l'erreur ne fut pas possible.

« Mais on joue dans l'église ! s'écria Jean Clère.
– C'est le diable, bien sûr, dit Jenny.
– Est-ce que le diable sait jouer de l'orgue ? » répliqua l'aubergiste.

« Et pourquoi pas ? » pensais-je à part moi.

Betty me prit la main.

« Le diable ? », dit-elle.

Cependant, les portes de la place se sont peu à peu ouvertes ; des gens se montrent aux fenêtres. On s'interroge. Quelqu'un de l'auberge dit :

« M. le curé aura trouvé un organiste, et il l'a fait venir. »

Comment n'avions-nous pas songé à cette explication si simple ? Justement M. le curé vient d'apparaître sur le seuil du presbytère.

« Qu'est-ce qui se passe ? demande-t-il.
– On joue de l'orgue, monsieur le curé, lui crie l'aubergiste.
– Bon ! c'est Eglisak qui s'est remis à son clavier. »

En effet, d'être sourd n'empêche pas de faire courir ses doigts sur les touches, et il est possible que le vieux maître ait eu cette fantaisie de remonter à la tribune avec le souffleur. Il faut voir. Mais le porche est clos.

« Joseph, me dit M. le curé, va donc chez Eglisak. »

J'y cours, en tenant Betty par la main, car elle n'a pas voulu me quitter.

Cinq minutes après, nous sommes de retour.

« Eh bien ? me demande M. le curé.

– Le maître est chez lui », dis-je hors d'haleine.

C'était vrai. Sa servante m'avait affirmé qu'il dormait dans son lit comme un sourd et tout le vacarme de l'orgue n'aurait pu le réveiller.

« Alors qui donc est là ? murmure Mme Clère, peu rassurée.

– Nous le saurons ! » s'écrie M. le curé, en boutonnant sa pelisse.

L'orgue continuait à se faire entendre. C'était comme une tempête de sons qui en sortait. Les seize-pieds travaillaient à plein vent ; le gros nasard poussait des sonorités intenses ; même le trente-deux-pieds, celui qui possède la note la plus grave, se mêlait à cet assourdissant concert. La place était comme balayée par une rafale de musique. On eût dit que l'église n'était plus qu'un immense buffet d'orgue, avec son clocher comme bourdon, qui donnait des *contre-fa* fantastiques.

J'ai dit que le porche était fermé, mais, en faisant le tour, la petite porte, précisément en face le cabaret Clère, était entrouverte. C'était par là que l'intrus avait dû pénétrer. D'abord M. le curé, puis le bedeau qui venait de le rejoindre, entrèrent. En passant, ils trempèrent leurs doigts dans la coquille d'eau bénite, par précaution, et se signèrent. Puis, toute la suite en fit autant.

Soudain, l'orgue se tut. Le morceau joué par le mystérieux organiste s'arrêta sur un accord de quarte et sixte qui se perdit sous la sombre voûte.

Était-ce l'entrée de tout ce monde qui avait coupé court à l'inspiration de l'artiste ? Il y avait lieu de le croire. Mais, à présent, la nef, naguère pleine d'harmonies, était retombée au silence. Je dis le silence, car nous étions tous muets, entre les piliers, avec une sensation semblable à celle qu'on éprouve quand, après un vif éclair, on attend le fracas de la foudre.

Cela ne dura pas. Il fallait savoir à quoi s'en tenir. Le bedeau et deux ou trois des plus braves se dirigèrent vers la vis qui monte à la tribune, au fond de la nef. Ils gravirent les marches, mais, arrivés à la galerie, ils ne trouvèrent personne. Le couvercle du clavier était rabattu. Le soufflet, à demi gonflé encore de l'air qui ne pouvait s'échapper faute d'issue, restait immobile, son levier en l'air.

Très probablement, profitant du tumulte et de l'obscurité, l'intrus avait pu descendre la vis, disparaître par la petite porte et s'enfuir à travers la bourgade.

N'importe ! le bedeau pensa qu'il serait peut-être convenable d'exorciser par prudence. Mais M. le curé s'y opposa, et il eut raison, car il en aurait été pour ses exorcismes.

V

Le lendemain, le bourg de Kalfermatt comptait un habitant de plus – et même deux. On put les voir se promener sur la place, aller et venir le long de la grande rue, pousser une pointe jusqu'à l'école, finalement retourner à l'auberge de Clère, où ils retinrent une chambre à deux lits, pour un temps dont ils n'indiquaient point la durée.

« Cela peut être un jour, une semaine, un mois, un an », avait dit le plus important de ces personnages, à ce que me rapporta Betty lorsqu'elle m'eut rejoint sur la place.

« Est-ce que ce serait l'organiste d'hier ? demandai-je.

– Dame, ça se pourrait, Joseph.

– Avec son souffleur ?...

– Sans doute le gros, répondit Betty.

– Et comment sont-ils ?

– Comme tout le monde. »

Comme tout le monde, c'est évident, puisqu'ils avaient une tête sur leurs épaules, des bras emmanchés à leur torse, des pieds au bout des jambes. Mais on peut posséder tout cela et ne ressembler à personne. Et c'était ce que je reconnus, lorsque, vers onze heures, j'aperçus enfin ces deux étrangers si étranges.

Ils marchaient l'un derrière l'autre.

L'un, de trente-cinq à quarante ans, efflanqué, maigre, une sorte de grand héron, emplumé d'une grande lévite jaunâtre, les jambes doublées d'un flottard étroit du bas et d'où sortaient des pieds pointus, coiffé d'une large toque avec aigrette. Quelle figure mince, glabre ! Des yeux plissés, petits mais perçants, avec une braise au fond de leur pupille, des dents blanches et aiguës, un nez effilé, une bouche serrée, un menton en galoche. Et quelles mains ! Des doigts longs, longs... de ces doigts qui sur un clavier peuvent prendre une octave et demie !

L'autre est trapu, tout en épaules, tout en buste, une grosse tête ébouriffée sous un feutre grisâtre, une face de taureau têtu, un ventre en clef de *fa*. C'est un gars d'une trentaine d'années, fort à pouvoir rosser les plus vigoureux de la commune.

Personne ne connaissait ces individus. C'était la première fois qu'ils venaient dans le pays. Pas des Suisses, à coup sûr, mais plutôt des gens de l'Est, par-delà les montagnes, du côté de la Hongrie. Et, de fait, cela était, ainsi que nous l'apprîmes plus tard.

Après avoir payé une semaine d'avance à l'auberge Clère, ils avaient déjeuné de grand appétit, sans épargner les bonnes choses. Et maintenant, ils faisaient un tour, l'un précédant l'autre, le grand ballant, regardant, baguenaudant, chantonnant, les doigts sans cesse en mouvement, et, par un geste singulier, se frappant parfois le bas de la nuque avec la main, et répétant :

« *La naturel… la naturel !…* Bien ! »

Le gros roulait sur ses hanches, fumant une pipe en forme de saxophone, d'où s'échappaient des torrents de fumée blanchâtre.

Je les regardais à pleins yeux, lorsque le grand m'avisa et me fit signe d'approcher.

Ma foi, j'eus un peu peur, mais enfin je me risquai, et il me dit d'une voix comme le fausset d'un enfant de chœur :

« La maison du curé, petit ?

– La maison du… le presbytère ?…

– Oui. Veux-tu m'y conduire ? »

Je pensai que M. le curé m'admonesterait de lui avoir amené ces personnes – le grand surtout, dont le regard me fascinait. J'aurais voulu refuser. Ce fut impossible, et me voilà filant vers le presbytère.

Une cinquantaine de pas nous en séparaient. Je montrai la porte et m'ensauvai tout courant, tandis que le marteau battait trois croches suivies d'une noire.

Des camarades m'attendaient sur la place, M. Valrügis avec eux. Il m'interrogea. Je racontai ce qui s'était passé. On me regardait… Songez donc ! *Il* m'avait parlé !

Mais ce que je pus dire n'avança pas beaucoup sur ce que ces deux hommes venaient faire à Kalfermatt. Pourquoi entretenir le curé ? Quelle avait été la réception de celui-ci, et ne lui était-il pas arrivé malheur, ainsi qu'à sa servante, une vieille d'âge canonique dont la tête déménageait parfois ?

Tout fut expliqué dans l'après-midi.

Ce type bizarre – le plus grand – se nommait Effarane. C'était un Hongrois, à la fois artiste, accordeur, facteur d'orgues, organier – comme on disait – se chargeant des réparations, allant de ville en ville et gagnant de quoi vivre à ce métier.

C'était lui, on le devine, qui, la veille, entré par la porte latérale, avec l'autre, son aide et souffleur, avait réveillé les échos de la vieille église, en déchaînant des tempêtes d'harmonie. Mais, à l'entendre, l'instrument, défectueux en de certaines parties, exigeait quelques réparations, et il offrait de les faire à très bas prix. Des certificats témoignaient de son aptitude aux travaux de ce genre.

« Faites… faites ! » avait répondu M. le curé, qui s'était empressé d'accepter cette offre. Et il avait ajouté : « Le Ciel soit deux fois béni, qui nous envoie un organier de votre valeur, et trois fois le serait-il, s'il nous gratifiait d'un organiste… »

– Ainsi ce pauvre Eglisak ?… demanda maître Effarane.

– Sourd comme un mur. Vous le connaissiez ?

– Eh ! qui ne connaît l'homme à la fugue !

– Voilà six mois qu'il ne joue plus à l'église, ni ne professe à l'école. Aussi avons-nous eu une messe sans musique à la Toussaint, et est-il probable qu'à la Noël…

– Rassurez-vous, monsieur le curé, répondit maître Effarane. En quinze jours les réparations peuvent être achevées, et, si vous le voulez, Noël venue, je tiendrai l'orgue… »

Et en disant cela, il agitait ses doigts interminables, il les décraquait aux phalanges, il les détirait comme des gaines de caoutchouc.

Le curé remercia l'artiste en bons termes et lui demanda ce qu'il pensait de l'orgue de Kalfermatt.

« Il est bon, répondit maître Effarane, mais incomplet.

– Et que lui manque-t-il donc ? N'a-t-il pas vingt-quatre jeux, sans oublier le jeu des voix humaines ?

– Eh ! ce qui lui manque, monsieur le curé, c'est précisément un registre que j'ai inventé, et dont je cherchais à doter ces instruments.

– Lequel ?

– Le registre des voix enfantines, répliqua le singulier personnage en redressant sa longue taille. Oui ! j'ai imaginé ce perfectionnement. Ce sera l'idéal, et alors mon nom dépassera les noms des Fabri, des Kleng, des Erhart Smid, des André, des Castendorter, des Krebs, des Müller, des Agricola, des Kranz, les noms des Antegnati, des Costanzo, des Graziadei, des Serassi, des Tronci, des Nanchinini, des Callido, les noms des Sébastien Érard, des Abbey, des Cavaillé-Coll… »

M. le curé dut croire que la nomenclature ne serait pas terminée pour l'heure des vêpres, qui approchait.

Et l'organier d'ajouter, en ébouriffant sa chevelure :

« Et si je réussis pour l'orgue de Kalfermatt, aucun ne pourra lui être comparé, ni celui de Saint-Alexandre à Bergame, ni celui de Saint-Paul à Londres, ni celui de Fribourg, ni celui de Haarlem, ni celui d'Amsterdam, ni celui de Francfort, ni celui de Weingarten, ni celui de Notre-Dame de Paris, de la Madeleine, de Saint-Roch, de Saint-Denis, de Beauvais… »

Et il disait ces choses d'un air inspiré, avec des gestes qui décrivaient des courbes capricieuses. Certes, il aurait fait peur à tout autre qu'à un curé, qui, avec quelques mots de latin, peut toujours réduire le diable à néant.

Heureusement la cloche des vêpres se fit entendre, et, prenant sa toque dont il frisa l'aigrette d'un léger coup de doigt, maître Effarane salua profondément et vint rejoindre son souffleur sur la place. N'empêche que, dès qu'il fut parti, la vieille bonne crut sentir comme une odeur de soufre.

La vérité, c'est que le poêle renvoyait.

VI

Il va de soi que, dès ce jour, il ne fut plus question que du grave événement qui passionnait la bourgade. Ce grand artiste, qui avait nom Effarane, doublé d'un grand inventeur, se faisait fort d'enrichir notre orgue d'un registre de voix enfantines. Et alors, à la prochaine Noël, après les bergers et les mages accompagnés par les trompettes, les bourdons et les flûtes, on entendrait les voix fraîches et cristallines des anges papillonnant autour du petit Jésus et de sa divine Mère.

Les travaux de réparation avaient commencé dès le lendemain ; maître Effarane et son aide s'étaient mis à l'ouvrage. Pendant les récréations, moi et quelques autres de l'école nous venions les voir. On nous laissait monter à la tribune sous condition de ne point gêner. Tout le buffet était ouvert, réduit à l'état rudimentaire. Un orgue n'est qu'une flûte de Pan adaptée à un sommier, avec soufflet et registre, c'est-à-dire une règle mobile qui régit l'entrée du vent. Le nôtre était d'un grand modèle comportant vingt-quatre jeux principaux, quatre claviers de cinquante-quatre touches, et aussi un clavier de pédales pour basses fondamentales de deux octaves Combien nous paraissait immense cette forêt de tuyaux à anches ou à bouches en bois ou en étain ! On se serait perdu au milieu de ce massif touffu ! Et quels noms drôles sortaient des lèvres de maître Effarane : les doublettes, les larigots, les cromornes, les bombardes, les prestants, les gros nasards ! Quand je pense qu'il y avait des seize-pieds en bois et des trente-deux-pieds en étain ! Dans ces tuyaux-là, on aurait pu fourrer l'école tout entière et M. Valrügis en même temps !

Nous regardions ce fouillis avec une sorte de stupéfaction voisine de l'épouvante.

« Henri, disait Hoct, en risquant un regard en dessous, c'est comme une machine à vapeur…

– Non, plutôt comme une batterie, disait Farina, des canons qui vous jetteraient des boulets de musique !… »

Moi, je ne trouvais pas de comparaisons, mais, quand je songeais aux bourrasques que le double soufflet pouvait envoyer à travers cet énorme tuyautage, il me prenait un frisson dont j'étais secoué pendant des heures.

Maître Effarane travaillait au milieu de ce pêle-mêle, et sans jamais être embarrassé. En réalité, l'orgue de Kalfermatt était en assez bon état et n'exigeait que des réparations peu importantes, plutôt un nettoyage des poussières de plusieurs années. Ce qui offrirait plus de difficultés, ce serait l'ajustement du registre des voix enfantines. Cet appareil était là, dans une boîte, une série de flûtes de cristal qui devaient produire des sons délicieux. Maître Effarane, aussi habile organier que merveilleux organiste, espérait enfin réussir là où il avait échoué jusqu'alors. Néanmoins, je m'en apercevais, il ne laissait pas que de tâtonner, essayant d'un côté, puis de l'autre, et lorsque cela n'allait pas, poussant des cris, comme un perroquet rageur, agacé par sa maîtresse.

Brrrr… Ces cris me faisaient passer des frissons sur tout le corps et je sentais mes cheveux se dresser électriquement sur ma tête.

J'insiste sur ce point que ce que je voyais m'impressionnait au dernier degré. L'intérieur du vaste buffet d'orgue, cet énorme animal éventré dont les organes s'étalaient, cela me tourmentait jusqu'à l'obsession. J'en rêvais la nuit, et, le jour, ma pensée y revenait sans cesse. Surtout la boîte aux voix enfantines, à laquelle je n'eusse pas osé toucher, me faisait l'effet d'une cage pleine d'enfants, que maître Effarane élevait pour les faire chanter sous ses doigts d'organiste.

« Qu'as-tu, Joseph ? me demandait Betty.

– Je ne sais pas, répondais-je.

– C'est peut-être parce que tu montes trop souvent à l'orgue ?

– Oui… peut-être.

– N'y va plus, Joseph.

– Je n'irai plus, Betty. »

Et j'y retournais le jour même malgré moi. L'envie me prenait de me perdre au milieu de cette forêt de tuyaux, de me glisser dans les coins les plus obscurs, d'y suivre maître Effarane dont j'entendais le marteau claquer au fond du buffet. Je me gardais de rien dire de tout cela à la maison ; mon père et ma mère m'auraient cru fou.

VII

Huit jours avant la Noël, nous étions à la classe du matin, les fillettes d'un côté, les garçons de l'autre. M. Valrügis trônait dans sa chaire ; la vieille sœur, en son coin, tricotait avec de longues aiguilles, des vraies broches de cuisine. Et déjà Guillaume Tell venait d'insulter le chapeau de Gessler, lorsque la porte s'ouvrit.

C'était M. le curé qui entrait.

Tout le monde se leva par convenance, mais derrière M. le curé, apparut maître Effarane.

Tout le monde baissa les yeux devant le regard perçant de l'organier. Que venait-il faire à l'école, et pourquoi M. le curé l'accompagnait-il ?

Je crus m'apercevoir qu'il me dévisageait plus particulièrement. Il me reconnaissait sans doute, et je me sentis mal à l'aise.

Cependant, M. Valrügis, descendu de sa chaire, venait de se porter au-devant de M. le curé, disant :

« Qu'est-ce qui me procure l'honneur ?…

– Monsieur le magister, j'ai voulu vous présenter maître Effarane, qui a désiré faire visite à vos écoliers.

– Et pourquoi ?…

– Il m'a demandé s'il y avait une maîtrise à Kalfermatt, monsieur Valrügis. Je lui ai répondu affirmativement. J'ai ajouté qu'elle était excellente du temps où le pauvre Eglisak la dirigeait. Alors maître Effarane a manifesté le désir de l'entendre. Aussi l'ai-je amené ce matin à votre classe en vous priant de l'excuser. »

M. Valrügis n'avait point à recevoir d'excuses. Tout ce que faisait M. le curé était bien fait. Guillaume Tell attendrait cette fois.

Et alors, sur un geste de M. Valrügis, on s'assit. M. le curé dans un fauteuil que j'allai lui chercher, maître Effarane sur un angle de la table des fillettes qui s'étaient vivement reculées pour lui faire place.

La plus rapprochée était Betty, et je vis bien que la chère petite s'effrayait des longues mains et des longs doigts qui décrivaient près d'elle des arpèges aériens.

Maître Effarane prit la parole, et, de sa voix perçante, il dit :

« Ce sont là les enfants de la maîtrise ?

– Ils n'en font pas tous partie, répondit M. Valrügis.

– Combien ?

– Seize.

– Garçons et filles ?

– Oui, dit le curé, garçons et filles, et, comme à cet âge ils ont la même voix…

– Erreur, répliqua vivement maître Effarane, et l'oreille d'un connaisseur ne s'y tromperait pas. »

Si nous fûmes étonnés de cette réponse ? Précisément, la voix de Betty et la mienne avaient un timbre si semblable, qu'on ne pouvait distinguer entre elle et moi, lorsque nous parlions ; plus tard, il devait en être différemment, car la mue modifie inégalement le timbre des adultes des deux sexes.

Dans tous les cas, il n'y avait pas à discuter avec un personnage tel que maître Effarane, et chacun se le tint pour dit.

« Faites avancer les enfants de la maîtrise », demanda-t-il en levant son bras comme un bâton de chef d'orchestre.

Huit garçons, dont j'étais, huit filles, dont était Betty, vinrent se placer sur deux rangs, face à face. Et alors, maître Effarane de nous examiner avec plus de soin que nous ne l'avions jamais été du temps d'Eglisak. Il fallut ouvrir la bouche, tirer la langue, aspirer et expirer longuement, lui montrer jusqu'au fond de la gorge les cordes vocales qu'il semblait vouloir pincer avec ses doigts. J'ai cru qu'il allait nous accorder comme des violons ou des violoncelles. Ma foi, nous n'étions rassurés ni les uns ni les autres.

M. le curé, M. Valrügis et sa vieille sœur étaient là, interloqués, n'osant prononcer une parole.

« Attention ! cria maître Effarane. La gamme *d'ut majeur,* en solfiant. Voici le diapason. »

Le diapason ? Je m'attendais à ce qu'il tirât de sa poche une petite pièce à deux branches, semblable à celle du bonhomme Eglisak et dont les vibrations donnent le *la* officiel, à Kalfermatt comme ailleurs.

Ce fut bien un autre étonnement.

Maître Effarane venait de baisser la tête, et, de son pouce à demi fermé, il se frappa d'un coup sec la base du crâne.

Ô surprise ! sa vertèbre supérieure rendit un son métallique, et ce son était précisément le *la,* avec ces huit cent soixante-dix vibrations normales.

Maître Effarane avait en lui le diapason naturel. Et alors, nous donnant l'*ut,* une tierce mineure au-dessus, tandis que son index tremblotait au bout de son bras :

« Attention ! répéta-t-il. Une mesure pour rien ! »

Et nous voici, solfiant la gamme d'*ut,* ascendante d'abord, descendante ensuite.

« Mauvais… mauvais… s'écria maître Effarane, lorsque la dernière note se fut éteinte. J'entends seize voix différentes et je devrais n'en entendre qu'une. »

Mon avis est qu'il se montrait trop difficile, car nous avions l'habitude de chanter ensemble avec grande justesse, ce qui nous avait toujours valu force compliments.

Maître Effarane secouait la tête, lançait à droite et à gauche des regards de mécontentement. Il me semblait que ses oreilles, douées d'une certaine mobilité, se tendaient comme celles des chiens, des chats et autres quadrupèdes.

« Reprenons ! s'écria-t-il. L'un après l'autre maintenant. Chacun de vous doit avoir une note personnelle, une note physiologique, pour ainsi dire, et la seule qu'il devrait jamais donner dans un ensemble. »

Une seule note – physiologique ! Qu'est-ce que ce mot signifiait ? Eh bien, j'aurais voulu savoir quelle était la sienne, à cet original, et aussi celle de M. le curé, qui en possédait une jolie collection, pourtant, et toutes plus fausses les unes que les autres !

On commença, non sans de vives appréhensions – le terrible homme n'allait-il pas nous malmener ? – et non sans quelque curiosité de savoir quelle était notre note personnelle, celle que nous aurions à cultiver dans notre gosier comme une plante dans son pot de fleur.

Ce fut Hoct qui débuta, et, après qu'il eut essayé les diverses notes de la gamme, le *sol* lui fut reconnu *physiologique* par maître Effarane, comme étant sa note la plus juste, la plus vibrante de celles que son larynx pouvait émettre.

Après Hoct, ce fut le tour de Farina, qui se vit condamné au *la* naturel à perpétuité.

Puis mes autres camarades suivirent ce minutieux examen, et leur note favorite reçut l'estampille officielle de maître Effarane.

Je m'avançai alors.

« Ah ! c'est toi, petit ! » dit l'organiste.

Et me prenant la tête, il la tournait et la retournait à me faire craindre qu'il ne finît par la dévisser.

« Voyons ta note », reprit-il.

Je fis la gamme *d'ut* à *ut* en montant puis en descendant. Maître Effarane ne parut point satisfait. Il m'ordonna de recommencer… Ça n'allait pas… Ça n'allait pas. J'étais très mortifié. Moi, l'un des meilleurs de la manécanterie, est-ce que je serais dépourvu d'une note individuelle ?

« Allons ! s'écria maître Effarane, la gamme chromatique !… Peut-être y découvrirai-je ta note. »

Et ma voix, procédant par intervalles de demi-tons, monte l'octave.

« Bien… bien ! fit l'organiste, je tiens ta note, et toi, tiens-la pendant toute la mesure !

– Et c'est ? demandai-je un peu tremblant.

– C'est le *ré dièze.* »

Et je filai sur ce *ré dièze* d'une seule haleine.

M. le curé et M. Valrügis ne dédaignèrent pas de faire un signe de satisfaction.

« Au tour des filles ! » commanda maître Effarane.

Et moi je pensai :

« Si Betty pouvait avoir aussi le *ré dièze.* » Ça ne m'étonnerait pas, puisque nos deux voix se marient si bien !

Les fillettes furent examinées l'une après l'autre. Celle-ci eut le *si naturel,* celle-là le *mi naturel.* Quand ce fut à Betty Clère de chanter, elle vint se placer debout, très intimidée devant maître Effarane.

« Va, petite. »

Et elle alla de sa voix si douce, si agréablement timbrée qu'on eût dit un chant de chardonneret. Mais, voilà, ce fut de Betty comme de son ami Joseph Müller. Il fallut recourir à la gamme chromatique pour lui trouver sa note, et finalement le *mi bémol* finit par lui être attribué.

Je fus d'abord chagriné, mais en y réfléchissant bien je n'eus qu'à m'applaudir. Betty avait le *mi bémol* et moi le *ré dièze.* Eh bien, est-ce que ce n'est pas identique ?… Et je me mis à battre des mains.

« Qu'est-ce qui te prend, petit ? me demanda l'organiste, qui fronçait les sourcils.

– Il me prend beaucoup de joie, monsieur, osai-je répondre, parce que Betty et moi nous avons la même note…

– La même ? » s'écria maître Effarane.

Et il se redressa d'un mouvement si allongé que son bras toucha le plafond.

« La même note ! reprit-il. Ah ! tu crois qu'un *ré dièze* et un *mi bémol,* c'est la même chose, ignare que tu es, oreilles d'âne que tu mérites ! Est-ce que c'est votre Eglisak qui vous apprenait de telles stupidités ? Et vous souffriez cela, curé ?… Et vous aussi, magister… Et vous de même, vieille demoiselle ? »

La sœur de M. Valrügis cherchait un encrier pour le lui jeter à la tête. Mais il continuait en s'abandonnant à tout l'éclat de sa colère.

« Petit malheureux, tu ne sais donc pas ce que c'est qu'un comma, ce huitième de ton qui différencie le *ré dièze* du *mi bémol,* le *la dièze* du *si bémol,* et autres ? Ah ça ! est-ce que personne ici n'est capable d'apprécier des huitièmes de ton ? Est-ce qu'il n'y a que des tympans parcheminés, durcis, racornis, crevés dans les oreilles de Kalfermatt ? »

On n'osait pas bouger. Les vitres des fenêtres grelottaient sous la voie aiguë de maître Effarane. J'étais désolé d'avoir provoqué cette scène, tout triste qu'entre la voix de Betty et la mienne il y eût cette différence, ne fût-elle que d'un huitième de ton. M. le curé me faisait de gros yeux, M. Valrügis me lançait des regards…

Mais l'organiste de se calmer soudain, et de dire :

« Attention ! Et chacun à son rang dans la gamme ! »

Nous comprîmes ce que cela signifiait, et chacun alla se placer suivant sa note personnelle, Betty à la quatrième place en sa qualité de *mi bémol,* et moi après elle, immédiatement après elle, en qualité de *ré dièze.* Autant dire que nous figurions une flûte de Pan, ou mieux les tuyaux d'un orgue avec la seule note que chacun d'eux peut donner.

« La gamme chromatique, s'écria maître Effarane, et juste. Ou sinon !… »

On ne se le fit pas dire deux fois. Notre camarade chargé de l'*ut* commença ; cela suivit ; Betty donna son *mi bémol,* puis moi mon *ré dièze,* dont les oreilles de l'organiste, paraît-il, appréciaient la différence. Après être monté, on redescendit trois fois de suite.

Maître Effarane parut même assez satisfait.

« Bien, les enfants ! dit-il. J'arriverai à faire de vous un clavier vivant ! »

Et, comme M. le curé hochait la tête d'un air peu convaincu :

« Pourquoi pas ? répondit maître Effarane. On a bien fabriqué un piano avec des chats, des chats choisis pour le miaulement qu'ils poussaient quand on leur pinçait la queue ! » « Un piano de chats, un piano de chats ! » répéta-t-il.

Nous nous mîmes à rire, sans trop savoir si maître Effarane parlait ou non sérieusement. Mais, plus tard, j'appris qu'il avait dit vrai en parlant de ce piano de chats qui miaulaient lorsque leur queue était pincée par un mécanisme ! Seigneur Dieu ! Qu'est-ce que les humains n'inventeront pas !

Alors, prenant sa toque, maître Effarane salua, tourna sur ses talons et sortit en disant :

« N'oubliez pas votre note, surtout toi, monsieur *Ré-Dièze,* et toi aussi, mademoiselle *Mi-Bémol !* »

Et le surnom nous en est resté.

VIII

Telle fut la visite de maître Effarane à l'école de Kalfermatt. J'en étais demeuré très vivement impressionné.

Il me semblait qu'un *ré dièze* vibrait sans cesse au fond de mon gosier.

Cependant les travaux de l'orgue avançaient. Encore huit jours, et nous serions à la Noël. Tout le temps que j'étais libre, je le passais à la tribune. C'était plus fort que moi. J'aidais même de mon mieux l'organier et son souffleur dont on ne pouvait tirer une parole. Maintenant les registres étaient en bon état, la soufflerie prête à fonctionner, le buffet remis à neuf, ses cuivres reluisant sous la pénombre de la nef. Oui, on serait prêt pour la fête, sauf peut-être en ce qui concernait le fameux appareil des voix enfantines.

En effet, c'est par là que le travail clochait. Cela ne se voyait que trop au dépit de maître Effarane. Il essayait, il réessayait... Les choses ne marchaient pas. Je ne sais ce qui manquait à son registre, lui non plus. De là un désappointement qui se traduisait par de violents éclats de colère. Il s'en prenait à l'orgue, à la soufflerie, au souffleur, à ce pauvre *Ré-Dièze* qui n'en pouvait mais ! Des fois, je croyais qu'il allait tout briser, et je m'ensauvais... Et que dirait la population kalfermatienne déçue dans son espérance, si le Grand annuel majeur n'était pas célébré avec toutes les pompes qu'il comporte ?

Ne point oublier que la maîtrise ne devait pas chanter à cette Noël-là, puisqu'elle était désorganisée, et qu'on serait réduit au jeu de l'orgue.

Bref, le jour solennel arriva. Pendant les dernières vingt-quatre heures, maître Effarane, de plus en plus désappointé, s'était abandonné à de telles fureurs qu'on pouvait craindre pour sa raison. Lui faudrait-il donc renoncer à ces voix enfantines ? Je ne savais, car il m'épouvantait à ce point que je n'osais plus remettre les pieds dans la tribune, ni même dans l'église.

Le soir de la Noël, d'habitude on faisait coucher les enfants dès le crépuscule, et ils dormaient jusqu'au moment de l'office. Cela leur permettait de rester éveillés pendant la messe de minuit. Donc, ce soir-là, après l'école, je reconduisis jusqu'à sa porte la petite *Mi-Bémol* – j'en étais venu à l'appeler ainsi.

« Tu ne manqueras pas la messe, lui dis-je.

– Non, Joseph, et toi n'oublie pas ton paroissien.

– Sois tranquille ! »

Je revins à la maison où l'on m'attendait.

« Tu vas te coucher, me dit ma mère.

– Oui, répondis-je, mais je n'ai pas envie de dormir.

– N'importe !

– Pourtant…

– Fais ce que dit ta mère, répliqua mon père, et nous te réveillerons lorsqu'il sera temps de te lever. »

J'obéis, j'embrassai mes parents et je montai à ma chambrette. Mes habits propres étaient posés sur le dos d'une chaise, et mes souliers cirés auprès de la porte. Je n'aurais qu'à mettre tout cela au saut du lit, après m'être lavé la figure et les mains.

En un instant, glissé sous mon drap, j'éteignis la chandelle, mais il restait une demi-clarté à cause de la neige qui recouvrait les toits voisins.

Il va sans dire que je n'étais plus d'âge à placer un soulier dans l'âtre, avec l'espoir d'y trouver un cadeau de Noël. Et le souvenir me reprit que c'était là le bon temps, et qu'il ne reviendrait plus. La dernière fois, il y avait trois ou quatre ans, ma chère *Mi-Bémol* avait trouvé une jolie croix d'argent dans sa pantoufle… Ne le dites pas, mais c'est moi qui l'y avais mise !

Puis ces joyeuses choses s'effacèrent de mon esprit. Je songeais à maître Effarane. Je le voyais assis près de moi, sa longue lévite, ses longues jambes, ses longues mains, sa longue figure… J'avais beau fourrer ma tête sous mon traversin, je l'apercevais toujours, je sentais ses doigts courir le long de mon lit…

Bref, après m'être tourné et retourné, je parvins à m'endormir.

Combien de temps dura mon sommeil ? Je l'ignore. Mais tout à coup, je fus brusquement réveillé, une main s'était posée sur mon épaule.

« Allons, *Ré-Dièze !* » me dit une voix que je reconnus aussitôt.

C'était la voix de maître Effarane.

« Allons donc, *Ré-Dièze*… il est temps… Veux-tu donc manquer la messe ? »

J'entendais sans comprendre.

« Faut-il donc que je te tire du lit, comme on tire le pain du four ? »

Mes draps furent vivement écartés. J'ouvris mes yeux, qui furent éblouis par la lueur d'un fanal, pendu au bout d'une main…

De quelle épouvante je fus saisi !… C'était bien maître Effarane qui me parlait.

« Allons, *Ré-Dièze,* habille-toi.

– M'habiller ?…

– À moins que tu ne veuilles aller en chemise à la messe ! Est-ce que tu n'entends pas la cloche ? »

En effet, la cloche sonnait à toute volée.

« Dis donc, *Ré-Dièze,* veux-tu t'habiller ? »

Inconsciemment, mais, en une minute, je fus vêtu. Il est vrai, maître Effarane m'avait aidé, et ce qu'il faisait, il le faisait vite.

« Viens, dit-il, en reprenant sa lanterne.

– Mais, mon père, ma mère ? observai-je.

– Ils sont déjà à l'église. »

Cela m'étonnait qu'ils ne m'eussent point attendu. Enfin, nous descendons. La porte de la maison est ouverte, puis refermée, et nous voilà dans la rue.

Quel froid sec ! La place est toute blanche, le ciel tout épinglé d'astres. Au fond se détache l'église, et son clocher dont la pointe semble allumée d'une étoile.

Je suivais maître Effarane. Mais au lieu de se diriger vers l'église, voici qu'il prend des rues, de-ci, de-là. Il s'arrête devant des maisons dont les portes s'ouvrent sans qu'il ait besoin d'y frapper. Mes camarades en sortent, vêtus de leurs habits de fête, Hoct, Farina, tous ceux qui faisaient partie de la maîtrise. Puis c'est le tour des fillettes, et, en premier lieu, ma petite *Mi-Bémol.* Je la prends par la main.

« J'ai peur ! » me dit-elle.

Je n'osais répondre : « Moi aussi ! » par crainte de l'effrayer davantage. Enfin, nous sommes au complet. Tous ceux qui ont leur note personnelle, la gamme chromatique tout entière, quoi !

Mais quel est donc le projet de l'organiste ? À défaut de son appareil de voix enfantines, est-ce qu'il voudrait former un registre avec les enfants de la maîtrise ?

Qu'on le veuille ou non, il faut obéir à ce personnage fantastique, comme des musiciens obéissent à leur chef d'orchestre, lorsque le bâton frémit entre ses doigts. La porte latérale de l'église est là. Nous la franchissons deux à deux. Personne encore dans la nef qui est froide, sombre, silencieuse. Et lui qui m'avait dit que mon père et ma mère m'y attendaient !... Je l'interroge, j'ose l'interroger.

« Tais-toi, *Ré-Dièze,* me répond-il, et aide la petite *Mi-Bémol* à monter. »

C'est ce que je fis. Nous voici tous engagés dans l'étroite vis et nous arrivons au palier de la tribune. Soudain, elle s'illumine. Le clavier de l'orgue est ouvert, le souffleur est à son poste, on dirait que c'est lui qui est gonflé de tout le vent de la soufflerie, tant il paraît énorme !

Sur un signe de maître Effarane, nous nous rangeons en ordre. Il tend le bras ; le buffet de l'orgue s'ouvre, puis se referme sur nous…

Tous les seize, nous sommes enfermés dans les tuyaux du grand jeu, chacun séparément, mais voisins les uns des autres. Betty se trouve dans le quatrième en sa qualité de *mi bémol,* et moi dans le cinquième en ma qualité de *ré dièze !* J'avais donc deviné la pensée de maître Effarane. Pas de doute possible. N'ayant pu ajuster son appareil, c'est avec les enfants de la maîtrise qu'il a composé le registre des voix enfantines, et quand le souffle nous arrivera par la bouche des tuyaux, chacun donnera sa note ! Ce ne sont pas des chats, c'est moi, c'est Betty, ce sont tous nos camarades qui vont être actionnés par les touches du clavier !

« Betty, tu es là ? me suis-je écrié.

– Oui, Joseph.

– N'aie pas peur, je suis près de toi.

– Silence ! » cria la voix de Maître Effarane.

Et on se tut.

IX

Cependant l'église s'est à peu près remplie. À travers la fente en sifflet de mon tuyau, je pus voir la foule des fidèles se répandre à travers la nef, brillamment illuminée maintenant. Et ces familles qui ne savent pas que seize de leurs enfants sont emprisonnés dans cet orgue ! J'entendais distinctement le bruit des pas sur le pavé de la nef, le choc des chaises, le cliquetis des souliers et aussi des socques, avec cette sonorité particulière aux églises. Les fidèles prenaient leur place pour la messe de minuit, et la cloche tintait toujours.

« Tu es là ? demandai-je encore à Betty.

– Oui, Joseph, me répondit une petite voix tremblante.

– N'aie pas peur… n'aie pas peur, Betty !… Nous ne sommes ici que pour l'office… Après on nous relâchera. »

Au fond, je pensais qu'il n'en serait rien. Jamais maître Effarane ne donnerait la volée à ces oiseaux en cage, et sa puissance diabolique saurait nous y retenir longtemps… Toujours peut-être !

Enfin, la sonnette du chœur retentit. M. le curé et ses deux assistants arrivent devant les marches de l'autel. La cérémonie va commencer.

Mais comment nos parents ne s'étaient-ils pas inquiétés de nous ? J'apercevais mon père et ma mère à leur place, tranquilles. – Tranquilles aussi M. et Mme Clère. – Tranquilles les familles de nos camarades. C'était inexplicable.

Or, je réfléchissais à cela, lorsqu'un tourbillon passa à travers le buffet de l'orgue. Tous les tuyaux frémirent comme une forêt sous une rafale. Le soufflet fonctionnait à pleins poumons.

Maître Effarane venait de débuter en attendant l'*Introït.* Les grands jeux, même le pédalier, donnaient avec des roulements de tonnerre. Cela se termina par un formidable accord final, appuyé sur la basse des bourdons de trente-deux pieds. Puis M. le curé entonna l'*Introït : Dominus dixit ad me : Filius meus es tu.* Et, au *Gloria,* nouvelle attaque de maître Effarane avec le registre éclatant des trompettes.

J'épiais, épouvanté, le moment où les bourrasques de la soufflerie s'introduiraient dans nos tuyaux ; mais l'organiste nous réservait sans doute pour le milieu de l'office…

Après l'Oraison, vient l'Épître. Après l'Épître, le Graduel terminé par deux superbes *Alleluia* avec accompagnement des grands jeux.

Et alors, l'orgue s'était tu pour un certain laps de temps, pendant l'Évangile et le Prône, dans lequel M. le curé félicita l'organiste d'avoir rendu à l'église de Kalfermatt ses voix éteintes...

Ah ! si j'avais pu crier, envoyer mon *ré dièze* par la fente du tuyau !...

On est à l'Offertoire. Sur ces paroles : *Loetentur coeli, et exultet terra ante faciem Domini quoniam venit,* admirable prélude de maître Effarane avec le jeu des prestants de flûte mariés aux doublettes. C'était magnifique, il faut en convenir. Sous ces harmonies d'un charme inexprimable, les cieux sont en joie, et il semble que les chœurs célestes chantent la gloire de l'enfant divin.

Cela dure cinq minutes, qui me paraissent cinq siècles, car je pressentais que le tour des voix enfantines allait venir au moment de l'Élévation, pour laquelle les grands artistes réservent les plus sublimes improvisations de leur génie...

En vérité, je suis plus mort que vif. Il me semble que jamais une note ne pourra sortir de ma gorge desséchée par les affres de l'attente. Mais je comptais sans le souffle irrésistible qui me gonflerait lorsque la touche qui me commandait fléchirait sous le doigt de l'organiste.

Enfin, elle arriva, cette Élévation redoutée. La sonnette fait entendre ses tintements aigrelets. Un silence de recueillement général règne dans la nef. Les fronts se courbent, tandis que les deux assistants soulèvent la chasuble de M. le curé...

Eh bien, quoique je fusse un enfant pieux, je ne suis pas recueilli, moi ! Je ne songe qu'à la tempête qui va se déchaîner sous mes pieds ! Et alors, à mi-voix, pour n'être entendu que d'elle :

« Betty ? dis-je.

– Que veux-tu, Joseph ?

– Prends garde, ça va être à nous !

– Ah ! Jésus Marie ! » s'écrie la pauvre petite.

Je ne me suis pas trompé. Un bruit sec retentit. C'est le bruit de la règle mobile qui distribue l'entrée du vent dans le sommier auquel aboutit le jeu des voix des enfantines. Une mélodie, douce et pénétrante, s'envole sous les voûtes de l'église au moment où s'accomplit le divin mystère. J'entends le *sol* de Hoct, le *la* de Farina ; puis c'est le *mi bémol* de ma chère voisine, puis un souffle gonfla ma poitrine, un souffle doucement ménagé, qui emporte le *ré dièze* à travers mes lèvres. On voudrait se taire, on ne le pourrait. Je ne suis plus qu'un instrument dans la main de l'organiste. La touche qu'il possède sur son clavier, c'est comme une valve de mon cœur qui s'entrouvre...

Ah ! que cela est déchirant ! Non ! s'il continue ainsi, ce qui sort de nous, ce ne sera plus des notes, ce seront des cris, des cris de douleur !... Et comment peindre la torture que j'éprouve lorsque maître Effarane plaque d'une main terrible un accord de septième diminué dans lequel j'occupais la seconde place, *ut naturel, ré dièze, fa dièze, la naturel !...*

Et comme le cruel, l'implacable artiste le prolonge interminablement, une syncope me saisit, je me sens mourir et je perds connaissance...

Ce qui fait que cette fameuse septième diminuée, n'ayant plus son ré dièze, ne peut être résolue suivant les règles de l'harmonie...

X

«… Eh bien, qu'as-tu donc ? me dit mon père.

– Moi… je…

– Allons, réveille-toi, c'est l'heure d'aller à l'église…

– L'heure ?…

– Oui… hors du lit, ou tu manqueras la messe, et, tu sais, pas de messe, pas de réveillon !… »

Où étais-je ? Que s'était-il passé ? Est-ce que tout cela n'était qu'un rêve… l'emprisonnement dans les tuyaux de l'orgue, le morceau de l'Élévation, mon cœur se brisant, mon gosier ne pouvant plus donner son *ré dièze ?…* Oui, mes enfants, depuis le moment où je m'étais endormi jusqu'au moment où mon père venait de me réveiller, j'avais rêvé tout cela, grâce à mon imagination surexcitée outre mesure.

« Maître Effarane ? demandai-je.

– Maître Effarane est à l'église, répondit mon père. Ta mère s'y trouve déjà… Voyons, t'habilleras-tu ? »

Je m'habillai, comme si j'avais été ivre, entendant toujours cette septième diminuée, torturante et interminable…

J'arrivai à l'église. Je vis tout le monde à sa place habituelle, ma mère, M. et Mme Clère, ma chère petite Betty, bien emmitouflée, car il faisait très froid. La cloche bourdonnait encore derrière les abat-son du clocher, et je pus en entendre les dernières volées.

M. le curé, vêtu de ses ornements des grandes fêtes, arriva devant l'autel, attendant que l'orgue fît retentir une marche triomphale.

Quelle surprise ! Au lieu de lancer les majestueux accords qui doivent précéder l'*Introït,* l'orgue se taisait. Rien ! Pas une note !

Le bedeau monta jusqu'à la tribune… Maître Effarane n'était pas là. On le chercha. Vainement. Disparu, l'organiste. Disparu, le souffleur. Furieux sans doute de n'avoir pu réussir à installer son jeu de voix enfantines, il avait quitté l'église, puis la bourgade, sans réclamer son dû, et, de fait, on ne le vit jamais reparaître à Kalfermatt.

Je n'en fus pas fâché, je l'avoue, mes enfants, car, dans la compagnie de cet étrange personnage, loin d'en être quitte pour un rêve, je serais devenu fou à mettre dans un cabanon !

Et, s'il était devenu fou, M. *Ré-Dièze* n'aurait pu, dix ans plus tard, épouser Mlle *Mi-Bémol* – mariage béni du Ciel, s'il en fut. Ce qui prouve que malgré la différence d'un huitième de ton, d'un « comma », ainsi que disait maître Effarane, on peut tout de même être heureux en ménage.

Le Figaro illustré, *Noël 1893.*

LE FORGERON DE PLOUZÉLAMBRE

par
Anatole Le Braz (1859-1926)

Il a contribué à la survie de la tradition bretonne grâce à La Légende de la mort chez les Bretons armoricains *(son œuvre maîtresse),* Les Saints bretons, Au pays des pardons, Le Théâtre celtique. *Dans la seconde partie de sa carrière, Le Braz a écrit des contes souvent inspirés par ceux qu'il avait collectés dans la première partie de sa vie. En Bretagne, même le soir de Noël, la mort veille toujours à la porte de l'église.*

À mademoiselle Finette

Lorsque j'avais votre âge, mon amie, j'étais, ne vous en déplaise, un affreux galopin, toujours courant, toujours trottant, en quête d'équipées héroïques qui finissaient le plus souvent de la façon la plus sotte et d'où je sortais penaud, mais impénitent. Vous m'avez demandé de vous en conter une. Écoutez celle-ci qu'une rencontre récente m'a remise en mémoire.

I

C'était aux vacances dernières. Je passais par Plouzélambre. Imaginez une pauvre bourgade de basse Bretagne, la plus humble et la plus perdue : de vieilles maisons grises aux toits galonnés de lichens jaunes ; quatre ou cinq auberges avec des enseignes d'une orthographe extraordinairement fantaisiste ; un enclos plein de tombes, ombragé par des ifs presque millénaires, une église vétuste, à demi effondrée, ne tenant debout que par miracle, et, en face de l'église, l'école

– une grande bâtisse fort laide, mais où tout de même, à l'époque, nous nous plaisions bien. J'ai fréquenté d'autres institutions, plus tard, qui, plus somptueuses, ne sont pas demeurées aussi chères à mon souvenir.

J'étais arrivé à Plouzélambre sur le coup des huit heures du matin. Des écoliers, pareils à celui que je fus, entraient en classe, alignés sur une longue file, les mains derrière le dos, le sac de toile en bandoulière, tête nue et chantant. Le fracas de leurs sabots sur les dalles retentissait en moi délicieusement et, parmi leurs voix claires montant à l'unisson, j'écoutais presque si je ne distinguerais pas la mienne. L'homme porte en lui une infinie puissance d'illusion : il avait suffi qu'autour de moi se reconstruisît le décor familier de mon enfance, pour que je me crusse redevenu enfant.

Un moissonneur descendait la rue, en corps de chemise, sa faucille à la saignée du bras. Je l'interpellai :

– L'instituteur, c'est bien monsieur Loarer, n'est-ce pas ?

Ainsi se nommait mon ancien maître. Le paysan me dévisagea, un peu surpris. Puis, au bout d'un instant :

– Si je ne me trompe, nous avons ânonné ensemble sur les mêmes bancs. Tu dois être un tel. Moi, je suis Le Bourdonnec.

Je lui sautai au cou et nous nous embrassâmes longuement.

– C'est singulier, fit-il, qu'après tant d'années on n'ait pas plus de peine à se reconnaître !... Je me suis souvent demandé, quand on parlait de toi, chez nous, quel air tu pouvais bien avoir à présent. N'est-il pas étrange que tu sois exactement celui que je me figurais ?

Je confessai en toute sincérité que, pour ma part, j'eusse difficilement mis, de prime abord, sur son visage robuste et hâlé le nom du petit Jouan Le Bourdonnec qui fut le premier et le plus aimé de mes compagnons d'études.

Il eut une de ces reparties profondes dont nos ruraux de Bretagne sont coutumiers :

– Nous, vois-tu, la vie des champs nous rend tous pareils... Mais, poursuivit-il, je n'ai pas répondu à ta question. Ne t'enquérais-tu pas de monsieur Loarer ? Je vais te conduire à lui : nous n'avons hélas ! que l'échalier du cimetière à franchir.

Nous fîmes quelques pas dans une étroite allée, sablée de coquillages de mer ; à droite, à gauche, des tertres verdoyants, surmontés de croix peintes, avec deux lignes d'inscriptions racontant des existences obscures et d'humbles trépas ; tout au bout, une tombe plus importante, presque monumentale, taillée dans un bloc de granit rose.

– C'est ici, fit Jouan.

Et, quand nous eûmes donné à la mémoire du vieux maître un souvenir attendri :

– Tu vois que ses élèves lui sont restés fidèles. Les plus pauvres y sont allés de leurs quatre sous, afin qu'il eût une sépulture convenable. « Il faut, disaient-ils, que sa pierre soit aussi belle que celle d'un curé. » Le fait est que nous lui devions bien cela. Te rappelles-tu ?

Nous avions pris à travers le cimetière, pour sortir par l'autre issue. Et sur nos lèvres, tout en marchant, abondaient les évocations du passé. Le paisible enclos des morts, baigné par la pure lumière d'août, avait le charme émouvant d'un très vieux jardin. Des bourdonnements d'abeilles emplissaient les calices des fleurs funèbres, et l'on entendait au loin, dans les campagnes blondes de soleil, le ronflement d'orgue de machines à battre. De temps à autre, Jouan, me saisissant par le bras, me désignait une croix sur un tertre :

– Lis ce nom...

Et c'était quelqu'un de nos camarades d'antan, couché dans le grand repos, avant d'avoir accompli la moitié de sa tâche. Je sentais la mélancolie me gagner, et pourtant j'eus toutes les peines du monde à retenir un éclat de rire lorsque, à propos d'un des noms inscrits là, au lugubre registre d'absence, Jouan Le Bourdonnec me dit à brûle-pourpoint :

– Il était de l'histoire du *symbole,* tu sais ?... Car tu ne l'as pas oubliée, l'histoire du *symbole ?*

Certes non, je ne l'avais pas oubliée... Nous voilà de la recoudre ensemble, pièce à pièce, en ses moindres détails.

Cela se passait aux âges fabuleux où, sous prétexte d'apprendre aux petits Bretons le français, dont ils ne possédaient pas un traître mot, on leur interdisait, même aux récréations, de se servir entre eux de la seule langue dans laquelle ils fussent en état de s'exprimer.

Autant les condamner au mutisme.

Mais l'enfant a des ingéniosités de sauvage.

Nous tournâmes la loi, quant à nous, en donnant à notre vocabulaire celtique, au moyen de désinences appropriées, une couleur vaguement française. D'où résulta, comme bien vous pensez, le plus abracadabrant des jargons. Nous disions, par exemple : « J'ai *torré* mon *botès.* » Traduisez : « J'ai cassé mon sabot. » J'ai encore retenu ce verbe effarant : *meignater.* Cela signifiait : se battre à coups de pierres. Tant de choses en un seul mot !

Le reste était à l'avenant.

Et voilà cependant le mirifique idiome que j'ai parlé de ma sixième à ma dixième année.

C'est alors que, pour nous réduire, on eut recours au fameux *symbole.* Symbole de quoi ? Je ne l'ai jamais su. Il y a, comme cela, des inventions pédagogiques qu'enveloppe un terrifiant mystère.

Celle-ci nous fut présentée sous les espèces et apparences d'une rondelle de fer-blanc percée en son milieu d'un trou que traversait une ficelle. Vous eussiez dit d'un jouet cocasse – mais destiné à quelle besogne sinistre ! Jugez plutôt.

Au premier terme suspect que vous laissiez échapper, le surveillant vous accrochait à la veste cette médaille d'infamie. À vous ensuite de guetter l'occasion de vous en défaire, en la glissant à quelqu'un de vos condisciples, astucieusement pris par vous en flagrant délit d'altération frauduleuse de la langue française. On gagnait à ce jeu de devenir assez vite un excellent apprenti mouchard. Peut-être est-il permis de penser que ce n'est pas précisément le but idéal de l'éducation. Le dernier détenteur du *symbole,* à la fin de la journée scolaire, restait, pour sa punition, une heure après le départ des autres, à ranger les livres, à épousseter les bancs, à faire la toilette de la salle de classe.

Et donc, cette humiliation m'advint.

J'en éprouvai un tel froissement que je résolus de me venger.

Ma corvée accomplie, au lieu de déposer le *symbole* sur la chaire, ainsi qu'il était prescrit, je profitai de l'absence du maître pour emporter la rondelle maudite, et, sitôt à l'air libre, mon premier soin fut d'assembler autour de moi tous les garnements du bourg.

– Çà, leur dis-je à peu près, il faut en finir avec cet instrument d'oppression ! Qui le hait me suive, et faisons-lui les funérailles qu'il mérite.

Ils s'écrièrent d'une seule voix :

– C'est cela, oui ! Qu'on l'enterre ! Qu'on l'enterre !

L'instant d'après, nous étions en route pour le Rûn. Le Bourdonnec et moi nous marchions en tête de la bande. Les autres se pressaient sur nos talons, hurlant et vociférant. Nous devions avoir quelque peu l'aspect d'un défilé d'Apaches sur le sentier de guerre. Les gens, ébaubis, se mettaient aux portes pour nous regarder passer.

Le Rûn, situé à un quart de lieue environ du bourg de Plouzélambre, est, comme son nom l'indique, une éminence broussailleuse, dont d'anciennes carrières abandonnées ont profondément entaillé les flancs. Où le cadavre de notre ennemi pouvait-il être mieux enfoui qu'au pied de cette colline déserte, dans une de ces excavations obstruées par les ronces, hantées seulement des chauves-souris et des crapauds ? Il fut procédé à son inhumation, selon les rites les plus solennels.

En guise de monument, nous amoncelâmes au-dessus de lui un tas de pierres analogues à ces *cairns* qui, chez nos ancêtres, marquaient la sépulture des grands chefs barbares. Puis, sur une couverture de cahier en carton, fixée dans une branche d'épine, l'un de nous – celui-là même dont une croix de bois noir venait de me rappeler le nom – écrivit au crayon ces deux vers qu'un *symboliste* d'aujourd'hui (soit dit sans jeu de mots) ne désavouerait peut-être pas :

Ci-gît le symbole,
On pourra parler breton à l'école.

Ce sont, je suppose, les seules rimes qu'il ait jamais assemblées. Que Dieu les lui pardonne !

Pas n'est besoin, je pense, de vous apprendre que, le lendemain, le symbole était ressuscité, sinon le même, du moins son frère.

Si j'en crois mon ami Le Bourdonnec, nous fûmes, pour cette escapade, fouettés de verges.

II

Tout en devisant de la sorte avec mon ami d'enfance, je m'étais laissé entraîner par lui vers sa métairie du Gollod. Il tenait à me présenter à sa femme, « Monna Dizès, voyons, la fille du meunier de Nizilzi, une petite futée qui faisait sa première communion l'année où nous faisions, nous, notre troisième ».

Il ajoutait d'un ton philosophe :

– Ah ! elle a un tantinet épaissi, depuis lors.

La « petite futée » s'était, en effet, changée en une opulente matrone, mais qui me reçut de la manière la plus accorte, avec une bonne grâce paysanne à laquelle il n'était guère possible de rien refuser. Je dînai donc au Gollod, à midi ; j'y soupai, le soir ; et il fut entendu, malgré mes protestations d'ailleurs assez faibles, que j'y passerais la nuit.

– Nous causerons dans l'aire, au pied des meules de blé, sous les étoiles, disait Jouan.

Et Monna Dizès insistait :

– Nos lits valent bien ceux de l'auberge... La couette est de fine balle d'avoine, vannée au vent de mer, et les draps sont en toile de Bretagne, parfumée de fleur de lavande... Vous y dormirez, croyez-moi, à poings fermés et, comme la chambre est au levant, le soleil béni vous *bonjourera* gaiement au réveil. Restez.

Je restai.

L'après-midi fut consacré à parcourir le domaine.

Nous ne rentrâmes que pour le repas du soir, que nous prîmes à la table commune, dans la grande cuisine, parmi les servantes, les bouviers et les pâtres. Il fut exquis, ce repas, assaisonné de propos rustiques, de menues histoires locales que ces braves gens contaient à mots brefs, sans lever le nez de leur assiette, avec des rires silencieux. C'était le charme de la vie patriarcale retrouvé. Monna présidait, debout, et distribuait les parts, en disant à chacun selon l'usage antique :

– Grand bien vous fasse !

À quoi l'on répondait :

– Dieu vous le rende !

Le souper fini, Jouan Le Bourdonnec récita le *Deo gratias,* et nous nous acheminâmes vers l'aire où les gerbes en tas érigeaient dans le couchant de pourpre leurs hautes architectures coniques. Jouan me convia à m'asseoir auprès de lui sur le timon d'une charrette. Il faisait une de ces belles et calmes soirées d'été breton où les choses semblent se recueillir dans une religieuse attente. Une nuit violette montait peu à peu ; les premières constellations s'allumaient ; un reste de clarté diurne agonisait mystérieusement.

Nous fumâmes quelques minutes en silence.

– Çà, me demanda Jouan tout à coup, sais-tu à qui je pense ?

– Dis voir.

– À quelqu'un dont j'ai oublié tantôt de te montrer la tombe et à qui nous devons cependant, l'un et l'autre, les plus merveilleuses peut-être de nos anciennes joies d'écoliers... à Miliau, mon cher, à Miliau Arzur.

Vous ne sauriez imaginer l'effet que produisirent sur moi ces quatre syllabes. Les lointains assombris de l'horizon du Gollod s'embrasèrent subitement à mes yeux d'une lueur resplendissante, d'une rouge lueur de forge, et les étoiles m'apparurent comme des étincelles jaillies d'une enclume immense.

– Ah ! oui, m'écriai-je, Miliau Arzur, le terrible batteur de fer !

Je revis l'homme, de taille moyenne, les jambes courtes et comme arquées sous le poids du torse, les épaules quasi trop vastes, presque pas de cou et des bras de géant, des bras velus, avec des biceps en boule qui montaient et qui descendaient. La tête était rude, hirsute, encadrée d'une barbe en collier aussi raide que poil de brosse. Les joues rêches, excoriées comme une vieille basane, étaient incrustées, damasquinées de limaille de fer qu'on eût prise pour le pointillé bleuâtre de quelque tatouage ancien.

Tout cela ne constituait par précisément un ensemble très séduisant.

Mais ce qui achevait de donner à la physionomie un aspect farouche et formidable, c'était la cavité vide de l'orbite gauche d'où la prunelle avait été arrachée par un éclat incandescent et que recouvrait mal un lambeau de paupière, ombragé d'une touffe de sourcil en auvent.

C'était, comme vous voyez, un véritable Cyclope, à l'œil unique. Cet œil, en revanche, était d'une douceur qui rassurait, qui attirait, qui exerçait sur vous, au premier regard, une fascination de bonté. Il était gris, du gris des étangs sous la lune, avec des transparences d'eau limpide derrière lesquelles brûlait l'âme du vieux Miliau, hospitalière et chaude comme sa forge.

Cette forge occupait à l'extrémité du bourg, sur la route de Saint-Michel-en-Grève, les ruines d'un antique sanctuaire de saint Efflam détruit, prétend-on, vers 93, par un bataillon de vandales étampois. La statue mutilée du grand anachorète celtique ornait encore un des angles du bâtiment. De temps à autre, des pèlerins venaient s'agenouiller devant elle, car cette image passait pour avoir conservé des vertus spéciales : elle portait chance aux jeunes conscrits, soit avant, soit après le tirage au sort, et guérissait les maris jaloux. C'était, du reste, avec les murs, tout ce qui demeurait de l'édifice primitif. L'autel avait été transformé en foyer. Le feu y couvait tout le jour et même une partie de la nuit. Miliau était un travailleur acharné, dur à la besogne, battant et forgeant depuis l'angélus du matin jusqu'à l'heure où tintait *Marie-Jeanne,* la cloche tardive, dite *la cloche des polissons.* Il ferrait les chevaux, réparait les coutres de charrue, cerclait les roues des tombereaux et des chars à bancs, martelait les faux pour les foins et les faucilles pour les blés, aiguisait les tranche-lard des ménagères, rétamait les bassins de cuivre, et, au besoin, fabriquait les *symboles.*

Nous l'eussions détesté de ce chef, si nous n'avions eu toute espèce d'autres motifs de l'aimer à plein cœur.

Pour sa serviabilité, d'abord. C'était l'homme du monde le plus obligeant, en dépit de ses dehors redoutables. Le clou d'une toupie venait-il à sauter, vite on courait chez Miliau Arzur.

– Miliau *gêz,* mon doux Miliau !...

Il bougonnait un peu, commençait par vous envoyer au diable, vous et votre toupie, et tout de même s'interrompait débonnairement dans son travail pour vous la raccommoder de main de maître.

– Combien est-ce, Miliau ?

Il vous prenait le bout de l'oreille entre ses gros doigts râpeux, faisait mine de serrer légèrement et disait :

– Me voilà payé, mais n'y reviens plus.

Nous revenions sans cesse.

Il y en avait même – et j'étais du nombre – qui, la classe terminée, s'installaient chez lui à demeure, jusqu'à la nuit déjà close.

L'on y était si bien, dans le pêle-mêle des ferrailles appuyées aux murs ou traînant à terre, dans le bruit rythmé des marteaux et l'éparpillement féerique des scories en feu ! Joignez que Miliau avait une voix superbe, une voix de métal sonore, comme il disait, en qui le timbre mordant de l'acier se mariait aux puissantes vibrations du bronze. De l'aube au crépuscule il chantait. Son répertoire était inépuisable. *Sônes* d'amour, berceuses enfantines, *gwerziou* tragiques et cantilènes sacrées, il vous promenait en quelques heures à travers le champ si fécond de l'inspiration populaire bretonne. Je crois même qu'il improvisait parfois et que l'esprit des temps bardiques vivait en lui. C'était, en tout cas, plaisir de l'entendre, et nous nous en privions le moins possible.

Puis, à l'instar des *leschés* grecques, la forge était un lieu de rendez-vous, de causeries, de racontars de toute nature. Les mendiants, les colporteurs, la race vagabonde des *chemineurs de pays* y entraient, au passage, pour allumer leur pipe ou réchauffer leurs doigts transis, et, le plus souvent, s'y attardaient à débiter les nouvelles, assis sur des billots de bois ou quelque enclume hors d'usage. On apprenait là les crimes, les incendies, les accidents, les baptêmes, les mariages, les décès, tous les faits divers de la contrée à plusieurs lieues à la ronde. J'y ai vu des types singuliers, des figures inoubliables, une entre autres, celle d'un ancien forçat qui s'était laissé condamner à la place de son frère. On ignorait son nom réel ; on l'appelait communément *Ar Galéour,* le Galérien. Il était maigre, chétif, ratatiné, avec un air navré de bête errante, de pauvre chien battu. Il portait une coiffure étrange, une manière de sac en bure jadis bleue dont le fond lui tombait derrière la nuque, sur le dos – son bonnet de bagne, paraît-il.

Miliau lui témoignait une grande compassion, le retenait quelquefois à coucher, et lorsqu'il repartait au petit jour, lui bourrait son bissac de pain frais et de lard fumé.

– Savez-vous que c'est un maître artisan ? nous disait-il... Seulement il ne peut plus travailler. Il a la bougeotte. Il est incapable de rester en place ; il fuit devant sa honte, la honte imméritée qui est sur lui ; et il faut qu'il marche sans repos ni trêve, comme fait le *Boudé-déo**... Plaignez-le et tirez-lui vos bérets.

Le samedi était le jour de la semaine où la forge présentait le spectacle le plus animé. Les cultivateurs de Plouzélambre s'y relayaient par groupes : ils arrivaient montés sur leurs chevaux de labour, les jambes ballantes du même côté, le chapeau rejeté en arrière, le brûle-gueule aux dents. Et c'étaient des cris, des appels, des remontrances aux bêtes pour les faire tenir tranquilles. Les étalons hennissaient, se dressaient debout contre la muraille, balayant le sol du crin de leurs queues ; les juments ruaient ou reniflaient avec force ; les hommes juraient, tempêtaient, claquaient du fouet et tout à coup éclataient en gros rires quand Miliau leur jetait une facétie ou les bousculait d'une bourrade amicale. Il fallait le voir se démener, le rude forgeron, brandissant au bout d'une pince le fer empourpré. Il connaissait par leur nom tous les chevaux du pays et savait l'art de les amadouer d'un mot. Une odeur âcre de corne brûlée se répandait dans l'air. Nous aimions ce parfum sauvage, nous le respirions avec délices.

Ah ! ces soirs du samedi !... La cloche de quatre heures n'avait pas fini de sonner que déjà, nos sabots aux mains pour courir plus vite, nous galopions dans la direction de la forge. Ces jours-là, Miliau, débordé, ne dédaignait pas notre aide. C'était à qui s'offrirait le premier pour « tirer sur le soufflet ». Tirer sur le soufflet, c'est-à-dire sur la chaîne qui le faisait mouvoir, quelle fonction enviée ! On se la disputait généralement à coups de poing. Des générations de gamins se sont suspendus à cette chaîne de fer, toute noire de suie et terminée par une cheville de bois dur que des milliers de mains avaient polie comme un vieil ivoire.

* Le Juif errant.

J'apportais, quant à moi, à ce métier de souffleur la même gravité que si j'eusse accompli un sacerdoce. Je goûtais une satisfaction toujours nouvelle à sentir au-dessus de mon front le branle du levier, à écouter le halètement sourd de l'appareil, à regarder fuser la flamme multicolore dans les crépitements du charbon.

– Hardi ! Hardi ! criait Miliau.

Et je m'évertuais, les muscles raidis, la face inondée de sueur.

Ce fut assez du nom de Miliau Arzur, prononcé par Jouan, pour me faire revivre, comme dans un éclair, toute la magie de mon passé d'enfant. Je demandai :

– Est-ce qu'il y a longtemps qu'il est mort, le « maréchal borgne », le « forgeron de saint Efflam » ?

– On célébrera sa messe anniversaire à la Noël prochaine, me répondit Le Bourdonnec.

Il secoua la cendre de sa pipe, baissa la tête et demeura un moment sans parler.

– Oui, il est mort, et pas comme tout le monde, reprit-il. Ce qu'il y a de pis, c'est que j'ai été, très involontairement, la cause de son trépas.

– Allons donc ! Comment cela ?

– Je veux te le dire. Ça me soulagera... L'histoire n'est pas ordinaire. Tu la jugeras peut-être invraisemblable. Mais elle est bien de chez nous, et le dénouement, hélas ! n'en est que trop réel.

Voici, tel quel, ce qu'il me raconta.

III

L'hiver avait été rigoureux, surtout vers la fin de décembre, aux approches de Noël. Il avait fait un temps de chien ou plutôt un temps de loup. Le sol, depuis deux semaines, était couvert d'un pied de neige sur laquelle il avait plu du verglas.

Un mercredi, veille de la Nativité, Jouan Le Bourdonnec se rendit chez Miliau Arzur.

– Vieux parrain, lui dit-il, il y a près d'un mois que j'ai promis une charge de rondins au notaire de Plufur. J'attendais pour les charroyer que les routes fussent redevenues praticables. Mais il paraît qu'on meurt de froid chez le tabellion. Il m'envoie prévenir par son clerc qu'il faut que la commande soit livrée pour vendredi. Alors, Miliau, ça va être à toi de taper ferme et dur, car j'ai besoin pour mon harnais de trois chevaux d'une belle douzaine de fers à glace.

Le forgeron le dévisagea d'un air furieux.

– Ah ça ! par la barbe du roi Arzur, mon ancêtre, vous vous êtes donc tous donné le mot, dans votre satané quartier du Gollod ?

– Tout doux, Miliau de mon âme. Explique-toi, s'il te plaît, sans te fâcher, car je n'entends goutte à ce que tu dis.

– Je dis... je dis que ton voisin Merrer sort d'ici et qu'avant lui il en est venu quatre autres, également de tes parages, tous geignant, tous suppliant : « Une douzaine de fers à glace, mon bon Miliau, pour l'amour de Dieu ! »... J'aurais les cent bras du géant Gawr, ma parole, qu'on ne me traiterait pas différemment... Je me suis engagé à servir les deux premiers arrivés. Les autres, eh bien ! je leur ai conseillé la forge du diable, qui, elle, ne chôme jamais et dont les feux brûlent nuit et jour... Vas-y toi-même, avec les camarades, mon garçon, si cela te chante.

Jouan Le Bourdonnec ne se démonta pas si vite. Il s'assit sur l'escabeau de chêne luisant, près du foyer, et repartit d'un ton tranquille :

– Tu ne me feras pas cet affront, Miliau. Tu as travaillé pour mon père et aussi, je crois, pour mon grand-père. Tu ne voudras point que j'attrape peut-être ma mort à m'en aller à cette heure, à pied, dans la neige, acheter des fers tout faits – et mal faits – chez le maréchal de la rue des Juifs, à Lannion.

– Non, mais tu accepterais que j'attrape la mienne à forger pour toi et pour tes compagnons, toute la nuit.

– Oh ! toute la nuit ! Pour quelques douzaines de fers !... Ce n'est pas, je pense, Miliau Arzur, ancien forgeron breveté des lanciers de la Garde, qui parle de la sorte !... Ah bien ! si ce maladroit de Tinévez, le maréchal lannionais, savait ça !... Il s'en ferait des gorges chaudes et c'est pour le coup qu'il irait crier sur les toits que tu vieillis.

– Te voilà encore avec ta langue de vipère, Jouan !

– Oh ! il n'a jamais tenu le propos devant moi. Si grande qu'il ait la bouche, j'ai la paume assez large pour la lui fermer.

– Tu ne ferais que ton devoir. Les Bourdonnec peuvent, mieux que personne, attester qui je suis et ce que je vaux.

Mon ami avait cause gagnée.

L'instant d'après, Miliau le suivait à l'auberge d'en face, trinquait avec lui, debout, devant le comptoir, et, le verre bu, disait en s'essuyant les lèvres dans la toison de son bras velu :

– Les fers seront prêts pour demain matin.

L'énorme soufflet de cuir ronfla furieusement, ce soir-là, dans la forge de saint Efflam. Sur les onze heures, Brun, le petit apprenti, demanda, tout ruisselant de sueur :

– Sauf votre respect, maître, y a-t-il encore beaucoup d'ouvrage ?

– Ça diminue, répondit Miliau. Tes membres réclament un peu d'huile de repos, hein, garçonnet ?

– C'est à cause de la messe de minuit. Si ça ne vous faisait rien, j'aimerais tant y aller.

– La messe de minuit !... répéta en écho le forgeron stupéfait. Faut-il qu'ils m'aient fait perdre la tête, tous ces *kouers* !...* J'avais, par ma foi, oublié que c'est veille de Noël. Dire que le Christ va naître, et que je suis là, comme un mécréant, à battre le fer !... Ah ! si seulement je n'avais pas donné ma parole à cet enjôleur de Bourdonnec !... Mais il est trop tard... Je suis lié par ma promesse. Advienne donc que pourra... Toi, petit, tu es libre. Va à la messe, mon bonhomme, va. Par exemple, ne manque pas de réciter un Pater à mon intention, quand tu feras tes dévotions devant la « Crèche ».

En un tournemain, l'apprenti eut jeté bas son tablier en peau de mouton et débarbouillé sa figure dans l'eau tiédie du baquet où l'on mettait à tremper les fers rouges.

Resté seul, Miliau Arzur se sentit tout triste et comme sans courage. Les cloches carillonnaient allègrement dans le silence glacé de la nuit. À leur appel, des pas retentirent, un claquement de sabots cloutés sonna clair sur le chemin durci... Le front collé à la vitre de sa fenêtre, le forgeron vit défiler des groupes de gens, hommes et femmes, garçons et fillettes, qui tous se dirigeaient du même côté, vers l'église. Ils marchaient vite, en balançant des fanaux à forme de tourelle, dont la menue flamme jaune vacillait à la bise. On distinguait les voix, les rires. D'aucuns, en passant devant la forge, criaient :

– Ohé ! Miliau... tu ne viens pas ?

D'autres disaient :

* Sobriquet donné aux paysans par les gens de métier.

– *Bennoz Nédélek** au forgeron de saint Efflam !

Il les regarda disparaître jusqu'au dernier, par l'échalier du cimetière, derrière le rideau noir des ifs. Et il se murmurait à lui-même :

– Je devrais les suivre. Ma place est parmi eux, là-bas, près de la balustrade du chœur.

Le carillon des cloches, dont les sons se précipitaient avant de s'éteindre, semblait le presser d'accourir :

« Dépêche-toi, Miliau... Dépêche-toi... Bim, baon !... bim, baon, baon ! »

Pour ne l'entendre plus, ce « bimbaon » dont l'insistance le troublait comme un reproche, et aussi pour changer le cours de ses idées qui tournaient au noir, il réempoigna sa masse et se remit à battre le fer. Il ne s'arrêtait de battre que pour tirer sur le soufflet et de tirer sur le soufflet que pour battre. Il battait, battait. Mais, chose bizarre, son coup, si assuré d'ordinaire, déviait à tout moment sur l'enclume, et le fer chaud, le beau fer souple, couleur de feu, au lieu de se pétrir docilement sous le marteau, ou bien se dérobait, ou bien se cassait.

Miliau en conçut d'abord de la colère, puis une sorte d'angoisse.

Des pressentiments sinistres voletaient autour de lui.

Pour essayer de se redonner du cœur, il entonna une *sône* alerte et comme ensoleillée, la *sône* des filles de Plouzélambre, dont il était l'auteur.

Mais il n'avait pas achevé le premier couplet qu'il s'interrompit. On venait de heurter à la porte.

« Voilà quelqu'un qui arrive à point, pensa-t-il. La solitude est une marâtre. Je commençais à avoir peur de je ne sais quoi. Sans compter qu'un peu de renfort ne sera pas de trop. »

* Bénédiction de Noël.

Ce fut d'une voix joyeuse qu'il cria :

– Entrez !

Il s'attendait à voir paraître la figure connue d'une de ses pratiques habituelles ou encore d'un de ces nomades que, dans la saison des grands froids, il avait coutume d'hospitaliser... Justement l'ancien forçat ne s'était pas montré depuis plusieurs mois.

– Gageons que c'est lui ! s'exclama Miliau.

Mais non, ce n'était pas *Ar Galéour.* L'homme qui franchit le seuil était de haute taille, le buste court, les jambes d'une longueur démesurée. Son corps efflanqué flottait dans des vêtements trop larges. Ses os craquaient en se mouvant, comme près de se disjoindre, de s'effondrer en tas.

« Quel peut être ce paroissien ? » se demanda le forgeron interloqué.

L'homme souleva son feutre, découvrant à plein un visage d'une maigreur peu commune, aux yeux caves, au nez camard qu'on eût dit rongé par une lèpre, aux mèches rares et grisonnantes, souillées de neige et de boue. Il prononça :

– Je vous ai vu au travail, malgré l'heure tardive et quoique ce soit nuit de Noël. Alors, j'ai frappé.

– C'est bien, répondit Miliau. Avancez au feu, si vous désirez vous chauffer. Mais fermez la porte, de grâce, car il gèle terriblement.

En parlant ainsi, il n'eût su dire si c'était l'entrée de l'air du dehors ou celle de ce singulier visiteur qui lui avait brusquement donné si froid. Ce qui est sûr, c'est qu'il se sentait transi.

L'autre répliqua d'un ton calme :

– Je ne me chauffe jamais.

– Qu'y a-t-il donc pour votre service ? fit Miliau, agacé. Expliquez-vous incontinent, s'il vous plaît, car je n'ai pas de temps à perdre.

– Alors, c'est comme moi.

Ce disant, l'homme tendit à Miliau Arzur une grande faux de tous points identique à celles dont on se sert en pays breton pour la coupe des foins.

– Voici, poursuivit-il avec un flegme grave : il s'agirait de me rajuster cette faux. Comme vous pouvez le constater, la lame branle un peu dans le manche.

Le forgeron eut un regard de pitié pour son interlocuteur, persuadé qu'il avait affaire à un fou, et, en Bretagne, les fous sont sacrés.

« Bah ! songea-t-il, le moyen le plus rapide de me débarrasser de ce malheureux, c'est encore de réparer son instrument. Un rivet, et j'en serai quitte. »

Il prit la faux et la coucha sur l'enclume.

– Ayez la bonté de souffler, dit-il à l'homme qui obéit sur-le-champ.

Puis, histoire de causer :

– C'est tout de même une drôle d'idée que vous avez de vous promener avec cet outil, un vingt-quatre décembre, quand il y a sur la terre un pied de neige ?

– Chacun son métier, maître Miliau.

– Certes, mais je ne savais pas que le métier de faucheur fût un métier d'hiver.

– C'est pourtant la période de l'année où j'ai le plus à faire.

– Je ne voudrais pas vous désobliger, mais un autre que moi vous prendrait pour un mauvais plaisant... Vous fauchez peut-être les bruyères des landes ou les roseaux des marais ? Ça ne doit pas être lucratif !

Miliau se déridait maintenant, presque amusé.

L'autre, tout en soufflant, gardait son attitude énigmatique, son air impassible et figé. Il répondit :

– Il y a faucheur et faucheur, il faut croire. Moi, je fauche en tout temps.

– Et dans quel pays, sauf votre respect ?

– Dans tous les pays où l'on me donne de l'ouvrage.

– Ne comptez pas en trouver à Plouzélambre, mon brave. Si vous avez envie qu'on vous occupe, vous ferez bien de repasser dans six mois.

– Je suis cependant demandé chez Gonéry Lezveur.

Le forgeron eut un haut-le-corps.

– Chez Gonéry Lezveur, du Poulru ? Vous vous moquez ?

– Je ne me moque jamais.

– Vous êtes prié d'aller faucher au Poulru, chez Gonéry Lezveur ? insista Miliau qui n'en revenait pas et que l'accent impérieux de l'inconnu commençait à décontenancer.

– Comme je vous l'ai dit.

– Et Gonéry vous attend ?

– Il faut que je sois à sa porte avant le chant du coq.

– C'est donc qu'il n'a plus sa tête à lui. Au reste, voilà déjà quelques jours, paraît-il, qu'il n'est pas bien.

– Il est possible, fit l'homme du même ton laconique.

Miliau avait fini d'emmancher solidement la faux. Quand il fut pour la remettre à son propriétaire, il eut peine à la soulever, tant elle était devenue inexplicablement lourde dans l'intervalle.

– Hein ? quoi ? balbutia-t-il... Qu'est-ce que cela signifie ?

L'inconnu, lui, la souleva aussi légèrement qu'il eût fait d'une plume et, posant la main sur l'épaule du forgeron :

– Service pour service, Miliau Arzur... Il est écrit : *Malheur à celui qui reste sourd à la voix de l'Ange et qui ne se met pas en route pour la Crèche sainte avec les Mages et les bergers !...* Tu as enfreint le précepte : tu dois expier. Mais, parce que tu t'es montré charitable à mon égard, je veux en user de même envers toi. Je ne repasserai par ici qu'après avoir terminé ma tournée du Poulru. Ainsi tu auras le temps de te confesser et de te repentir. À bientôt.

Le lugubre personnage était déjà dehors quand le pauvre Miliau comprit enfin qu'il venait de travailler pour l'*Ankou.* À la place où s'était posée la main du faucheur d'hommes, son épaule était de glace, et un frisson tragique, un frisson mortel se propageait par tout son corps.

L'apprenti, qui rentrait de la messe, ne put retenir un cri de stupeur devant la face livide de son maître.

– Retourne à l'église, lui dit Miliau, et prie le recteur d'accourir... Cela presse.

Un quart d'heure plus tard, les gens du bourg, en train de réveillonner derrière leurs portes bien closes, ouïrent tinter dans la rue la clochette de l'extrême-onction.

Et ils se demandèrent, attristés au milieu de leur gai repas de Noël :

« Quel est donc ce chrétien qui meurt à l'instant où Jésus vient de naître ? »

S'il y avait quelqu'un à qui ils fussent loin de penser, c'était assurément le forgeron de saint Efflam.

Miliau raconta son histoire au prêtre, fit son acte de contrition, reçut les derniers sacrements et ferma les yeux. Des voisines s'assemblèrent pour le veiller. Vers le jour, comme une aube triste commençait à blêmir au dehors, sur les vastes étendues neigeuses, il entrouvrit les paupières, fit signe à Brun l'apprenti et lui murmura dans l'oreille :

– Tu diras à Jouan Le Bourdonnec que, sur les douze fers, je n'ai pu en parachever que dix. Il voudra bien m'excuser, quand il aura su par le recteur qu'il n'y a point de ma faute.

Dans les fermes d'alentour, des coqs chantèrent.

À partir de ce moment, il ne bougea plus. Une des femmes, s'étant penchée pour lui nouer un chapelet dans les doigts, s'aperçut qu'ils étaient rigides. On n'avait cependant pas vu son âme s'en aller.

La fête de Noël à Plouzélambre fut annoncée, ce matin-là, par un double glas, et le fossoyeur eut à creuser deux tombes, l'une pour Miliau Arzur, l'autre pour Gonéry Lezveur.

– J'ai tenu à payer la croix de fer qui abrite le vieux forgeron dans la paix du repos final, me dit en terminant Jouan Le Bourdonnec. J'aurais dû t'y conduire. J'y récite un *De profundis* tous les dimanches.

Il reprit après un silence :

– C'est égal, vois-tu, son souvenir me hante parfois comme un remords.

– La forge elle-même a sans doute disparu ? m'informai-je.

– Oui, et à ce propos j'oubliais... Le saint qui l'ornait, je l'ai recueilli. I1 est précisément dans cette chambre de la tourelle où tu vas coucher.

Je dormis, en effet, sous l'égide d'Efflam, prince d'Hibernie et ermite armoricain. Mais il n'avait plus sa majesté d'autrefois. Je lui trouvai la mine affligée d'un saint en exil. L'auréole de flamme dont l'enveloppait jadis la forge lui manquait, et plus encore, j'imagine, la chanson quotidienne, la chanson toujours dispose du féal forgeron.

Extrait de Récits de passants, *1897.*

La nuit de Noël

par

Nikolaï Vassilievitch Gogol (1809-1852)

Un diable penaud, les amours du forgeron, les pantoufles d'une nouvelle Cendrillon éclipsent discrètement le petit Jésus et la messe de minuit. L'auteur de Tarass Boulba, *du* Journal d'un fou, *du* Revizor *a su capter dans cette farce féerique et rustique tous les aspects sulfureux, et quelque peu païens, contenus même dans la plus innocente nuit de Noël.*

Le dernier jour avant Noël était passé. Une claire nuit d'hiver était descendue sur la terre ; les étoiles apparurent ; majestueuse, la lune était montée au ciel pour dispenser sa lumière aux braves gens, comme d'ailleurs à tous les habitants de ce monde, afin que tous puissent avoir plaisir, cette nuit-là, à chanter les « koliadki »* et à glorifier le Christ. Il gelait plus fort que le matin, mais en revanche, il régnait un tel silence que l'on entendait à un demi-kilomètre le crissement de la neige dure sous la botte des passants. Pas un groupe de jeunes gens ne s'était encore montré sous la fenêtre des chaumières ; seule la lune y jetait un regard furtif, comme pour faire signe aux jeunes filles, occupées à mettre leurs plus beaux atours, de vite sortir sur cette neige qui craquait sous les pas. Alors, des tourbillons de fumée sortirent de la cheminée d'une de ces

* Les « koliadki » sont des noëls que jeunes gens et jeunes filles s'en vont chanter sous la fenêtre de tous les habitants. Le maître ou la maîtresse de la maison en question ne manquent jamais de jeter dans le sac des chanteurs un saucisson, un pain ou une pièce de cuivre, selon leurs moyens. On raconte qu'il y eut jadis un fou, du nom de Koliada, que l'on prenait pour une divinité, et que c'est de lui que sont venus les « koliadki ». Qui le sait ? Ce n'est pas à nous, les gens simples, à discuter de ces choses-là. L'an dernier, le père Ossip a même défendu d'aller chanter les « koliadki » de hameau en hameau, disant que par là on ne faisait que servir Satan. Cependant, à dire vrai, on ne fait jamais la moindre allusion à Koliada dans les « koliadki ». On y chante souvent la naissance du Christ, et à la fin, on souhaite santé et prospérité au maître, à la maîtresse de céans et à toute la maisonnée. *(Remarque de l'apiculteur.)*

chaumières et s'étendirent comme un nuage dans le ciel, et en même temps que la fumée, une sorcière s'éleva dans les airs, à cheval sur un balai.

Il l'aurait assurément aperçue, car il n'est pas de sorcière au monde qui lui échappe, si l'adjoint de Sorotchinetz avait passé par là à ce moment, en traîneau attelé d'une troïka de chevaux réquisitionnés, en bonnet fourré d'agneau, fait à la manière des uhlans, en pelisse bleue doublée d'une peau de mouton noire, tenant à la main cette diabolique cravache tressée dont il avait coutume de houspiller son postillon. L'adjoint sait, lui, combien de gorets met bas la truie de chaque paysanne, combien de toile on a réduite dans les coffres et ce que c'est, exactement, qu'un brave homme va engager au cabaret, le dimanche, de ses habits ou des objets de son ménage. Mais l'adjoint de Sorotchinetz n'a pas passé par là – et du reste, que pouvaient lui faire les cantons des autres –, n'avait-il pas le sien ?

La sorcière, cependant, était montée si haut qu'on ne voyait plus qu'un petit point noir dans les airs. Mais partout où se montrait ce petit point, les étoiles disparaissaient, l'une après l'autre. Bientôt, la sorcière en eut ramassé plein sa manche. Il n'y en avait bientôt plus que trois ou quatre qui brillaient au ciel. Soudain, un autre petit point apparut en face du premier, qui grandit, s'étendit, devint tout autre chose qu'un simple point. Un myope, eût-il chaussé son nez des roues de la voiture du commissaire en guise de lunettes, même alors, un myope n'aurait pu distinguer ce que c'était. Par devant, on aurait juré un étranger : un petit groin effilé, qui était sans cesse en mouvement et qui flairait tout ce qui était à sa portée. Ce groin était terminé par une petite plaque ronde, comme l'est celui de nos cochons. Les jambes étaient si grêles que si le maire de Iareskov en avait de semblables, il les casserait dès la première « cosaque »* qu'il danserait. En revanche, par derrière, il avait tout d'un avoué départemental revêtu de son uniforme, car il avait une queue, aussi longue et aussi mince que les basques d'un uniforme à la mode d'aujourd'hui. Ce n'est que la barbiche de bouc qui terminait son menton, les petites cornes qui pointaient sur sa tête, et tout son teint, qui n'était guère plus blanc que celui d'un ramoneur, qui permettaient de deviner qu'il ne s'agissait là ni d'un étranger, ni d'un avoué départemental, mais bien d'un diable, à qui il ne restait plus que cette nuit pour rôder par le monde et pour enseigner le péché aux braves gens. En effet, le lendemain, au premier son de cloche, il devait se précipiter, sans demander son reste et serrant la queue, droit dans sa tanière.

Cependant, le diable se glissait tout doucement vers la lune et déjà il était sur le point de la saisir, quand il retira précipitamment la main comme s'il s'était brûlé, se suça le bout des doigts, agita un pied et courut de l'autre côté. Là, il sauta de nouveau en arrière et retira brusquement la main. Pourtant, sans se laisser décourager par toutes ces déconvenues, le rusé diable n'abandonna pas ses espiègleries. S'étant approché par surprise, il saisit la lune à deux mains. Se soufflant dans les doigts et faisant toutes sortes de grimaces, il la fit sauter d'une paume dans l'autre, à la manière d'un paysan qui aurait sorti de ses mains nues une braise pour allumer sa pipe. Enfin, il fourra précipitamment la lune dans sa poche et, comme si de rien n'était, poursuivit sa course.

À Dikanka, personne ne savait comment le diable avait volé la lune. Il est juste de dire que le copiste communal, comme il sortait à quatre pattes de la pinte, avait aperçu que

* Danse, dans le genre du gopak.

la lune s'était mise à danser dans le ciel, sans raison apparente, et il en assurait le village tout entier, jurant ses grands dieux qu'il l'avait vu. Mais les villageois branlaient le chef, et même se moquaient de lui. Pour quelle raison le diable s'était-il donc laissé aller à un acte aussi répréhensible ? Elle est très simple, cette raison : il savait que le riche cosaque Tchoub était invité à aller manger de la koutia* chez le sacristain, chez qui devaient se trouver encore d'autres invités : le maire de l'endroit, un parent du sacristain, faisant partie du chœur de l'évêché, vêtu d'un surtout bleu, qui chantait la basse la plus profonde qui se puisse imaginer, le cosaque Sverbygouz, et deux ou trois autres. Chez le sacristain, outre la koutia, il devait y avoir de l'eau-de-vie aux épices et aux fruits, de la vodka au safran et toutes sortes de victuailles. La fille de Tchoub, cependant, une beauté qui n'avait pas sa pareille au village, resterait seule à la maison, et il était plus que probable qu'elle recevrait la visite du forgeron. C'était un hercule et un gars valant son pesant d'or, qui était même encore plus abject pour le diable que les sermons du père Kondrat. Pendant ses loisirs, le forgeron faisait de la peinture et passait pour le meilleur pinceau de la région. Même le centenier L-ko, qui était alors encore de ce monde, l'avait mandé une fois à Poltava, pour badigeonner une palissade devant sa maison. Le forgeron avait orné toutes les écuelles à bortch* des cosaques de Dikanka. Notre gaillard craignait Dieu et s'employait souvent à peindre des images de saints. On peut voir jusqu'à aujourd'hui, dans l'église de T..., un apôtre saint Luc de sa façon. Mais le triomphe de son art, c'était le tableau peint sur le mur de l'aile droite, sous le porche, et qui représentait saint Pierre le

* Sorte de bouillie au riz et au miel que l'on mange à la veille de Noël.

* Soupe dans la composition de laquelle entrent toutes sortes de légumes, parmi lesquels principalement la betterave. *(N.d.T.)*

jour du Jugement dernier, les clefs à la main, chassant l'esprit impur de l'enfer. Pressentant sa perte, le diable, épouvanté, se jetait de tous côtés, tandis que les pécheurs, qui jusque-là avaient été enfermés dans l'enfer, le rossaient et le pourchassaient avec des fouets, des bûches, avec tout ce qui leur tombait sous la main, enfin. Lorsque l'artiste était en train de peindre ce tableau sur un grand panneau de bois, le diable faisait tout pour le gêner dans son travail : tantôt il lui poussait le bras, tantôt il faisait voltiger par la forge la cendre du fourneau et en jetait sur la peinture. Cependant, malgré tous ces empêchements, le travail fut terminé, le panneau porté dans l'église et scellé dans le mur de droite, sous le porche, et c'est depuis ce jour-là que le diable avait juré de se venger du forgeron.

Or, cette nuit-là était la dernière qu'il lui était donné de rôder par le monde. Mais cette nuit-là comme les autres, il cherchait quelque moyen d'assouvir sa haine contre son ennemi. C'est dans ce but qu'il avait résolu de voler la lune, espérant exploiter la paresse du vieux Tchoub qui était difficile à mettre en branle : le chemin était long depuis sa chaumière jusque chez le sacristain, et de plus, passait par des terrains vagues, près des moulins, près du cimetière et contournait un ravin. Encore par un beau clair de lune, l'eau-de-vie aux épices et aux fruits et la vodka au safran eussent pu tenter Tchoub ; mais par une nuit aussi noire, il est peu probable que quelqu'un eût pu réussir à le faire descendre de son poêle et à le faire sortir de sa chaumière. Et comme le forgeron n'était pas du dernier bien avec lui depuis longtemps, il n'oserait jamais aller chez la fille en présence du père, malgré toute sa vigueur.

C'est donc pour cette raison que, dès que le diable eut caché la lune dans sa poche, la terre fut plongée dans des ténèbres si épaisses qu'il est assurément fort peu de gens qui auraient trouvé le chemin de la pinte, sans parler de celui qui menait à la chaumière du sacristain. Se voyant soudain plongée dans l'obscurité, la sorcière poussa un cri. Ici, le diable, accouru près d'elle en minaudant, lui saisit le bras et se mit à lui susurrer à l'oreille les choses mêmes que l'on s'en va chuchoter à toutes les femmes de l'univers. Notre bas monde est drôlement fait ! Toutes les créatures qui le peuplent n'ont qu'une idée – celle de s'imiter et de se singer les unes les autres. Prenez, par exemple, ce qui se passe à Mirgorod : avant, il n'y avait là que le juge et le maire qui portaient en hiver des manteaux de mouton recouverts de drap, tandis que tous les sous-ordres avaient des pelisses de mouton non recouvertes, et maintenant, l'adjoint et l'assesseur se sont commandé de nouvelles pelisses en agneau de Réchétilov, recouvertes de drap. Le clerc de chancellerie et le copiste communal eux-mêmes se sont acheté, il y a deux ans, du nankin à soixante kopecks l'aune. Le sonneur de cloches s'est fait faire pour l'été de larges pantalons de la même étoffe et un gilet en poil de chameau, à rayures. Bref, tout ce monde cherche à devenir quelqu'un ! Quand donc les gens se tiendront-ils tranquilles ? On peut parier que beaucoup trouveront étrange que le diable ait suivi l'exemple de tout le monde. Et le plus dépitant, c'est de penser qu'il doit se prendre pour un bel homme, alors que du haut en bas, c'est une honte, rien qu'à le regarder. Une gueule à faire peur, pour parler comme Thomas Grigoriévitch, et néanmoins, lui aussi va conter fleurette aux dames ! – Mais tout était devenu si noir dans le ciel et sur la terre qu'il fut impossible de voir ce qui se passa ensuite entre nos deux personnages.

– Alors, compère, tu n'as pas encore été dans la nouvelle chaumière du sacristain ? disait Tchoub, en sortant de son isba, à un grand cosaque sec, vêtu d'une courte pelisse, qui portait une barbe hirsute, laissant bien voir que le bout de faux qui sert de rasoir à nos paysans n'y avait plus touché depuis plus de deux semaines. – C'est qu'il va y avoir là de quoi lamper ! poursuivait Tchoub, le visage illuminé d'un large sourire. – Pourvu que nous n'arrivions pas trop tard !

À ces mots, Tchoub rajusta la ceinture qui serrait sa pelisse, enfonça son bonnet plus profondément sur sa tête, saisit avec énergie son fouet – terreur et plaie des chiens importuns ; mais levant les yeux, il s'arrêta net…

– Que diable ! Regarde, mais regarde donc, Panass !

– Qu'est-ce que c'est ? Mais il n'y a plus de lune !

– Peste ! c'est vrai qu'il n'y a plus de lune !

– C'est justement ce que je dis ! prononça Tchoub, quelque peu agacé de l'imperturbable indifférence de son compère. – Il faut croire que cela ne te fait ni chaud ni froid !

– Mais que veux-tu que j'y fasse ?

– Il a fallu qu'un diable s'en mêle – qu'il ne puisse pas, le matin, avaler son verre de vodka, cette canaille ! – Vraiment, c'est comme un fait exprès… Et moi qui ai encore regardé par la fenêtre de ma chaumière : cette nuit, c'était une pure merveille ! La neige scintillait sous la lune ; on voyait tout comme en plein jour. Je n'ai eu que le temps de franchir mon seuil, et voilà qu'il fait une obscurité à se crever les yeux. – Qu'il aille se casser toutes les dents sur une galette de sarrasin !

Tchoub bougonna longtemps encore, proférant des imprécations tandis que, en son for intérieur, il se demandait ce qu'il lui fallait décider. Il mourait d'envie d'aller jaser de mille vétilles chez le sacristain, chez qui devaient déjà se trouver à ce moment le maire, et le visiteur à la voix de basse, et le marchand de goudron Mikita, qui allait tous les quinze jours aux ventes aux enchères de Poltava et qui savait raconter des histoires si comiques que tous les villageois se tenaient les côtes de rire. Déjà, l'imagination de Tchoub lui peignait, posée sur la table, l'eau-de-vie aux épices et aux fruits. Il est vrai de dire que tout cela était tentant ; mais l'obscurité de cette nuit lui rappelait la paresse, si chère au cœur de tout cosaque. Qu'il ferait bon, à présent, de rester couché sur son poêle, les jambes repliées sous lui, de fumer bien tranquillement sa pipe et d'entendre, à travers une exquise somnolence, les « koliadki » et les chansons des joyeux gars et des jeunes filles qui passeraient en bandes sous les fenêtres ! Sans aucun doute, c'est cette dernière alternative qu'il aurait choisie s'il avait été seul ; mais il réfléchit qu'à deux, ce n'était pas si ennuyeux, ni si effrayant, de marcher dans la nuit noire. Et puis, Tchoub ne voulait tout de même pas paraître poltron ou paresseux aux yeux des autres. Quand il eut fini d'égrener le chapelet des jurons dont il disposait, il se tourna de nouveau vers son compagnon :

– Alors, compère, il n'y a décidément pas de lune ?

– Nenni.

– C'est drôle, ma parole ! Donne-moi donc une prise ! Tu as un fameux tabac, compère ! Où le prends-tu ?

– Fameux ? tu veux rire ! rétorqua l'autre, refermant sa tabatière en écorce de bouleau, toute creusée de motifs d'ornement. Un tabac qui ne ferait même pas éternuer une vieille poule !

– Je me souviens, poursuivait imperturbablement Tchoub, que feu l'aubergiste Zouzoulia m'a un jour rapporté du tabac de Niéjine. Ça, c'était du tabac ! Un tabac magnifique ! Alors, dis donc, compère, qu'est-ce que nous allons faire ? Dehors, il fait nuit noire.

– Alors, bon, restons à la maison, dit le compère, la main sur la poignée de la porte.

Si le compère n'avait pas prononcé ces mots, il est certain que Tchoub aurait décidé de rester ; mais maintenant, quelque chose le poussait à faire le contraire de ce qu'on lui disait.

– Non, compère, allons-y ! Il n'y a pas, il faut y aller !

À peine eut-il dit ces paroles qu'il fut dépité contre lui-même de les avoir prononcées. Il trouvait fort déplaisant de devoir se traîner en visite justement par cette nuit-là, et son unique consolation était de penser que c'est lui-même qui l'avait voulu et qu'il n'agissait pas comme on le lui avait conseillé. Sans le moindre mouvement d'impatience, en homme à qui il était totalement indifférent de rester à la maison ou de sortir, le compère jeta un regard à la ronde, se gratta les épaules avec le manche de son fouet, et nos deux hommes se mirent en route.

Voyons maintenant ce que faisait la jolie fille de Tchoub, restée seule à la maison. Oksana n'avait pas encore ses dix-sept ans, et pourtant, dans le monde entier ou presque – en deçà de Dikanka et au-delà –, il n'était question que d'elle. Les jeunes gens n'avaient qu'une voix pour proclamer que jamais on n'avait vu une si belle fille au village et que jamais on n'en verrait de pareille à l'avenir. Oksana entendait et savait tout ce qu'on disait d'elle, et elle était capricieuse comme l'est toute vraie beauté. Si elle eût porté la robe d'une dame au lieu d'une jupe de paysanne et d'un tablier, elle eût assurément chassé avec éclat toutes ses servantes. Les jeunes gens couraient après elle par bandes, jusqu'au moment où, ayant perdu patience, ils l'abandonnaient pour offrir leurs hommages à d'autres jeunes filles, moins gâtées. Seul le forgeron s'entêtait et il ne voulait à aucun prix abandonner la cour assidue qu'il lui faisait, bien qu'à lui non plus on ne réservât pas un meilleur accueil qu'à ses rivaux. Après le départ de son père, Oksana resta longtemps encore à se parer et, minaudant devant la petite glace au cadre d'étain, elle ne se lassait pas de s'admirer.

« Qu'est-ce qui leur a pris, aux gens, d'aller proclamer que je suis jolie ? » se disait-elle, comme distraite, dans le seul but de trouver un sujet pour la conversation qu'elle se faisait à elle-même. « Mensonges ! je ne suis pas jolie du tout ! »

Mais les traits que reflétait le miroir, ce minois frais et vif, paré d'une jeunesse qui sortait à peine de l'enfance, d'une paire d'yeux noirs brillants et d'un sourire inexprimablement charmant, qui vous brûlait jusqu'au fond de l'âme, tout cela lui prouvait le contraire de son affirmation.

« Serait-ce, poursuivait notre belle qui tenait toujours le miroir, serait-ce que mes yeux et mes sourcils noirs soient si beaux qu'ils n'ont pas leurs pareils au monde ? Que peut-il y avoir de joli dans ce nez retroussé, dans mes joues, dans mes lèvres ? Comme si j'avais de belles tresses ! Elles sont à faire peur, le soir – comme de longs serpents, elles s'enroulent autour de ma tête et s'entortillent. Je vois bien maintenant que je ne suis pas jolie du tout ! – Puis, reculant un peu le miroir, elle s'écria : – Oh ! mais si, je suis jolie ! Et comment ! C'est merveilleux ! Que je le rendrai heureux, celui dont je serai la femme ! Que mon mari sera rempli d'admiration devant moi ! Il ne se sentira pas d'aise ! Il m'embrassera tant que j'en mourrai ! »

– Merveilleuse jeune fille ! murmura le forgeron qui venait d'entrer sans bruit. Et ne connaissant pas la vanité ! Il y a bien une heure qu'elle se tient devant cette glace, sans se rassasier de sa beauté, et qui mieux est, elle se fait des compliments à haute voix !

« Mais oui, jeunes gars, suis-je faite de la même pâte que vous ? Regardez-moi donc, poursuivait la jolie coquette, voyez comme je m'avance d'un pas rythmé. Ma chemise est brodée de soie rouge. Et les rubans que j'ai sur la tête, donc ! De votre vie, vous n'en verrez de plus riches ! C'est mon père qui m'a acheté tout cela, pour que m'épouse le meilleur de tous les jeunes gens de l'univers. » Souriant à ces mots, elle se tourna et aperçut le forgeron.

Elle poussa un cri et se planta devant lui d'un air sévère.

Les bras en tombèrent au forgeron de se voir ainsi accueilli.

Il est difficile de dire ce qu'exprimait le visage un peu hâlé de la charmante jeune fille : on y distinguait une teinte de dureté, mêlée d'une sorte de raillerie à l'endroit du forgeron qui avait perdu contenance, et aussi une pointe de dépit qui fit rosir délicatement ses joues ; tout cela s'entremêla et c'était si inexprimablement charmant que l'embrasser un million de fois, c'est ce qu'on eût pu, alors, faire de mieux.

– Que viens-tu faire ici ? commença Oksana. Aurais-tu envie que je te mette dehors avec une pelle ? Vous êtes tous forts, vous autres, pour choisir le moment de venir nous faire la cour. Il ne vous faut pas plus d'un instant pour savoir quand nos pères sortent de la maison. Oh ! je vous connais ! – Et mon coffre, est-il prêt ?

– Il le sera bientôt, mon petit cœur, il sera fini après les fêtes. Si tu savais comme j'y ai travaillé ! J'ai passé deux nuits entières sans sortir de ma forge. Mais en revanche, pas une fille de pope n'en aura de pareil. Pour les ferrures, j'ai employé du fer d'une qualité supérieure encore à celui que j'ai pris pour la voiture du centenier chez qui j'ai travaillé à Poltava. Et les belles peintures qu'il y aura dessus ! Porterais-tu tes petits pieds blancs dans tout le district que tu ne trouverais pas de pareil coffre. Le fond de tous les panneaux sera couvert de fleurs bleues et rouges. Il sera rutilant comme le soleil. Alors, ne soit pas fâchée contre moi ! Laisse-moi au moins te regarder, te parler !

– Qui t'en empêche ? Regarde et parle !

À ces mots, elle s'assit sur le banc, se mira de nouveau dans la glace et se mit à rajuster ses tresses. Elle jeta un coup d'œil sur son cou, sur sa chemise neuve brodée de soie, et une fine expression de contentement se peignit sur sa bouche, sur ses joues fraîches, et se refléta dans ses yeux.

– Permets que moi aussi, je m'asseye près de toi !

– Assieds-toi, dit Oksana, conservant la même expression de satisfaction sur ses lèvres et dans ses yeux.

– Oh ! ma belle, ma bien-aimée Oksana, daigne permettre que je t'embrasse ! dit le forgeron qui avait quelque peu repris contenance, et il la serra contre lui dans l'intention de l'embrasser. Mais Oksana retira sa joue alors que les lèvres du forgeron la frôlaient déjà et le repoussa.

– Alors, de quoi d'autre encore as-tu envie ? Quand il a le miel, il lui faut la cuiller avec ! Va-t'en, file ! Tu as les mains plus dures que du fer. Et du reste, toute ta personne empeste la fumée. Je pense que tu m'as toute tachée de suie.

Elle reprit alors son miroir et se remit à se faire belle.

« Non, elle ne m'aime pas ! se disait en lui-même le forgeron, l'oreille basse. À ses yeux, tout n'est qu'amusettes, tandis que moi, imbécile que je suis, je reste là, planté devant elle, et je ne la quitte pas des yeux. Et je resterais bien cent ans devant elle, à la contempler. La merveilleuse créature ! Que ne donnerais-je pour connaître le fond de sa pensée, pour savoir qui elle aime. Mais non, elle se moque bien des autres. Elle ne fait que s'admirer elle-même ; elle me torture, pauvre malheureux que je suis, et moi, je ne vois plus la lumière du soleil à cause de la tristesse qui m'envahit. Je l'aime comme nul n'a jamais aimé ni n'aimera une femme. »

– Est-ce vrai que ta mère est une sorcière ? dit Oksana et elle se mit à rire. Et le forgeron sentit que tout riait en lui. Il sentit l'écho de cette gaîté dans son cœur et dans toutes ses fibres qui frémissaient doucement, et son âme fut prise de dépit à la pensée qu'il ne pouvait pas embrasser comme il le voulait ce minois rieur.

– Que m'importe ma mère ? C'est toi qui tiens la place de mon père et de ma mère, et de tout ce que j'ai de cher au monde. Si le Tsar me faisait mander et s'il me disait : « Forgeron Vakoula, demande-moi tout ce que j'ai de meilleur dans mon empire, je suis prêt à tout te donner. J'ordonnerai qu'on te construise une forge tout en or, et tu y battras le fer avec des marteaux d'argent ». « Non, aurais-je répondu au Tsar, je ne veux ni pierres précieuses, ni forge tout en or, ni tout ton empire : donne-moi plutôt mon Oksana ! »

– Voyez-vous ça, comme il est ! Seulement, tu sais, mon père, à moi, n'est pas bête non plus. Tu vas voir s'il n'épouse pas ta mère ! dit Oksana, souriant avec malice. Mais elles ne viennent toujours pas, mes compagnes ! Qu'est-ce que cela pourrait bien vouloir dire ? Il est grand temps d'aller chanter les noëls. Je commence à m'ennuyer !

– Tant pis pour elles, ma beauté !

– Que non pas ! Elles seront certainement accompagnées de jeunes gens, et c'est là que vont commencer les danses. J'imagine les histoires drôles qu'ils vont raconter !

– Alors, tu t'amuses bien avec eux ?

– Mais oui, un peu plus qu'avec toi. Ah ! voilà quelqu'un qui frappe ; ce sont sûrement les filles et les garçons.

« Qu'ai-je encore à attendre ? se dit le forgeron. Elle se moque de moi. Elle ne tient pas plus à moi qu'à un vieux fer à cheval tout rongé de rouille. Mais s'il en est ainsi, au moins je ne permettrai à personne d'autre de rire à mes dépens.

Que j'arrive seulement à savoir qui lui plaît mieux que moi, je lui apprendrai… »

Des coups à la porte et une voix rude qui résonna dans le froid du dehors, criant « Ouvre-moi ! » interrompirent ses réflexions.

– Attends, je vais ouvrir moi-même, dit le forgeron, et il alla dans le couloir d'entrée avec la ferme intention de casser les reins, de dépit, au premier homme qui se présenterait.

Le froid avait augmenté et en haut, il était devenu si vif que le diable sautillait d'un sabot sur l'autre et se soufflait dans les poings pour essayer de réchauffer un peu ses doigts engourdis. Rien d'étonnant, d'ailleurs, à ce qu'il gelât, lui qui passait sa vie en enfer où, comme chacun sait, il fait bien moins froid que chez nous en hiver et où, coiffé d'un bonnet et se tenant devant l'âtre ainsi qu'un vrai maître coq, il faisait rôtir les pécheurs avec le même plaisir qu'une bonne femme met à griller des saucisses à la Noël.

La sorcière elle-même sentit le froid, bien qu'elle fût chaudement habillée. C'est pour cette raison que, levant les bras, elle ramena un pied en arrière et, ayant pris la posture d'un patineur qui file à toute allure, sans faire le moindre mouvement, elle descendit dans l'air comme si elle glissait sur une abrupte paroi de glace et s'engouffra tout droit dans une cheminée.

Prenant le même chemin, le diable la suivit. Mais comme cet animal est plus leste que n'importe quel élégant portant des bas, rien d'étonnant à ce qu'à l'entrée de la cheminée il arriva sur le cou de sa bien-aimée et tous deux se trouvèrent soudain dans un spacieux poêle, au beau milieu des pots.

La voyageuse poussa doucement le bouchoir, pour voir si son fils Vakoula n'avait pas invité d'amis dans leur chaumière ; voyant qu'il n'y avait personne, hormis des sacs entassés au milieu de la chambre, elle sortit du poêle, se débarrassa de son chaud manteau fourré, remit de l'ordre dans sa toilette et nul n'aurait pu deviner que la minute d'avant, elle était en train de chevaucher un balai.

La mère du forgeron Vakoula ne comptait pas plus d'une quarantaine d'années. Elle n'était ni bien ni mal. En effet, il est difficile d'être jolie à cet âge. Cependant, elle savait si bien charmer les cosaques les plus posés (qui, entre parenthèses, n'avaient cure de la beauté), qu'elle recevait la visite du maire et du sacristain Ossip Nikiforovitch (en l'absence de sa femme, bien entendu), et celle du cosaque Korni Tchoub, et celle du cosaque Kassian Sverbygouz. Il faut dire, à son honneur, qu'elle avait l'art de savoir se comporter avec eux : pas un ne se serait douté qu'il avait un rival. Que le dimanche, un paysan dévot ou un gentilhomme (c'est ainsi que se nomment avec grandiloquence les cosaques), vêtu d'une pèlerine à capuchon, se rende à l'église ou, s'il fait mauvais temps, à la pinte, comment ne point passer chez Solokha pour manger chez elle des beignets au fromage blanc bien gras, assaisonnés de crème aigre, et bavarder un brin dans son isba chaude avec l'accueillante et communicative hôtesse ? Pour faire cette visite, le *gentilhomme* faisait exprès un grand crochet avant d'arriver au cabaret et appelait un tel détour « passer chez elle parce que c'était sur son chemin ». Quand, un jour de fête, Solokha allait à l'église, vêtue d'un jupon de couleur éclatante, avec un tablier de nankin et, par-dessus, une jupe bleue sur laquelle étaient cousus par derrière des galons d'or, et qu'elle se mettait tout près de l'aile droite du chœur, on pouvait être sûr de ce que le sacristain était pris d'un accès de toux et clignait involontairement des yeux de son côté. Le maire passait la main sur ses moustaches, enroulait sa longue mèche autour de son oreille et disait à son voisin : « Ça, c'est une belle femme, ça c'est une maîtresse femme ! » Solokha saluait tout un chacun et chacun croyait que son salut n'était que pour lui seul.

Mais tout homme enclin à se mêler de ce qui ne le regarde pas aurait remarqué à l'instant que le cosaque Tchoub était celui avec qui Solokha se montrait le plus aimable. Tchoub était veuf. Devant sa chaumière, on voyait toujours s'aligner huit meules de blé. Deux paires de bœufs robustes sortaient toujours leurs têtes hors de l'étable faite d'un treillis de branchages et ils mugissaient chaque fois qu'ils voyaient passer une vache – leur commère, ou leur oncle –, un gros taureau. Le bouc barbu allait se jucher sur le toit même de la chaumière, et de là, bêlait d'une voix aigre, pareille à celle du maire, pour narguer les dindons qui s'avançaient gravement dans la cour. Quant à ses ennemis, les gamins, qui se moquaient méchamment de sa barbiche, il leur tournait délibérément le dos. Les coffres de Tchoub regorgeaient de pièces de toile, de manteaux et de robes anciennes brodées de galons d'or : sa défunte femme avait aimé la toilette. Dans son jardin potager, outre les pavots, les choux, les tournesols, il plantait chaque année deux carrés de tabac. Tout cela, Solokha estimait qu'il ne serait pas mauvais de l'ajouter à son propre ménage, et, pensant à l'avance à l'allure que prendraient toutes ces choses en passant dans ses mains, elle redoublait d'amabilité à l'endroit du vieux Tchoub. Et pour que son fils Vakoula ne puisse pas faire sa cour efficacement à la fille du bonhomme et qu'il n'eût pas le temps de tout prendre pour lui, ne permettant alors à sa mère de s'immiscer dans aucune de ses affaires, elle eut recours au procédé habituel des matrones de quarante ans : amener des brouilles aussi fréquentes que possible entre le vieux Tchoub et le forgeron. Il se peut que ce soient justement ces ruses et l'astuce dont elle faisait preuve qui firent que, surtout quand elles avaient bu un coup de trop à quelque joyeuse réunion, les vieilles commençaient à raconter que Solokha était réellement une sorcière. On racontait que le jeune Kiziakoloupenko lui avait vu une queue, pas plus grande qu'un fuseau de paysanne. Que jeudi il y a quinze jours, elle avait traversé la rue sous la forme d'un chat noir. Qu'un cochon était accouru un jour chez la femme du pope, qu'il avait poussé un cocorico, s'était coiffé du bonnet du père Kondrat et s'était sauvé ensuite là d'où il était venu...

Or, un jour que les bonnes vieilles parlaient de choses semblables, survint un vacher du nom de Tymich Korostiavy. Il ne manqua pas de raconter qu'en été, un mois environ avant la Saint-Pierre, comme il s'était installé pour dormir à l'étable, avec une botte de paille sous la tête, il avait vu, de ses yeux vu, que la sorcière, vêtue d'une simple chemise et les cheveux défaits, s'était mise à traire les vaches, tandis que lui, il était incapable de se mouvoir, tellement elle l'avait ensorcelé ; elle lui enduisit les lèvres de quelque chose de si dégoûtant qu'il fut obligé de cracher toute la journée du lendemain. Mais tout cela est quelque peu sujet à caution, car seul l'adjoint de Sorotchinsy est capable de reconnaître une sorcière. C'est pourquoi tous les cosaques d'importance restaient sceptiques à l'ouïe de pareils discours. « Elles racontent des blagues, en vraies femmes qu'elles sont ! » était leur réponse habituelle.

Une fois sortie du poêle et remise de son escapade, Solokha entreprit de faire de l'ordre dans sa maison et de tout remettre en place, en bonne ménagère qu'elle était. Mais elle ne toucha pas aux sacs : « C'est Vakoula qui les a apportés, il n'aura qu'à les enlever ! » Cependant, le diable, alors qu'il volait encore vers la cheminée où il s'est engouffré, s'étant retourné, vit, déjà à une bonne distance de son isba, le vieux Tchoub qui cheminait bras dessus bras dessous avec son compère. Sur-le-champ, le diable bondit de la cheminée, leur barra la route et se mit à faire voler de tous côtés des tas de neige gelée. Une tourmente de neige se leva ; toute l'atmosphère prit une apparence laiteuse. La neige voltigeait partout et sans ordre ; elle menaçait de coller aux piétons les yeux, la bouche et les oreilles. Pendant ce temps, le diable s'enfila de nouveau dans la cheminée, fermement convaincu que Tchoub allait retourner sur ses pas avec son compère, qu'il allait surprendre le forgeron dans sa chaumière et qu'il lui secouerait les puces tant et si bien que pendant longtemps, l'artiste serait incapable de reprendre en main son pinceau et de peindre d'outrageantes caricatures.

Et en effet, dès que se leva la tempête de neige et que le vent se mit à lui souffler droit dans les yeux, Tchoub regretta d'être sorti, et, ayant enfoncé davantage son chapeau sur sa tête, il gratifiait de jurons le diable et son compère, sans s'oublier lui-même. Cependant, ce dépit était feint. Tchoub était au contraire ravi de voir arriver le mauvais temps. Il restait jusque chez le sacristain plus de huit fois le chemin qu'ils avaient déjà parcouru. Nos voyageurs retournèrent en arrière. Le vent leur soufflait dans la nuque ; mais à cause de la neige qui poudroyait, on ne voyait rien.

– Arrête, compère ! je crois bien que nous nous sommes trompés de chemin, dit Tchoub après avoir avancé de quelques pas. Je n'aperçois pas une chaumière. Ah ! mes amis, quelle tempête ! Dis donc, pays, va un peu de côté et vois si tu ne trouves pas d'habitation. Pendant ce temps, je chercherai par ici. Il faut vraiment être possédé du diable pour s'en aller voyager par un temps pareil ! Et n'oublie pas d'appeler quand tu auras trouvé le bon chemin. Ah là là ! ces tas de neige qu'il nous a lancés dans les yeux, ce Satan !

Cependant, on ne distinguait pas la route. S'étant quelque peu éloigné, le compère marcha longtemps de long en large dans ses hautes bottes et il finit par tomber droit sur la pinte. Il fut si heureux de cette trouvaille qu'il en oublia tout le reste et, ayant secoué la neige qui le couvrait, il pénétra dans l'entrée, sans se soucier le moins du monde de son compère, resté dehors. Pendant ce temps, Tchoub crut avoir trouvé le bon chemin. S'étant arrêté, il se mit à crier de toutes ses forces, mais voyant que son compère ne reparaissait pas, il résolut de s'en aller seul. Au bout de quelques pas, il aperçut sa propre chaumière. Il y avait à côté et sur le toit d'énormes tas de neige. Tout en frappant dans ses mains engourdies par le froid, il commença à cogner à la porte et d'une voix impérieuse, il cria à sa fille de lui ouvrir.

– Qu'est-ce que tu viens faire ici ? cria d'un ton rude le forgeron qui s'était avancé jusqu'au seuil.

Reconnaissant la voix du forgeron, Tchoub recula quelque peu. « Eh ! mais non, ce n'est pas ma chaumière à moi ! » se disait-il : « il n'y aurait aucune chance d'y trouver le forgeron. Mais, à la bien considérer, ce n'est pas non plus celle du forgeron. Alors, à qui pourrait-elle bien être, cette chaumière ? Ah ! mais bien sûr ! c'est celle de Levtchenko le boiteux, qui a récemment épousé une jeune femme. Il n'y a que sa chaumière à lui qui ressemble à la mienne. J'avais bien trouvé que j'étais vite arrivé à la maison. Cependant, Levtchenko se trouve en ce moment chez le sacristain, ça je le sais pertinemment. Alors, pourquoi le forgeron ? Hé-hé ! c'est donc qu'il va chez la jeune femme de Levtchenko. Pas mal ! Maintenant, j'ai tout compris. »

– Qui es-tu et qu'est-ce qui te prend de traîner devant la porte des gens ? dit le forgeron, s'étant approché et d'un ton encore plus rogue.

« Non, je ne vais pas lui dire qui je suis, pensa Tchoub : il serait capable de me donner une raclée, ce maudit avorton ! » Et, changeant de voix, il répondit : – C'est moi, brave homme. Je suis venu chanter des « koliadki » sous vos fenêtres, pour vous amuser.

– Va-t'en au diable avec tes « koliadki » ! cria Vakoula, furieux. Alors, qu'as-tu à rester planté là ? Tu entends ? Fiche-moi le camp, et plus vite que ça !

Tchoub avait formé lui-même le projet raisonnable de se retirer, mais il trouvait dépitant d'avoir à obéir aux injonctions du forgeron. Il lui semblait que quelque mauvais esprit lui poussait le coude et lui suggérait d'aller à l'encontre de cet ordre.

– Mais qu'est-ce qui te prend, vraiment, de crier de la sorte ? prononça-t-il de la même voix déguisée. Je te dis que je veux aller chanter des noëls, un point, c'est tout.

– Hé, mais je vois que de simples paroles ne suffiront pas pour te faire taire ! Ces mots n'étaient pas prononcés que Tchoub sentit sur l'épaule un coup qui lui fit bien mal.

– Mais dis-moi, c'est que tu commences déjà à cogner ! dit-il, reculant un peu.

– File, file ! vociférait le forgeron, ayant gratifié Tchoub d'un second coup.

– Mais qu'est-ce que tu as ? dit Tchoub d'un ton qui exprimait à la fois la douleur, le dépit et la timidité. Je vois que tu es vraiment d'humeur batailleuse, et tu fais mal, avec tout ça !

– File, file ! cria le forgeron, et il claqua la porte.

– Voyez-vous ça, comme il monte sur ses ergots ! disait Tchoub, resté seul dans la rue : « Essaie d'approcher ! Cette suffisance ! Tiens, tiens, quel oiseau ! Et tu imagines que je laisserai passer tout cela impunément ? Non, non, mon petit ami, je m'en vais m'adresser au commissaire lui-même. Ce n'est pas parce que tu es un forgeron et un peintre que tu m'en imposes ! Mais d'abord, voyons mon dos et mes épaules, je suppose qu'on y voit des taches bleues. Il doit avoir tapé dur, ce rejeton du malin. Dommage qu'il fasse froid et que je n'aie pas envie d'enlever mon manteau fourré. Attends un peu, forgeron du diable, que Satan aille te frapper aussi, toi et ta forge, tu vas voir ce que tu vas voir ! Espèce de maudit pendard ! Mais j'y songe : Solokha doit être toute seule maintenant, puisque son fils est absent de chez lui. Hum ! Ce n'est pas bien loin d'ici. Si j'y allais ? À cette heure, personne ne viendra nous surprendre. Peut-être même que nous pourrons… N'empêche que cela me fait bien mal, ces coups du maudit forgeron ! »

Ici, Tchoub, s'étant gratté l'échine, s'en alla dans la direction opposée. Le plaisir qu'il avait en perspective, quand il reverrait Solokha, diminuait quelque peu sa douleur et le rendait même insensible au froid glacial qui craquait de toutes parts et que ne réussissait même pas à dominer le sifflement de la tempête. Il passait parfois une expression aigre-douce sur son visage, sur lequel la tourmente de neige avait couvert la moustache et la barbe d'une mousse blanche, plus expéditive que n'importe quel barbier qui, d'un geste tyrannique, saisit sa victime par le nez. Mais si les flocons ne brouillaient pas tout devant les yeux de l'observateur, celui-ci aurait pu longtemps encore voir Tchoub s'arrêter, se passer la main dans le dos, l'entendre prononcer : « Il m'a fait joliment mal, le maudit forgeron ! » puis le voir continuer son chemin.

Au moment où l'agile élégant, paré d'une queue et d'une barbiche de bouc, avait volé hors de la cheminée pour s'y engouffrer de nouveau bientôt après, la giberne qu'il portait pendue au côté et dans laquelle il avait caché l'astre subtilisé s'accrocha dans le poêle et s'ouvrit ; la lune, profitant de l'occasion, s'échappa par la cheminée de la chaumière de Solokha et monta majestueusement au ciel. Tout s'éclaira. Il n'y avait plus trace de tourmente. La neige scintilla comme un vaste champ d'argent parsemé d'étoiles de cristal. Le froid diminuait apparemment de rigueur. Des troupes de garçons et de jeunes filles parurent, qui portaient des sacs. Des chants retentirent et rares étaient les chaumières sous les fenêtres desquelles ne se pressaient pas ces chanteurs de noëls.

L'éclat de la lune était merveilleux. Il est difficile d'exprimer combien il est agréable de se trouver mêlé, par une telle nuit, à la troupe des jeunes filles, tout à leurs rires et à leurs chants, et aux jeunes gens, prêts à toutes les farces et à toutes les plaisantes inventions que peut inspirer une nuit si pleine de joie et de gaîté. On a chaud dans les manteaux fourrés ; le froid ajoute encore à l'éclat des joues, et le malin lui-même vous pousse par derrière à faire des polissonneries.

Des bandes de jeunes filles, sac au dos, firent irruption dans la chaumière de Tchoub et entourèrent Oksana. Leurs cris, leurs rires et leurs histoires assourdirent le forgeron. À qui mieux mieux, toutes voulaient raconter quelque chose de nouveau à la belle, toutes sortaient de leur sac ce qu'elles avaient récolté, montraient leurs pains plats, leurs saucissons, leurs beignets au fromage blanc, dont elles avaient déjà reçu une bonne quantité, en récompense de leurs chants. Oksana paraissait au comble du plaisir et de la joie, elle jasait tantôt avec l'une, tantôt avec l'autre de ses amies, et elle riait tout le temps.

Le forgeron voyait d'un œil de dépit et d'envie toute cette gaîté et pour cette fois maudissait les « koliadki » bien qu'il les aimât énormément en temps ordinaire.

– Hé, Odarka ! dit la belle joyeuse, se tournant vers une des jeunes filles. Tu as des souliers neufs ! Oh ! qu'ils sont jolis ! Et brodés d'or, encore ! Tu peux te la couler douce, Odarka, tu as quelqu'un qui t'achète tout ce que tu veux, tandis que moi je n'ai personne qui me donne des chaussures aussi charmantes.

– Ma belle Oksana, ne sois pas triste ! reprit le forgeron, je te procurerai des souliers si fins qu'il n'est que peu de nobles dames qui en portent de pareils.

– Toi ? dit Oksana, jetant sur lui un rapide et hautain coup d'œil. J'aimerais bien savoir où tu trouveras des souliers que je puisse chausser. À moins que tu ne m'apportes ceux-là mêmes de la tsarine.

– Eh bien, vrai, tu n'y vas pas de main morte ! cria en riant le chœur des jeunes filles.

– Mais oui, poursuivit la belle avec orgueil, je veux que vous soyez toutes témoins : si le forgeron Vakoula m'apporte les escarpins que met la tsarine, je donne ma parole d'honneur que je l'épouserai sur l'heure.

Sur ce, les jeunes filles emmenèrent la capricieuse beauté.

– Ris, ris donc ! disait le forgeron, sortant à leur suite. Je ris moi-même de ma bêtise. J'ai beau chercher, je ne réussis pas à comprendre ce qu'a pu devenir mon intelligence. Elle ne m'aime pas, c'est clair – eh bien, tant pis ! Comme s'il n'y avait qu'une Oksana au monde. Dieu merci, il y a assez d'autres jolies filles au village. D'ailleurs, que représente-t-elle, Oksana ? Jamais elle ne donnera une bonne ménagère. Non, non, c'en est assez ! Il est grand temps de faire cesser toutes ces bêtises.

Mais au moment précis où le forgeron s'apprêtait à montrer qu'il avait une volonté, quelque mauvais esprit faisait passer devant ses yeux l'image rieuse d'Oksana, qui lui disait en le narguant : « Procure-toi les escarpins de la tsarine, forgeron, et je t'épouserai ! » Tout en lui était ému et il n'avait de pensées que pour Oksana.

Les bandes de chanteurs de « koliadki », jeunes gens et jeunes filles séparés, se hâtaient de passer d'une rue dans l'autre. Mais le forgeron, lui, marchait sans rien voir et ne prenait aucune part à ces réjouissances qu'il avait aimées auparavant plus que nul autre.

Cependant, le diable faisait la cour à Solokha, et pas pour rire. Il lui baisait la main avec des mines pareilles à celles que fait l'adjoint quand il va chez la fille du pope, il mettait la main sur son cœur et finit par lui déclarer sans ambages que si elle ne consentait pas à satisfaire sa passion et à le récompenser comme il se doit, il était prêt à tout, qu'il allait se jeter à l'eau et précipiter son âme droit en enfer. Solokha n'était pas si cruelle ; de plus, on se souviendra que le diable agissait en parfait accord avec elle. Elle ne détestait pas se voir courtisée par une masse d'hommes et il était rare de la trouver sans quelqu'un pour lui tenir compagnie. Cependant, elle pensait passer seule cette soirée, étant donné que tous les habitants notables de l'endroit étaient invités à manger la « koutia » chez le sacristain. Mais tout prit un cours différent de celui qu'elle avait prévu : à peine le diable eut-il le temps de formuler ses exigences, que tout à coup on entendit frapper à la porte et l'on perçut la voix de l'homme costaud qu'était le maire. Solokha courut lui ouvrir la porte, tandis que le diable agile se faufila dans un des sacs qu'il y avait par terre.

Après avoir secoué la neige de son chapeau et bu un verre de vodka présenté par Solokha, le maire raconta qu'il n'était pas allé chez le sacristain à cause de la tourmente qui s'était levée et que, voyant de la lumière aux fenêtres de Solokha, il était venu, dans l'intention de passer la soirée avec elle.

Il n'eut que le temps de lui dire tout cela quand on entendit à la porte des coups et la voix du sacristain.

– Cache-moi quelque part, souffla le maire, je ne voudrais pas rencontrer le sacristain en ce moment.

Après avoir longuement réfléchi où elle pourrait bien cacher un visiteur de cette corpulence, Solokha finit par choisir le plus grand des sacs, qui contenait du charbon. Ce charbon, elle le versa dans un cuveau et le gros maire grimpa dans le sac, avec ses moustaches, sa tête et son chapeau.

Le sacristain entra, soupirant d'aise et se frottant les mains. Il raconta que personne n'était venu chez lui et dit son contentement de ce qu'une occasion lui fût ainsi offerte de se donner un peu de bon temps chez elle ; il ajouta qu'il n'avait pas craint d'affronter la tempête de neige pour venir. Il s'approcha alors de Solokha, toussa, sourit, toucha de ses longs doigts son bras nu et dodu et dit d'un air qui trahissait à la fois la ruse et la suffisance :

– Et qu'est-ce que vous avez là, ma splendide Solokha ?

Ayant prononcé ces mots, il fit un bond en arrière.

– Comment, ce que j'ai là ? mais c'est mon bras, Ossip Nikiforovitch ! répondit Solokha.

– Hum ! votre bras ! Hé-hé-hé ! dit le sacristain content de son début, et il fit quelque pas dans la chambre.

– Et là, qu'est-ce que vous avez là, très chère Solokha ? demanda-t-il du même air, s'approchant de nouveau d'elle pour la saisir doucement par le cou et sauter en arrière comme précédemment.

– Comme si vous ne le voyiez pas, Ossip Nikiforovitch, répliqua Solokha, mais c'est mon cou et sur mon cou il y a un collier.

– Hum, un collier sur le cou ! Hé-hé-hé ! et de nouveau le sacristain fit quelques pas dans la chambre en se frottant les mains.

– Et là, qu'est-ce que vous avez là, incomparable Solokha ? On ne sait ce qu'aurait touché à ces mots, de ses longs doigts, le sacristain lubrique, car on entendit à ce moment cogner à la porte et l'on distingua la voix du cosaque Tchoub.

– Mon Dieu, mon Dieu, un étranger ! cria le sacristain épouvanté. Qu'est-ce qui va arriver si l'on découvre ici, maintenant, une personne de ma condition ? Le père Kondrat ne manquera pas de le savoir…

Mais en réalité, les craintes du sacristain étaient d'une autre nature : il redoutait bien plus que sa moitié ne fût mise au courant de son escapade, elle qui, de sa main terrible, avait réduit sa grosse tresse en une natte toute mince.

– Au nom du Ciel, vertueuse Solokha ! dit-il, tremblant de tous ses membres, votre bonté, ainsi qu'il est dit dans l'Évangile selon saint Luc, chapitre trei… trei… On frappe, je le jure, on frappe ! Malheur ! cachez-moi quelque part !

Solokha versa dans le cuveau le charbon que contenait l'autre sac et le sacristain, qui n'était guère corpulent, put s'y glisser et se blottit tout au fond, de manière qu'on aurait pu mettre encore par-dessus la moitié d'un sac de charbon.

– Bonjour, Solokha, dit Tchoub en entrant dans la chaumière. Tu ne m'attendais peut-être pas, quoi ? C'est vrai, tu ne m'attendais pas ? Peut-être que je suis importun ?... poursuivit Tchoub, prenant un air content et entendu, qui faisait pressentir que sa cervelle obtuse peinait à l'élaboration de quelque plaisanterie mordante et compliquée. Peut-être vous amusiez-vous ici avec quelqu'un ? Tu as peut-être déjà caché quelqu'un, hein ? Et, ravi de cette remarque, Tchoub éclata de rire, triomphant intérieurement à la pensée que lui seul était dans les bonnes grâces de la dame.

– Eh bien, Solokha, verse-moi à boire à présent. Mon gosier doit être tout gelé à cause de ce maudit froid. Une fameuse nuit que le bon Dieu nous a envoyée là, en fait de veille de Noël ! Dès que cette tourmente, entends-tu, Solokha, dès que cette tourmente… Mes mains sont tout engourdies : je ne suis pas capable de déboutonner mon gros manteau ! Dès que cette tourmente a commencé…

– Ouvre ! retentit une voix au dehors, accompagnée d'un coup à la porte.

– Quelqu'un frappe, dit Tchoub en s'arrêtant.

– Ouvre-moi ! cria-t-on encore plus fort.

– C'est le forgeron ! dit Tchoub, saisissant son capuchon. Tu entends, Solokha, cache-moi où tu voudras ; pour rien au monde je ne voudrais me faire voir par ce maudit avorton ; qu'il lui pousse sous chaque œil une vessie grosse comme une meule, à ce fils du diable !

Saisie de peur elle-même, Solokha courait de côté et d'autre comme une folle et, perdant la tête, elle fit signe à Tchoub de grimper dans le même sac où se trouvait déjà le sacristain. Ce pauvre homme n'osa même pas manifester en toussotant ou en poussant un léger gémissement la douleur qu'il éprouva quand le lourd paysan s'assit presque sur sa tête et lui encadra les tempes de ses bottes transpercées par le froid du dehors.

Le forgeron entra, sans proférer une parole, sans enlever son bonnet, et il s'écroula presque sur le banc. On voyait sans peine qu'il était de fort mauvaise humeur.

Au moment même où Solokha fermait la porte sur lui, il y eut de nouveau quelqu'un qui frappa. C'était le cosaque Sverbygouz. Celui-là, il n'était pas possible de le cacher dans un sac, car on n'aurait même pas pu en trouver un assez grand pour le contenir. Il était plus corpulent encore que le maire lui-même et plus haut de taille que le compère de Tchoub. C'est pour cette raison que Solokha le mena jusqu'à son clos pour entendre tout ce qu'il avait à lui dire.

D'un air distrait, le forgeron examinait tous les coins de sa chaumière, prêtant l'oreille de temps en temps aux chanteurs de « koliadki ». Enfin, son regard s'arrêta sur les sacs. « Pourquoi ces sacs traînent-ils ici ? Il y a belle lurette qu'il aurait fallu les enlever. Ce bête d'amour m'a rendu entièrement stupide. Demain, c'est une grande fête, et pourtant il y a là toutes sortes de saletés. Il faut que je les emporte dans la forge ! »

À ces mots, le forgeron se mit à croupetons près des énormes sacs, les attacha plus fort et s'apprêtait à les charger sur ses épaules. Mais on voyait bien que ses pensées se promenaient Dieu sait où, sans quoi il aurait assurément entendu le sifflement de douleur qui échappa à Tchoub lorsque la corde qui servait à attacher le sac lui attrapa les cheveux et que le gros maire se mit à avoir le hoquet, qui s'entendait assez distinctement.

« Ne pourrai-je donc jamais cesser de penser à cette méchante Oksana ? » se dit le forgeron. « Je ne veux pas m'occuper d'elle et pourtant je ne peux avoir qu'elle en tête. Pourquoi donc faut-il que les pensées vous entrent dans la cervelle sans qu'on le veuille ? Diable ! Il me semble que ces sacs sont devenus plus lourds qu'avant ! On y a probablement mis encore autre chose que du charbon. Imbécile que je suis ! j'ai oublié que maintenant tout me semble plus lourd. Avant, je pouvais plier entre les doigts d'une main, et puis le redresser, un gros sou de cuivre ou un fer à cheval, tandis que maintenant, je ne suis pas capable de soulever des sacs de charbon. Bientôt un souffle de vent me fera tomber… Mais non ! s'écria-t-il après un court silence, ayant repris courage. Quelle femmelette je fais ! Je ne permettrai à personne de se moquer de moi ! Même s'il y en avait dix, de ces sacs, je les soulèverais tous. » Et il chargea vaillamment sur ses épaules le fardeau que deux hommes robustes n'auraient pas pu porter. « Prenons aussi celui-ci, poursuivit-il, soulevant le plus petit des sacs, au fond duquel était blotti le diable. Je crois bien qu'ici j'ai mis mon outil. » À ces mots, il sortit de la chaumière, sifflotant l'air de la chanson qui dit :

Ce n'est pas moi qui veux m'embarrasser d'une femme.

Les chants, les rires et les cris résonnaient toujours plus fort dans les rues. Les foules de gens qui se bousculaient s'augmentaient encore de tous ceux qui étaient venus des villages voisins. Les jeunes gens s'amusaient et faisaient les fous tant qu'ils pouvaient. Entre deux noëls, en entendait parfois quelque chanson gaie, composée sur place par l'un ou l'autre des jeunes cosaques. Puis quelqu'un dans la rue, au lieu d'une « koliadka », y allait d'un refrain de nouvel an et hurlait de toutes ses forces :

Bonheur en l'an nouveau !
Donnez-moi un beignet,
Un petit tas de gruau,
Un petit rond de saucisson !

Des rires venaient récompenser le farceur. De petites fenêtres s'ouvraient et il en sortait des mains sèches de vieilles femmes (seules habitantes restées au logis avec les hommes chargés d'ans), tenant un saucisson ou une tranche de pâté. Jeunes gens et jeunes filles tendaient leurs sacs à qui mieux mieux et attrapaient leur butin. À un endroit, les jeunes gens entouraient de toutes parts la foule des jeunes filles : c'était du bruit, des cris ; l'un jetait une boule de neige, un autre arrachait un sac chargé de toutes espèces de victuailles. À un autre endroit, les jeunes filles cherchaient à attraper un jeune homme, lui faisaient un croc-en-jambe, et le garçon était précipité à terre avec son sac. Il semblait que tout le monde était prêt à s'amuser jusqu'à l'aube. Comme par exprès, la nuit était si merveilleusement lumineuse et le clair de la lune paraissait plus aveuglant encore à cause de l'éclat de la neige.

Chargé de ses sacs, le forgeron s'arrêta. Il avait cru distinguer dans le brouhaha de la foule le rire claire d'Oksana. Tout son corps fut parcouru de frissons. Jetant à terre les sacs qu'il portait avec tant de violence que le sacristain gémit de douleur et que le maire en eut un hoquet retentissant, il s'en alla, avec le petit sac sur l'épaule, suivre la foule des jeunes gars qui suivait elle-même la troupe des jeunes filles, où il avait cru entendre la voix d'Oksana.

« Mais oui, c'est bien elle ! Elle se tient là comme une reine et ses yeux bruns étincellent. Un jeune gars de haute stature lui raconte quelque chose ; ce qu'il doit être amusant, car elle rit. Mais elle rit toujours. » Sans savoir comment, le forgeron se fraya un passage à travers la foule et parvint à côté d'elle.

– Tiens, Vakoula, te voici ! Bonsoir ! dit la belle avec ce même sourire qui rendait Vakoula presque fou. Alors, les « koliadki » t'ont bien rapporté ? Eh, mais que ton sac est plat ! Et les souliers que porte la Tsarine, tu les as ? Fais en sorte de les obtenir, alors je t'épouserai… Et, riant, elle s'enfuit avec la foule des jeunes filles.

Le forgeron resta sur place comme rivé au sol. – « Non, je ne peux plus ; je n'ai plus la force… dit-il enfin. Mais, mon Dieu, pourquoi faut-il qu'elle soit si diaboliquement belle ? Son regard et ses discours, tout son être enfin, m'enflamment, me brûlent… Non, je ne suis pas capable de me vaincre. C'est le moment d'en finir avec tout ça. Que mon âme périsse ! Je vais aller me noyer dans le trou creusé dans la glace de la rivière, et adieu, je t'ai vu ! »

D'un pas résolu, il alla devant lui, rattrapa la bande des jeunes filles, et, arrivé près d'Oksana, il lui dit d'une voix ferme :

– Adieu, Oksana ! Cherche-toi le fiancé que tu voudras ; quant à moi, tu ne me reverras plus ici-bas.

La belle prit un air étonné, voulut dire quelque chose, mais le forgeron fit un signe de la main et s'enfuit.

– Où vas-tu, Vakoula ? crièrent les gars en voyant le forgeron passer en courant.

– Adieu, les frères ! répliqua le forgeron. Si Dieu le veut, nous nous reverrons dans l'autre monde ; quant à celui-ci, nous ne nous y amuserons plus ensemble. Adieu ! Gardez-moi un bon souvenir ! Dites au père Kondrat de chanter une messe pour le repos de mon âme pécheresse. Je n'ai pas eu le temps, à cause de la multiplicité de mes besognes profanes, de peindre des cierges pour les icônes de saint Nicolas et de la Sainte Vierge, et je m'en accuse. Je lègue à l'église tout le bien qu'on trouvera dans mon coffre. Adieu !

Après avoir ainsi parlé, le forgeron se remit à courir, avec son sac sur le dos.

– Il est devenu fou ! dirent les jeunes gars.

– Voilà une âme damnée ! marmonna dévotement une vieille qui passait par là, il faut que j'aille vite raconter comment le forgeron s'est pendu !

Vakoula, cependant, quand il eut traversé quelques rues, s'arrêta pour reprendre haleine. « Mais au fait, où est-ce que je cours ? pensa-t-il. Comme si tout était perdu. Je veux encore essayer d'un dernier moyen : j'irai trouver le Zaporogue Patziouk le Ventru. On dit que lui, il connaît tous les diables et il pourra faire tout ce qu'il voudra. Je m'en vais y aller – tant pis, de toute façon, mon âme sera damnée ! »

À ces mots, le diable, qui était resté longtemps immobile dans le sac, se mit à frétiller de joie ; mais le forgeron, pensant qu'il avait dû accrocher le sac de la main par mégarde et provoquer ainsi lui-même ce mouvement, le frappa de son poing d'hercule et se dirigea chez Patziouk le Ventru.

Ce dernier avait effectivement été un Zaporogue dans le temps ; mais l'avait-on chassé du pays de ces cosaques, s'était-il sauvé lui-même – c'est ce que personne ne savait. Il y avait longtemps déjà, bien dix ans, peut-être même quinze, qu'il vivait à Dikanka. Il commença par mener la vie d'un vrai Zaporogue : il ne faisait rien, passait les trois quarts de la journée à dormir, mangeait comme six faucheurs à la fois et vidait d'un seul coup un seau d'eau-de-vie presque entier ; d'ailleurs, tout cela trouvait où se caser, car Patziouk, bien qu'il ne fût pas grand, avait en largeur des dimensions respectables. De plus, les pantalons qu'il avait coutume de porter étaient si amples que, de quelque longueur que pût être son pas, on n'apercevait pas le moins du monde ses pieds, et il semblait, quand il marchait, que c'était une cuve à distiller qui déambulait dans la rue. Il se peut que ce soit justement là l'origine de son sobriquet de « Ventru ». Fort peu de semaines après son arrivée au village, tout le monde savait que c'était un guérisseur. Quelqu'un tombait-il malade, que tout aussitôt on convoquait Patziouk. Et celui-ci n'avait qu'à marmonner quelques paroles pour que l'indisposition disparût comme par enchantement. Arrivait-il à un gentilhomme trop glouton de s'étrangler avec une arête de poisson ? Patziouk lui assénait un coup de poing dans le dos si artistement que l'arête passait au bon endroit, sans causer le moindre dommage au noble gosier. Depuis quelque temps, on l'apercevait rarement hors de chez lui. Peut-être fallait-il en chercher la raison dans sa paresse ou encore dans le fait que, d'année en année, le passage à travers la porte devenait de plus en plus laborieux pour lui. Les villageois devaient donc s'adresser à lui par leurs propres moyens s'ils avaient quelque chose à lui demander.

Le forgeron ouvrit la porte, non sans crainte, et il aperçut Patziouk assis par terre, à la turque, devant un petit cuveau renversé sur lequel était placée une écuelle pleine de boulettes de pâte. Cette écuelle, comme par exprès, se trouvait exactement à la hauteur de sa bouche. Sans bouger le petit doigt, Patziouk avait légèrement penché la tête vers l'écuelle et il buvait la sauce, saisissant de temps à autre une boulette de ses dents.

« Non, celui-ci, se dit Vakoula, est encore plus paresseux que Tchoub : lui, au moins, il emploie une cuiller pour manger, tandis que Patziouk ne veut même pas lever le bras ! »

Il faut croire que ce dernier était très occupé par ses boulettes, car il semblait ne pas avoir du tout remarqué l'entrée du forgeron, qui lui fit un salut bien bas dès qu'il eut franchi le seuil.

– Je suis venu chez Ta Grâce, Patziouk ! dit Vakoula, faisant un nouveau salut.

Le gros bonhomme leva la tête et se remit à manger ses boulettes.

– On raconte que – soit dit sans t'offenser... prononça le forgeron en s'armant de tout son courage – je ne le répète pas pour te blesser en aucune manière –, mais on raconte que tu es un peu parent du diable.

Ayant dit ces mots, Vakoula s'alarma, pensant qu'il avait tout de même été trop franc et qu'il aurait pu user de termes moins violents. S'attendant à ce que Patziouk, saisissant le cuveau et l'écuelle qui était dessus, les lui envoyât à la tête, il se voila la face de sa manche pour que la sauce chaude des boulettes ne lui éclaboussât pas le visage.

Mais Patziouk jeta sur lui un rapide coup d'œil et se remit à manger.

Enhardi par ce début, le forgeron résolut de continuer :

– Je suis venu chez toi, Patziouk. Que Dieu t'accorde tout ce que tu peux désirer, toutes sortes de biens, du pain en proportion ! (Le forgeron savait glisser parfois un mot à la mode dans son discours ; il l'avait déjà appris à Poltava, alors qu'il y était allé peindre la palissade pour le centenier.) Il ne me reste plus qu'à périr, pauvre malheureux que je suis ! Il n'y a rien au monde qui puisse m'aider. Advienne que pourra ! J'en suis réduit à demander l'aide du diable lui-même. Alors, Patziouk, dit-il, voyant que l'autre persistait à se taire, qu'est-ce qu'il me faut faire ?

– Puisque tu as besoin du diable, tu n'as qu'à aller au diable ! répondit Patziouk sans lever les yeux sur son interlocuteur et continuant de faire disparaître les boulettes.

– C'est justement pourquoi je suis venu chez toi, répondit le forgeron, lui faisant un nouveau salut, je suppose que si ce n'est toi, personne d'autre ne saurait dire où il habite.

Patziouk resta silencieux, finissant son plat de boulettes.

– Fais-moi cette grâce, brave homme, insistait le forgeron, ne me la refuse pas ! S'il te faut de la viande de porc, des saucisses, de la farine de froment, peut-être de la toile, du millet ou quelque autre chose dont tu puisses avoir besoin… je ferai comme il se doit entre honnêtes gens… je ne serai pas chiche. Dis-moi au moins comment je pourrais, par exemple, trouver le chemin qui mène chez lui ?

– Celui qui tient le diable derrière ses épaules n'a pas besoin d'aller bien loin, prononça Patziouk avec indifférence et sans changer de position.

Vakoula le regarda fixement, comme s'il eût pu lire l'explication de ces paroles sur le front du bonhomme. « Qu'est-ce qu'il veut dire ? » semblait interroger la physionomie du forgeron, tandis que sa bouche entrouverte se préparait à engloutir, ainsi qu'un beignet, le premier mot qui sortirait des lèvres de Patziouk.

Mais ce dernier se taisait.

À ce moment, Vakoula constata qu'il n'y avait plus devant le Ventru ni cuveau ni plat de boulettes ; à leur place, il vit par terre deux écuelles de bois : l'une était pleine de petits pâtés au fromage blanc, tandis que l'autre contenait de la crème aigre. Ses pensées et ses regards se concentrèrent involontairement sur ces mets : « Voyons, se disait-il à lui-même, comment Patziouk va s'y prendre pour manger les pâtés de fromage blanc ? Il ne voudra assurément pas se pencher pour les aspirer comme il l'a fait pour les boulettes ; ce n'est d'ailleurs guère possible : il faut commencer par tremper les pâtés dans la crème. »

À peine eut-il le temps de penser cela que Patziouk ouvrit toute grande la bouche, regarda les pâtés et écarta les lèvres encore davantage. À cet instant, un pâté sauta de l'écuelle où il était, se trempa dans la crème, se retourna sur l'autre face, sauta en l'air et s'engouffra juste entre ses dents. Patziouk l'avala et ouvrit de nouveau la bouche ; un deuxième pâté s'y précipita de la même manière. Quant au mangeur, il n'avait que la peine de mâcher et d'avaler.

– Voyez-vous ça, quelle merveille ! pensa le forgeron, ouvrant la bouche d'étonnement, et il sentit à l'instant qu'un pâté s'introduisait aussi entre ses dents, à lui, et qu'il lui avait même déjà tout enduit les lèvres de crème. Ayant repoussé le pâté et s'étant essuyé les lèvres, le forgeron se prit à penser aux merveilles qui se passent dans ce bas monde et à quels raffinements les forces impures peuvent amener un homme.

Mais il n'oubliait pas, pour autant, que Patziouk seul était en état de l'aider.

– Je vais le saluer une fois de plus, qu'il m'explique bien clairement… Mais que diable ! C'est aujourd'hui vigile, et lui, il mange des pâtés au fromage blanc, des pâtés gras ! Quel imbécile je fais, vraiment : je reste planté là et je tombe dans le péché ! Arrière !... Et le pieux forgeron se sauva de la chaumière sans demander son reste.

Le diable, cependant, qui était couché au fond du sac et qui se réjouissait à l'avance, ne put se résoudre à laisser échapper une si belle prise. Dès que le forgeron abaissa le sac, il en bondit et se mit à califourchon sur le dos de Vakoula.

Celui-ci en frissonna ; pris de peur et devenu tout blême, il ne savait que faire ; il était prêt à se signer… Mais le diable, penchant son petit museau de chien au-dessus de son oreille droite, dit :

– C'est moi, ton ami ; je ferai tout pour mon camarade ! Je te donnerai autant d'argent que tu voudras, lui glapit-il dans l'oreille gauche. Oksana sera à nous dès aujourd'hui, chuchota-t-il, ayant de nouveau placé son museau au-dessus de l'oreille droite. Le forgeron restait là, immobile et plongé dans ses réflexions.

– Soit, finit-il par répondre, à ce prix-là, je consens à t'appartenir !

Le diable claqua des mains et, de joie, se mit à trépigner sur le cou de Vakoula. « C'est maintenant qu'il est pris, notre forgeron ! se disait-il, c'est maintenant que je vais me venger, mon petit ami, de toutes tes peintures et de toutes les bêtises que tu inventes sur le compte des diables ! Que diront mes amis quand ils sauront que l'homme le plus pieux de tout le village est tombé entre mes mains ? »

À cette pensée, le diable éclata de rire, songeant comme il allait narguer toute la gent à longue queue en enfer, dans quelle rage se mettrait le diable boiteux, qui passait, parmi ses congénères, pour être le plus fertile en inventions.

– Eh bien, Vakoula, piailla le diable, toujours juché sur le cou de l'artisan, comme s'il craignait que celui-ci ne lui échappât, tu sais qu'on ne conclut aucune affaire sans établir un contrat.

– Je suis prêt ! dit le forgeron. J'ai ouï dire que chez vous il est coutume de signer avec du sang ; attends, je vais sortir un clou de ma poche !

Ici, il allongea le bras en arrière et il saisit le diable par la queue.

– Tiens, tiens, quel farceur ! cria le diable en riant, mais trêve de plaisanterie !

– Attends, mon petit ! s'écria le forgeron. Et ceci, qu'en penses-tu ? À ces mots, il fit le signe de la croix et le diable devint plus doux qu'un agneau. Attends donc, dit-il, tirant son cavalier à terre par la queue, je m'en vais t'apprendre à inciter au péché les gens de bien et les honnêtes chrétiens.

Le forgeron sauta alors à califourchon sur le malin et leva la main pour dessiner le signe de la croix.

– Pitié, Vakoula ! gémit le diable d'une voix lamentable, je ferai tout ce dont tu as besoin ; épargne-moi seulement, ne m'impose pas la croix redoutable !

– Ah ! ah ! c'est sur ce ton que tu te mets à chanter maintenant, sale métèque ! Maintenant, je sais ce que j'ai à faire ! Allons, tu vas me transporter immédiatement sur ton dos ! Tu entends ? Et file comme un oiseau !

– Où te porterais-je ? demanda le diable, devenu tout penaud.

– À Pétersbourg, tout droit chez la Tsarine ! Et la terreur figea le forgeron, comme il le sentit monter dans les airs.

Oksana resta longtemps immobile, réfléchissant aux étranges paroles du forgeron. Une voix intérieure lui disait déjà qu'elle avait été trop dure à son égard.

« Et s'il allait vraiment se résoudre à quelque acte effroyable ? Dieu nous en garde ! Il serait capable, de chagrin, d'aller s'amouracher d'une autre fille et de dépit l'appeler la plus belle du village. Mais non, il m'aime. Et de fait, je suis si jolie ! Pour rien au monde, il ne me préférerait une autre. Il plaisante, il fait semblant d'être désespéré. Il ne se passera pas dix minutes avant qu'il revienne me contempler. C'est vrai que je suis trop sévère. Il faudra que je me laisse embrasser, comme à contrecœur ; comme il en sera heureux ! »

Et la belle étourdie s'était remise à plaisanter avec ses amies.

– Attendez, dit l'une d'elles, le forgeron a oublié ses sacs ; regardez comme ils sont énormes. Sa quête de Noël a été bien plus fructueuse que la nôtre ; j'imagine qu'on a dû lui jeter des quartiers de mouton et un nombre infini de saucisses et de pains. C'est une splendeur ! On pourra faire bombance durant toutes les fêtes.

– Ces sacs sont au forgeron ? reprit Oksana. Emportons-les bien vite, par exemple dans ma chaumière à moi, et voyons un peu ce qu'il y a mis.

Toutes furent d'accord avec cette proposition.

– Mais nous n'allons pas pouvoir les soulever ! s'écria toute la bande, faisant de vains efforts pour déplacer les sacs.

– Attendez ! dit Oksana, courons vite chercher un traîneau pour les transporter.

Et la troupe des jeunes filles se sauva en quête d'un traîneau.

Les prisonniers s'ennuyaient fort de rester accroupis dans leurs sacs, bien que le sacristain se fût ouvert un assez grand trou, avec son doigt. S'il n'y avait eu personne autour de lui, il aurait peut-être même trouvé le moyen de sortir ; mais émerger d'un sac devant tous les assistants, se rendre ridicule… Cette crainte le retenait et il résolut de patienter encore, gémissant seulement légèrement sous les bottes de Tchoub, qui manquaient totalement d'égards à son sujet. Tchoub n'aspirait pas moins à la liberté, sentant sous lui quelque chose qui constituait un siège terriblement incommode. Mais, dès qu'il eut entendu la décision à laquelle était arrivée Oksana, il se calma et n'eut plus aucune envie de s'évader, se disant qu'il lui fallait bien faire une centaine de pas, peut-être même deux, jusqu'à sa chaumière. De plus, en sortant de là, dans le froid, il lui faudrait remettre de l'ordre dans sa toilette, boutonner son manteau fourré, attacher sa ceinture – que de tracas ! Et de plus, son couvre-chef était resté chez Solokha. Alors, il valait mieux laisser les jeunes filles le véhiculer dans le traîneau.

Mais les événements tournèrent tout autrement qu'il ne l'avait prévu. Tandis que les jeunes filles avaient couru chercher le traîneau, le compère efflanqué de Tchoub sortit de la pinte, tout chagrin et de mauvaise humeur. La cabaretière n'avait à aucun prix voulu lui faire crédit. Son intention première avait été d'attendre dans la pinte que quelque pieux « gentilhomme » y vînt et lui offrît à boire. Mais comme par un fait exprès, tous les gentilshommes étaient restés à la maison à manger la bouillie au riz en famille, en bons chrétiens qu'ils étaient. Songeant à la dissolution des mœurs et au cœur de pierre de la juive qui débitait des boissons, le compère buta contre les sacs et s'arrêta, stupéfait.

– Voyez-vous ces sacs que quelqu'un a abandonnés sur la route ! dit-il, jetant un regard tout autour de lui. Il doit même y avoir ici de la viande de porc. En a-t-il eu de la chance, l'individu qui a recueilli tout ce butin ! Des sacs de cette dimension ! Même s'ils ne devaient être remplis que de pains de sarrasin et de galettes de froment, ce ne serait pas si mal ; qu'il n'y ait ici que des pains plats, ce ne serait déjà pas à dédaigner. Pour chacune de ces miches, la juive donne un ou deux décis d'eau-de-vie. Il faut vite emporter ça avant que personne ne le voie.

À ces mots, il chargea sur ses épaules le sac contenant Tchoub et le sacristain, mais il se rendit compte que ce fardeau était trop pesant pour ses épaules.

– Non, ce sera trop lourd pour moi tout seul, dit-il. Ah ! voilà que vient justement le tisserand Chapouvalenko. Salut à toi, Ostap !

– Bonsoir, dit le tisserand en s'arrêtant.

– Où t'en vas-tu ?

– Où je vais ? Je n'en sais rien ; j'irai là où mes jambes me porteront.

– Aide-moi, mon bon, à transporter ces sacs. Quelqu'un a fait sa quête de Noël et puis les a abandonnés sur la route. Nous partagerons équitablement ce qu'ils contiennent.

– Les sacs ? Et qu'est-ce qu'il y a dedans : des pains blancs ou des miches plates ?

– Je pense qu'il y a là un peu de tout.

Ils arrachèrent alors en hâte des pieux à la haie voisine, mirent le sac dessus et l'emportèrent sur leurs épaules.

– Où est-ce que nous allons le porter ? À la pinte ? demanda le tisserand, comme ils s'étaient mis en route.

– C'était là ma première idée ; mais la maudite juive serait capable de ne pas nous croire et d'aller imaginer que nous l'avons volé quelque part ; de plus, je sors de la pinte à l'instant même. Nous allons l'emporter dans ma chaumière. Personne ne nous dérangera : ma femme n'est pas à la maison.

– Es-tu bien sûr qu'elle n'y est pas ? demanda le prudent Ostap.

– Dieu merci, il me reste encore un brin de raison, dit le compère ; seul le diable me ferait aller là où elle est. Je suis sûr qu'elle restera à traîner avec les autres bonnes femmes jusqu'à l'aube.

– Qui va là ? s'écria l'épouse du compère, au premier bruit que firent dans l'entrée les deux amis qui arrivaient avec leur sac, et elle ouvrit la porte de sa chaumière.

Le compère était pétrifié.

– En voilà une affaire ! articula le tisserand, à qui les bras en tombèrent.

C'est que la femme du compère était un trésor comme il n'en existe pas peu dans ce bas monde. Pas plus que son mari, elle ne restait souvent au logis et traînait presque tout le jour chez des commères et des vieilles à leur aise, leur faisant des compliments et mangeant de bon appétit ; elle ne se battait guère avec son mari que le matin, car c'est alors seulement qu'il lui arrivait de le voir. Leur chaumière était deux fois plus vieille que les larges pantalons du copiste communal et leur toit avait perdu son chaume en plus d'un endroit. De leur clôture il ne restait plus que des vestiges parce que personne, en sortant de chez lui, ne songeait à se munir d'un bâton pour chasser les chiens importuns, dans l'espoir de passer près du clos du compère et de se munir d'un pieu arraché à sa palissade. On restait parfois jusqu'à trois jours sans allumer du feu. Tout ce que la tendre épouse quémandait chez les braves gens d'alentour, elle le cachait le plus loin possible, hors de l'atteinte de son mari, et il lui arrivait souvent de lui enlever, en maîtresse absolue, ce qu'il n'avait pas eu le temps de troquer à la pinte contre de la boisson. Malgré son sang-froid habituel, le compère n'aimait pas lui céder, ce qui explique pourquoi il sortait presque toujours de chez lui avec les deux yeux pochés, tandis que sa chère moitié se traînait en gémissant chez les bonnes vieilles pour leur parler de la conduite honteuse de son mari et leur décrire les sévices qu'elle avait eu à endurer.

On imagine donc à quel point le compère et le tisserand furent abasourdis par une apparition aussi inattendue. Abaissant le sac qu'ils portaient, ils cherchèrent à le masquer de leurs personnes et des pans de leurs manteaux ; mais il était déjà trop tard ; bien que la vue de la vieille eût baissé, elle eut le temps d'apercevoir le sac.

– Voilà qui n'est pas mal ! dit-elle d'un air où l'on pouvait lire une joie comparable à celle d'un épervier. C'est bien que votre quête de Noël ait donné de si bons résultats ! Voilà qui s'appelle agir en gens de bien ; mais non, je pense que vous avez dû chiper ce sac quelque part. Vous allez me le montrer sur-le-champ, vous entendez, immédiatement !

– Le diable te le montrera peut-être, mais pas nous ! dit le compère, prenant une pose pleine de dignité.

– Est-ce que ça te regarde ? dit le tisserand. C'est nous qui avons fait la quête et pas toi.

– Ah ! mais non, tu vas me montrer ça, misérable ivrogne ! s'écria la femme, donnant un coup de poing dans le menton du compère haut comme une perche et se frayant un chemin vers le sac.

Mais le tisserand et le compère défendirent vaillamment leur butin et forcèrent la bonne femme à reculer. Mais ils n'étaient pas remis de leurs émotions que l'épouse reparut dans l'entrée, brandissant un tisonnier. Elle en donna prestement un coup sur les mains de son mari et sur le dos du tisserand ; en un clin d'œil, elle arriva près du sac.

– À quoi avons-nous pensé de la laisser passer ? prononça le tisserand, en revenant à lui.

– À quoi nous avons pensé ! Et pourquoi l'as-tu laissée faire, toi ? dit froidement le compère.

– Il semble que votre tisonnier est de fer ! dit le tisserand après un court silence, se passant la main dans le dos. Ma femme a acheté un tisonnier l'an dernier, à la foire, pour vingt-cinq kopecks ; celui-là ne fait pas mal…

Cependant, l'épouse triomphante, ayant posé par terre le lumignon, défit le sac et y jeta un coup d'œil.

Mais il faut croire que ses yeux fatigués, qui avaient pourtant si bien su discerner le sac tout à l'heure, se trompèrent pour cette fois.

– Eh ! mais c'est qu'il y a ici un porc tout entier ! s'écria-t-elle, battant des mains de joie.

– Un porc ! Tu entends : un porc tout entier ! dit le tisserand au compère, en le poussant du coude. Et dire que tout cela est perdu par ta faute !

– Qu'y faire ? dit le compère, haussant les épaules.

– Comment, qu'y faire ? Qu'est-ce que nous avons, à rester plantés là ? Reprenons-lui le sac ! Vas-y, attaque !

– Ôte-toi de là ! File ! Ce porc est à nous ! hurlait le tisserand en s'avançant.

– Décampe, décampe, femelle du diable ! Ce sac ne t'appartient pas ! criait le compère, venant plus près.

L'épouse s'arma de nouveau du tisonnier, mais à ce moment, Tchoub sortit du sac et, planté au milieu de la pièce d'entrée, il s'étira comme un homme qui vient de s'éveiller après un long sommeil.

La femme du compère poussa un cri, laissa retomber ses bras le long du corps et ne put s'empêcher de rester bouche bée, ainsi que les deux autres assistants.

– Qu'est-ce qu'elle avait à parler d'un cochon, cette sotte, ce n'est pas du tout un porc ! dit le compère, écarquillant les yeux.

– Voyez-vous ça, quel gaillard on a jeté dans ce sac ! dit le tisserand, reculant de terreur. On aura beau dire tout ce qu'on voudra, mais on ne me fera pas croire que le malin ne s'est pas mêlé de cette affaire. Un bonhomme comme ça, mais il ne pourrait jamais passer par la fenêtre !

– Mais c'est le compère ! s'écria le maître du logis, regardant l'homme de plus près.

– Et qui d'autre avais-tu cru que c'était ? dit Tchoub en riant. Alors quoi ? pas mauvais, hein, le tour que je vous ai joué ? Et vous qui vouliez me manger en guise de porc ! Mais attendez, je m'en vais tout de même vous dire une nouvelle réjouissante : dans le sac, il y a encore quelque chose – si ce n'est pas un porc, ce sera du moins un goret ou quelque autre bête. En dessous de moi il y avait quelque chose qui ne cessait de remuer.

Le tisserand et le compère se précipitèrent vers le sac, la maîtresse de céans l'empoigna de l'autre côté et il est certain que la bataille eût repris de plus belle si, voyant qu'il ne lui restait plus d'autre échappatoire, le sacristain n'était péniblement sorti à son tour.

Soudainement figée d'horreur, la femme du compère lâcha des mains la jambe par laquelle elle avait commencé à extraire le sacristain du sac.

– En voici un autre ! s'écria le tisserand épouvanté. Le diable seul sait ce qui se passe en ce bas monde ! C'est à vous donner le vertige… Ce ne sont plus des saucissons ni des miches de pain qu'on jette aux quêteurs, à présent, mais des êtres vivants !

– Mais c'est le sacristain ! dit Tchoub, plus stupéfait que tous les autres. En voilà une histoire ! cette mâtine de Solokha ! Aller vous fourrer dans un sac… J'avais bien remarqué que sa chaumière en était pleine, de sacs… Je comprends tout maintenant : dans chacun, elle avait caché deux hommes. Et moi qui croyais que ce n'était qu'à moi seul... Voyez-vous cette diablesse de Solokha !

Les jeunes filles furent quelque peu étonnées en constatant qu'il manquait l'un des sacs.

– Ça ne fait rien, celui-ci nous suffira, assurait Oksana.

Joignant leurs efforts, les jeunes filles le chargèrent sur le traîneau.

Le maire résolut de se taire, se disant que s'il s'avisait de crier qu'on dénoue la corde et qu'on le laisse sortir, ces bécasses ne manqueraient pas de s'enfuir, convaincues qu'il y avait le diable dans le sac, de sorte qu'il ne serait pas impossible qu'il restât dans la rue jusqu'au lendemain.

Les jeunes filles, cependant, se donnant toutes la main pour ne former qu'une chaîne, se mirent à courir comme le vent sur la neige craquante. Plusieurs d'entre elles, par manière de plaisanterie, s'asseyaient sur le traîneau ; d'autres grimpaient sur le maire lui-même. Mais celui-ci était résolu à tout supporter en silence.

On arriva enfin, on ouvrit toutes grandes les portes, et avec des rires joyeux, on tira le sac dans la chaumière.

– Voyons ce qu'il y a dedans, crièrent toutes les jeunes filles, se précipitant pour défaire les cordes.

Ici, le hoquet, qui n'avait pas donné de répit au maire depuis qu'il se trouvait enfermé dans la toile, prit des proportions telles qu'il commença à hoqueter et à tousser de toutes ses forces.

– Oh ! mais il y a quelqu'un ici, crièrent-elles toutes à la fois, et, prises de peur, elles s'élancèrent vers la porte.

– Mais que diable est-ce là ? qu'avez-vous à courir comme des folles ? dit Tchoub, qui entra à ce moment.

– Ah ! papa, dit Oksana, dans le sac, il y a quelqu'un !

– Dans le sac ? Où l'avez-vous pris, ce sac ?

– Le forgeron l'a laissé au milieu de la route, dirent toutes les jeunes filles ensemble.

– Eh bien, vrai, ne l'avais-je pas dit ? pensa Tchoub. Alors, de quoi avez-vous eu si peur ? Voyons un peu. – Alors, mon bonhomme – je te prie de ne pas m'en vouloir si je ne t'appelle pas tout au long par tes nom et prénom –, allons, sors de ce sac !

Le maire en émergea.

– Aïe ! s'exclamèrent les jeunes filles.

« Alors, le maire a aussi eu recours au même subterfuge ? » se disait Tchoub tout perplexe, mesurant son rival des pieds à la tête.

– Tiens, tiens ! Voyez-vous ça ?... Il ne fut pas capable d'en dire davantage.

Quant au maire, sa confusion n'était pas moindre, et il ne savait par quel bout commencer.

– Il doit faire froid dehors ? finit-il par proférer, s'adressant à Tchoub.

– C'est vrai qu'il gèle, répondit Tchoub. Mais permets-moi de te demander de quoi tu enduis tes bottes : de graisse ou bien de goudron ? Ce n'était pas là ce qu'il avait l'intention de dire ; la question qu'il aurait voulu poser était : « Hé, notre maire, comment diantre t'es-tu fourré dans ce sac ? », mais il ne pouvait s'expliquer pourquoi il avait dit tout autre chose.

– Je les enduis plutôt de goudron, dit le maire. Allons, adieu, Tchoub ! et enfonçant bien son bonnet, il sortit de la chaumière.

« Pourquoi ai-je été assez sot pour lui demander de quoi il enduit ses bottes ? » se disait Tchoub, regardant la porte qui venait de livrer passage au maire. Cette mâtine de Solokha ! Fourrer un tel bonhomme dans un sac ! Voyez-vous cette femelle du diable ! Et moi, imbécile que je suis… Mais où est-il donc, ce maudit sac ?

– Je l'ai jeté dans un coin, il n'y a plus rien dedans, répondit Oksana.

– Je connais ces histoires, allez ! plus rien dedans ! Apportez-le moi : il doit y avoir là encore un bonhomme ! Secouez-le bien… Qu'est-ce que c'est ? Il n'y en a plus ? Voyez-vous cette maudite bonne femme ! Et à la regarder, on jurerait une sainte, c'est comme si elle n'avait même jamais fait gras de sa vie !

Mais laissons Tchoub déverser à loisir le dépit qu'il ressentait et revenons au forgeron, car il devait déjà être près de neuf heures à ce moment.

Vakoula eut d'abord très peur, surtout en s'élevant de terre à une hauteur telle qu'il ne pouvait plus rien distinguer au-dessous de lui et en passant, tel une mouche, tout près de la lune, si près que s'il ne s'était un peu baissé, il l'aurait assurément accrochée de son bonnet. Mais au bout d'un certain temps, il reprit courage et commença même déjà à se moquer du diable. Ce qui l'amusait surtout, c'était de voir celui-ci éternuer et tousser dès qu'il enlevait de son cou la petite croix en bois de cyprès et qu'il l'approchait de sa monture. Il levait exprès le bras pour se gratter la tête, et le diable filait encore plus vite, croyant que le forgeron se préparait à faire sur lui le signe de la croix.

Dans les airs, tout était lumineux. À travers un léger brouillard argenté, l'air paraissait limpide. Il était facile de discerner toute chose et même, Vakoula put voir à côté d'eux, comme un tourbillon, un sorcier assis dans un pot. Il remarqua que les étoiles, toutes groupées ensemble, jouaient à colin-maillard, que tout un essaim d'esprits tournoyait à l'écart, semblable à un nuage, qu'un diable qui dansait dans un rais de lune se découvrit devant lui, en le voyant galoper à califourchon, qu'un balai, qui venait de transporter où il fallait une sorcière, s'en retournait, volant comme une flèche... Bref, le forgeron et son diable rencontrèrent encore bien d'autres choses peu recommandables, qui, à leur vue, s'arrêtaient un instant pour les regarder et puis reprenaient leur course folle et s'en allaient leur chemin. Quant à Vakoula, il était toujours emporté en avant, jusqu'au moment où il vit briller sous lui Pétersbourg, qui paraissait tout en feu. (Il y avait là une illumination, ce certain soir, pour une cause ou une autre.) Ayant dépassé la barrière de la ville, le diable se transforma en un cheval et le forgeron se trouva monté, au milieu de la rue, sur un coursier fougueux.

Seigneur ! le brouhaha qu'il y avait là, le tintamarre, les lumières ! À droite et à gauche, s'échafaudaient des façades à quatre étages ; les sabots des chevaux et les roues des voitures faisaient un bruit de tonnerre qui se répondait de quatre côtés à la fois ; les maisons paraissaient s'élever de terre à chaque pas et montaient à vue d'œil ; les ponts tremblaient ; les carrosses filaient comme le vent ; les cochers et les postillons criaient ; sous des milliers de traîneaux qui glissaient en tous sens, la neige crissait ; les piétons se serraient et se bousculaient sous les maisons tout ornées de lampions, et les ombres immenses que projetaient leurs corps passaient sur les murs, atteignant de la tête les toits et les cheminées.

Frappé de stupeur, le forgeron regardait de tous côtés. Il avait l'impression que toutes les maisons dardaient sur lui leurs innombrables prunelles de feu et le considéraient attentivement. Il vit tant de seigneurs en pelisses recouvertes de drap qu'il ne savait devant lequel ôter son bonnet.

« Mon Dieu, que de nobles messieurs ! pensa le forgeron. Je pense que tous ceux qui passent dans la rue vêtus d'une pelisse, ce sont tous des assesseurs ! Et ceux qui se promènent dans de si merveilleuses calèches avec des vitres, ce sont probablement des commissaires, sinon des gouverneurs de ville, ou peut-être même davantage. » Ses réflexions furent interrompues par le diable qui lui demandait :

– Faut-il aller tout droit chez la Tsarine ?

« Non, ça me fait trop peur, se dit le forgeron. Il y a ici, mais je ne sais pas où, les Zaporogues qui ont passé par Dikanka cet automne. Ils venaient de la Setch et étaient porteurs d'écrits pour la Tsarine. Il vaudrait tout de même mieux leur demander conseil. » – Hé, Satan ! tu vas te faufiler dans ma poche et me mener chez les Zaporogues !

En un clin d'œil, le diable s'amenuisa au point de devenir si petit qu'il entra sans peine dans la poche de Vakoula. Celui-ci n'eut pas plus tôt tourné la tête qu'il se trouva devant une grande maison ; il monta l'escalier, sans savoir comment, ouvrit la porte et fut forcé de reculer un peu, tant était aveuglant l'éclat d'une salle richement ornée. Il reprit cependant un peu courage en reconnaissant les Zaporogues mêmes qui avaient passé par Dikanka et qui étaient assis maintenant à la turque sur des canapés tendus de soie, ayant ramené sous eux leurs bottes enduites de goudron et fumant le tabac le plus fort qui soit et le plus ordinaire.

– Bonsoir, messieurs ! Que Dieu vous soit en aide ! c'est donc ici que nous devions nous rencontrer ! dit le forgeron, s'étant approché et les ayant salués jusqu'à terre.

– Qu'est-ce que cet homme ? demanda celui qui était assis juste devant Vakoula à un autre, qui se tenait un peu plus loin.

– Vous ne me reconnaissez pas ? dit notre homme. C'est moi, Vakoula, le forgeron ! Quand vous avez passé cet automne par Dikanka, vous êtes restés en visite chez moi près de deux jours, que Dieu vous accorde santé et longue vie. C'est moi qui ai changé alors une roue avant à votre voiture !

– Ah oui ! dit le même Zaporogue, c'est ce forgeron qui peint si bien ! Salut à toi, pays ! Qu'est-ce qui t'amène ici ?

– Mais rien de spécial – j'ai seulement voulu voir ; on dit que…

– Alors, qu'en dis-tu, pays ? poursuivit le cosaque en se rengorgeant et voulant montrer que lui aussi savait parler correctement : une grande ville, hein ?

Le forgeron ne voulut pas se couvrir de honte et passer pour un novice. De plus, ainsi que vous aurez pu le constater plus haut, il connaissait lui aussi la langue littéraire.

– C'est une fière capitale, répliqua-t-il avec indifférence. Il n'y a rien à dire, il y a là des maisons énormes, on aperçoit à travers les vitres des tableaux d'importance. Beaucoup d'édifices sont décorés à un point extraordinaire de lettres d'or. Les proportions sont merveilleuses, je ne dis pas le contraire.

Entendant que le forgeron s'exprimait de façon aussi aisée, les Zaporogues en tirèrent une conclusion fort avantageuse pour lui.

– Nous parlerons plus longuement avec toi par la suite, pays. Mais pour l'instant, nous sommes sur le point de partir chez la Tsarine.

– Chez la Tsarine ? Soyez donc assez bons, messieurs, pour m'emmener avec vous !

– Toi ? dit le Zaporogue du ton d'un sous-gouverneur qui répond à son pupille de quatre ans qui le prie de le mettre sur un vrai cheval, un grand. Que ferais-tu là-bas ? Non, ce n'est pas possible. À ces mots, son visage prit une expression de suffisance. Nous autres, mon vieux, nous allons discuter de nos affaires personnelles avec la Tsarine.

– Prenez-moi avec vous ! insistait le forgeron. Allons, demande ! souffla-t-il, assénant un coup de poing sur sa poche.

Il n'eut pas plus tôt prononcé ces quelques mots que l'autre Zaporogue dit :

– Et de fait, emmenons-le, les amis !

– Soit, prenons-le ! dirent les autres.

– Alors, vas-y, mets les mêmes habits que nous.

Le forgeron s'apprêtait à passer un surtout de couleur verte quand soudain la porte s'ouvrit et un laquais tout galonné entra pour leur annoncer qu'il était temps de se mettre en route.

Un sentiment étrange s'empara de nouveau du forgeron quand il se sentit emporté dans un énorme carrosse, balancé sur des ressorts, quand les maisons à quatre étages, filant en arrière, passaient à côté de lui et que le pavé semblait rouler de lui-même, avec fracas, sous les pieds des chevaux.

– Mon Dieu, quelle lumière ! se disait à part soi le forgeron : en plein jour, il ne fait pas si clair chez nous.

Les carrosses s'arrêtèrent devant le palais. Les Zaporogues descendirent, pénétrèrent dans un magnifique vestibule et commencèrent à monter un escalier illuminé avec éclat.

– Quel escalier ! murmurait le forgeron : c'est dommage d'avoir à le fouler. Quels ornements ! Et l'on dit que les contes mentent ! Il s'agit bien de mentir ! Mon Dieu, quelle rampe ! Quel travail ! Il y a là bien pour cinquante roubles rien que de fer !

Ayant gravi l'escalier, les Zaporogues traversèrent la première des salles. Timide, le forgeron les suivait, craignant à chaque pas de glisser sur le parquet. On passa trois salles et l'émerveillement de Vakoula était toujours à son comble. Entrant dans la quatrième, il ne put se retenir d'approcher d'un tableau pendu au mur. C'était la Sainte Vierge tenant l'Enfant dans ses bras.

– Quel tableau ! quelle merveilleuse peinture ! disait-il. On dirait qu'elle va parler, qu'elle est vivante ! Et l'Enfant Jésus ! Il a serré ses petites menottes et il sourit, le pauvre petit ! Et ces couleurs ! Mon Dieu, quelles couleurs ! Je pense qu'on n'a pas employé là pour un kopeck d'ocre – ce n'est que du vert et du vermillon. Et le bleu d'azur, il resplendit comme une flamme ! Oui, c'est une œuvre de choix ! Le fond a sans doute été recouvert de la céruse la plus chère. Cependant, combien étonnante que soit cette peinture, cette poignée de cuivre, poursuivit-il s'approchant de la porte et en tâtant la serrure, cette poignée est encore plus digne d'admiration. Ah ! ce soin dans l'exécution ! Je pense que tout ça, ce sont des forgerons allemands qui l'ont fait, pour le prix le plus élevé…

Il se peut que Vakoula eût continué de raisonner longtemps encore si un laquais galonné ne lui avait poussé le coude et ne lui avait rappelé qu'il lui fallait suivre ses camarades. Les Zaporogues traversèrent encore deux salles, puis s'arrêtèrent. Là, ordre leur fut donné d'attendre. Dans cette salle se pressaient plusieurs généraux en uniformes chamarrés d'or. Les Zaporogues firent des saluts dans toutes les directions et se groupèrent.

L'instant d'après, on vit entrer, escorté de toute une suite, un homme d'imposante stature, assez corpulent, portant la tenue d'un hetman et de petites bottes de cuir jaune. Ses cheveux étaient en désordre, il louchait un peu d'un œil, son visage exprimait une sorte de majesté hautaine et dans tous ses mouvements se lisait l'habitude de commander. Tous les généraux qui, jusque-là, s'étaient pavanés avec une certaine arrogance dans leurs uniformes dorés, se précipitèrent et, faisant de profondes courbettes, ils semblaient guetter chacune de ses paroles, et même le moindre de ses gestes, pour voler exécuter ses ordres. Mais l'hetman ne prêta aucune attention à tout ce manège, fit à peine un signe de tête et s'approcha des Zaporogues.

Ceux-ci le saluèrent tous jusqu'à terre.

– Êtes-vous tous ici ? demanda-t-il d'une voix traînante et un peu nasillarde.

– Tous, notre bienfaiteur ! répondirent les Zaporogues en faisant un nouveau salut.

– N'oubliez pas de parler comme je vous l'ai appris !

– Non, notre bienfaiteur, nous ne l'oublierons pas.

– C'est le Tsar ? demanda le forgeron à l'un des Zaporogues.

– Penses-tu, le Tsar ! C'est Potemkine en personne, répondit celui-ci.

On entendit un bruit de voix dans la chambre voisine et le forgeron ne savait plus où regarder, tant il était entré de dames en robes de satin à longue traîne, et de courtisans en caftans tout brodés d'or, portant des perruques à catogan. Vakoula était ébloui et ne pouvait rien distinguer clairement.

Soudain, les Zaporogues s'écroulèrent tous sur le parquet et crièrent d'une seule voix :

– Grâce, notre mère, grâce !

– Relevez-vous ! dit au-dessus de leurs têtes une voix impérieuse et pourtant agréable. Des courtisans s'affairèrent et poussèrent les Zaporogues.

– Nous ne nous lèverons pas, notre mère, nous ne nous lèverons pas ! Nous mourrons plutôt que de nous relever ! criaient les Zaporogues.

Potemkine se mordait les lèvres ; enfin, il s'approcha et souffla un commandement à l'oreille de l'un des Zaporogues. Les cosaques se levèrent.

Alors, le forgeron s'enhardit lui aussi jusqu'à lever la tête et il vit devant lui une femme pas très grande, même un peu forte, portant les cheveux poudrés, qui avait des yeux bleus et en même temps cet air majestueusement souriant, qui savait si bien se concilier tous les cœurs et qui ne pouvait appartenir qu'à une femme couronnée.

– Son Altesse m'a promis de me faire connaître aujourd'hui ceux de mes sujets que je n'ai pas encore vus, disait la dame aux yeux bleus, examinant les Zaporogues avec curiosité. Êtes-vous contents de la manière dont vous êtes entretenus ici ? poursuivit-elle, se rapprochant davantage.

– Oui, notre mère, merci ! La nourriture qu'on nous fournit est bonne, bien que les moutons d'ici ne soient pas à comparer avec ceux que nous avons au pays – alors, qu'est-ce qui nous empêcherait de vivoter tant bien que mal ?

Potemkine fronça le sourcil, entendant que les Zaporogues disaient tout autre chose que ce qu'il leur avait enseigné…

Un des Zaporogues prit une pose avantageuse et s'avança :

– Grâce, notre mère ! En quoi ton peuple fidèle t'a-t-il mécontentée ? Avons-nous tendu la main au Tartare abject ? nous sommes-nous entendus avec les Turcs ? t'avons-nous jamais trahie, par la pensée ou par l'action ? Alors, pourquoi sommes-nous tombés en disgrâce ? Nous avons commencé par apprendre que tu avais ordonné de construire des forteresses dirigées contre nous ; ensuite, nous avons entendu que tu avais l'intention de faire de nous des carabiniers ; et maintenant, nous apprenons d'autres mauvaises nouvelles. Que reproche-t-on à l'armée des Zaporogues ? Est-ce d'avoir fait passer à tes régiments l'isthme de Pérékop et d'avoir aidé tes généraux à tailler en pièces les gens de Crimée ?

Potemkine se taisait et nettoyait négligemment d'une petite brosse les diamants qui couvraient ses doigts.

– Que désirez-vous donc ? dit Catherine avec sollicitude.

Les Zaporogues échangèrent des regards significatifs.

« C'est le bon moment ! La Tsarine demande : "Que désirez-vous ?" se dit le forgeron, et il s'abattit tout soudain sur le plancher.

– Votre Majesté impériale, veuillez bien ne pas me faire mettre à mort, mais bien plutôt me gracier ! Apprenez-moi – soit dit sans vous courroucer – de quoi sont faits les petits escarpins que vous avez aux pieds. Je suis d'avis que pas un cordonnier, dans aucun pays du monde, ne saurait en fabriquer de pareils. Mon Dieu, si ma femme pouvait mettre de pareils escarpins !

L'impératrice rit. Les courtisans rirent également. Potemkine fronçait le sourcil, mais en même temps ne pouvait réprimer un sourire. Les Zaporogues se mirent à pousser le forgeron du coude, se demandant s'il n'était pas devenu fou.

– Relève-toi ! dit l'impératrice avec bienveillance. Si tu as envie d'avoir des escarpins pareils à ceux-ci, ton désir n'est pas difficile à exécuter. Qu'on lui apporte à l'instant mes escarpins les plus précieux, ceux qui sont brodés d'or ! Vraiment, j'aime beaucoup cette ingénuité ! Voilà, poursuivit l'impératrice, le regard fixé sur un monsieur qui se tenait à quelque distance des autres et qui avait un visage plein mais un peu pâle, dont le modeste caftan à grands boutons de nacre indiquait qu'il n'appartenait pas au nombre des courtisans, voilà un sujet digne de votre plume spirituelle !

– Votre Majesté impériale est trop bonne. Il faudrait ici pour le moins un La Fontaine ! répliqua en s'inclinant l'homme aux boutons de nacre.

– Je vous dirai sur l'honneur que je suis enchantée, jusqu'à présent, de votre *Brigadier*. Et vous lisez merveilleusement bien ! Mais, poursuivit l'impératrice, s'adressant de nouveau aux Zaporogues : j'ai entendu dire que chez vous, à la Setch, on ne se marie jamais.

– Comment ça, notre mère ? Tu sais bien toi-même qu'un homme ne peut pas vivre sans femme, dit le même Zaporogue qui avait parlé au forgeron et celui-ci fut tout étonné d'entendre que, connaissant si bien le style littéraire, il parlait avec la Tsarine la langue la plus grossière, celle qui est communément appelée la langue des paysans. Rusée race ! pensa-t-il, il faut croire qu'il ne le fait pas pour rien.

– Nous ne sommes pas des moines, poursuivit le Zaporogue, mais bien des pécheurs. Comme tout bon chrétien, nous aimons la chair. Il y en a beaucoup parmi nous qui sont mariés, mais qui ne vivent pas avec leur femme à la Setch. Il y en a qui ont leur femme en Pologne ; il y en a qui l'ont en Ukraine ; il y en a qui l'ont en Turquie.

À ce moment, on apporta les souliers au forgeron.

– Mon Dieu, quelle parure ! s'écria-t-il tout joyeux, saisissant les escarpins. Votre Majesté impériale, alors, puisque vous avez aux pieds des souliers d'une telle beauté – et vous les portez probablement même pour patiner sur la glace –, que doivent être les pieds eux-mêmes ? Je suppose qu'ils doivent être pour le moins en pur sucre.

L'impératrice, qui avait effectivement les pieds les mieux faits et les plus ravissants du monde, ne put s'empêcher de sourire en entendant pareil compliment venant de la bouche du forgeron ingénu, qui, revêtu de ses habits de Zaporogue, pouvait passer pour un beau garçon, malgré son teint basané.

Heureux d'un accueil si bienveillant, le forgeron était déjà sur le point de poser toutes sortes de questions à la Tsarine : s'il était exact que les Tsars ne mangent que du miel et du lard, et demander d'autres choses semblables ; mais, se sentant les côtes bourrées par les Zaporogues, il résolut de se taire. Et quand l'impératrice, se tournant vers les vétérans, se mit à les questionner sur leur manière de vivre à la Setch, sur leurs coutumes, Vakoula, s'écartant de ses compagnons, recula, se pencha vers sa poche, dit doucement :

– Sors-moi d'ici le plus vite que tu pourras ! Et tout à coup, il se trouva au-delà de la barrière de Pétersbourg.

– Il s'est noyé ! Je jure qu'il s'est noyé ! Je veux ne pas pouvoir bouger de cette place s'il ne s'est pas noyé ! assurait la grosse femme du tisserand, qui se tenait au milieu de la rue, parmi toute une troupe de bonnes femmes de Dikanka.

– Alors, je serais une vulgaire menteuse ? Est-ce que j'ai volé une vache à quelqu'un ? Est-ce que j'ai jeté un sort à quiconque, qu'on n'ait pas confiance en moi ? criait une bonne femme au nez violet et en svitka de cosaque, en agitant les bras. Je veux ne plus avoir envie de boire de l'eau si la vieille Perepertchikha n'a pas vu, de ses yeux vu, comme le forgeron s'est pendu !

– Le forgeron s'est pendu ? Tiens, tiens ! dit le maire qui sortait de chez Tchoub. Sur quoi il s'arrêta et se fraya un passage pour s'approcher de celles qui discutaient.

– Dis plutôt que tu n'aies pas envie de boire de vodka, espèce de vieille ivrognesse ! répliqua la femme du tisserand. Il faut être aussi folle que toi pour aller se pendre ! Il s'est noyé ! Il s'est noyé dans le trou creusé dans la glace de la rivière. Ça, j'en suis aussi sûre que de ce que tu sors à l'instant de chez la cabaretière.

– Espèce d'éhontée ! Voyez-vous ce qu'elle trouve à me reprocher, à présent ! répondit avec colère la bonne femme au nez violet. Tu ferais mieux de te taire, vaurienne ! Tu crois peut-être que je ne sais pas que le sacristain va chez toi chaque soir.

La couleur enflamma le visage de la femme du tisserand.

– Qu'est-ce qu'il fait, le sacristain ? Chez qui va-t-il ? Qu'est-ce que tu racontes ?

– Le sacristain ? dit la femme de celui-ci, vêtue d'une pelisse en fourrure de lièvre couverte de nankin bleu, cherchant à s'approcher de celles qui se disputaient. Je vous apprendrai, moi, de parler du sacristain ! Qui est-ce qui dit : le sacristain ?

– Tu demandes chez qui va le sacristain ? Tiens, regarde-la ! dit la bonne femme au nez violet, montrant l'épouse du tisserand.

– Alors, c'est toi, chienne ! dit la femme du sacristain en marchant sur l'épouse du tisserand. Alors, c'est toi, espèce de sorcière, qui jettes sur lui un charme et qui lui fais boire un poison diabolique pour l'attirer chez toi ?

– Laissez-moi tranquille, engeance de Satan ! disait la femme du tisserand en reculant.

– Voyez-vous cette maudite sorcière – puisses-tu ne pas vivre assez pour voir grandir tes enfants ! Vaurienne ! Pouah ! Et la femme du sacristain cracha en plein dans les yeux de la femme du tisserand.

Cette dernière voulut lui rendre la pareille, mais au lieu de cela elle cracha sur la barbe pas rasée du maire, qui, pour ne pas perdre un mot, était venu tout près de celles qui se disputaient.

– Oh ! la vilaine femme ! cria le maire, s'essuyant le visage du pan de son manteau et levant le fouet. Ce mouvement eut pour résultat de disperser toutes les bonnes femmes, qui s'en allèrent avec des injures.

– Quelle saleté ! répétait le maire, continuant de s'essuyer. Ainsi, le forgeron s'est noyé ! Mon Dieu ! Quel bon peintre c'était, pourtant ! Et qui savait forger des couteaux, des faucilles et des charrues d'une telle dureté ! Quelle force il avait ! Oui, poursuivit-il, songeur, il y a au village bien peu d'hommes de cette trempe. C'est pour ça que je me suis aperçu, quand j'étais encore dans ce maudit sac, que le pauvret était de fort mauvaise humeur. Et voilà que c'en est fait, du forgeron ! il fut et il n'est plus ! Et moi qui avais justement l'intention de faire ferrer ma jument pommelée !... Et, pénétré de si pieuses pensées, le maire s'en alla à pas lents vers sa chaumière.

Oksana fut troublée à l'ouïe d'une telle nouvelle. Elle n'avait pas grande confiance en les yeux de la Perepertchikha et en les racontars des bonnes femmes : elle savait que le forgeron était bien trop pieux pour se résoudre à perdre son âme. Mais quoi, s'il était réellement parti avec l'intention de ne jamais rentrer au village ? Il était fort douteux qu'il se trouvât ailleurs un homme de la valeur du forgeron. Et il l'aimait tant ! Plus longtemps que nul autre il avait supporté tous ses caprices… Toute la nuit, la belle ne fit que se tourner et se retourner sous sa couverture, sans être capable de s'endormir. Tantôt, se découvrant en une nudité charmante, que les ténèbres de la nuit cachaient même à ses propres yeux, elle se gourmandait presque tout haut ; tantôt, se calmant un peu, elle prenait la résolution de ne penser à rien – et les pensées ne la quittaient pas. Elle était toute en feu, et le matin, elle était tombée éperdument amoureuse du forgeron.

Tchoub, lui, ne manifesta ni joie ni douleur au sujet du sort qui avait frappé Vakoula. Ses pensées étaient occupées d'un seul sujet : il ne pouvait toujours pas oublier la trahison de Solokha et même à moitié endormi, il ne cessait de l'injurier.

Le matin arriva. Avant l'aube, l'église était pleine de monde. Des femmes d'un certain âge, portant des châles blancs et des svitkas de drap blanc, se signaient avec dévotion dès le porche de l'église. Revêtues de jaquettes vertes et jaunes et quelques-unes même de surtouts bleus ornés dans le dos de bandelettes dorées, les épouses des nobles cosaques se tenaient devant les vieilles. Les jeunes filles, qui portaient enroulée sur la tête toute une boutique de rubans, tandis que leur cou était couvert d'une multitude de colliers, de croix et de rangées de ducats, s'efforçaient de se faufiler encore plus près de l'autel. Mais ceux qui se tenaient tout en avant, c'étaient les gentilshommes et les simples paysans portant des moustaches et un toupet, qui avaient de gros cous et des mentons qu'ils venaient de raser, vêtus pour la plupart de pèlerines à capuchon qui laissaient voir des svitkas blanches, et parfois même bleues. Tous les visages étaient empreints d'un air de fête. D'avance, le maire se pourléchait à l'idée du saucisson qu'il allait manger pour son réveillon ; les jeunes filles songeaient au moment où elles allaient patiner avec les gars ; les vieilles marmottaient les prières avec plus de ferveur que jamais. On entendait dans toute l'église le cosaque Sverbygouz heurter les dalles du front quand il s'inclinait jusqu'à terre. Seule Oksana se tenait là comme si son esprit était ailleurs : elle priait et en même temps ne priait pas. Son cœur était si plein de toutes sortes de sentiments divers, tous plus dépitants et plus tristes les uns que les autres, que son visage n'exprimait qu'une grande confusion ; des larmes tremblaient dans ses yeux. Les jeunes filles n'y comprenaient rien et étaient loin de soupçonner que la cause de cette tristesse, c'était le forgeron. Oksana, cependant, n'était pas seule à se préoccuper de lui. Tous les fidèles avaient remarqué que cette fête n'était pas comme les autres, qu'il manquait pour ainsi dire toujours quelque chose. Pour comble de malheur, après le voyage qu'il avait fait dans le sac, le sacristain s'était enroué et chevrotait d'une voix à peine perceptible ; il est vrai que le chantre de passage avait de belles notes de basse, mais combien ç'aurait été mieux s'il y avait eu aussi le forgeron qui avait coutume, dès qu'on en était au « Notre Père » ou à l'« Hymne des Chérubins », de monter sur le chœur et d'entonner là exactement les mêmes mélodies que celles qu'on chante à Poltava. De plus, c'était lui seul qui remplissait l'office du marguillier. Matines étaient déjà dites ; après matines on chanta la messe… Où donc avait pu passer le forgeron ?

Dans les dernières heures de la nuit, le diable volait plus vite encore pour ramener le forgeron chez lui, et Vakoula se retrouva près de sa chaumière en un clin d'œil. À ce moment précis, le coq chanta.

– Où t'en vas-tu ? cria le forgeron, ayant saisi par la queue le diable qui allait s'enfuir. Attends, l'ami, ce n'est pas tout encore ; je ne t'ai pas encore remercié.

Ici, s'armant d'une branche sèche, il le gratifia de trois coups et le pauvre diable prit la poudre d'escampette comme l'aurait fait un moujik qui viendrait de recevoir une bonne raclée de l'adjoint. Ainsi donc, au lieu de tromper, de séduire et de berner les autres, l'ennemi du genre humain se trouva berné lui-même.

Après cela, Vakoula entra dans la première pièce de sa chaumière, s'enfouit dans le foin et dormit jusqu'à midi. Quand il se réveilla, il fut effrayé de constater que le soleil était déjà haut dans le ciel.

– J'ai laissé passer les matines et la messe !

À cette pensée, le pieux forgeron fut plongé dans la désolation, réfléchissant que c'était sans doute à dessein, pour le punir d'avoir eu la coupable intention de perdre son âme, que Dieu devait lui avoir envoyé ce sommeil qui l'avait même empêché d'aller à l'église, le jour d'une fête aussi solennelle. Cependant, s'étant tranquillisé à l'idée qu'il allait confesser ce péché au pope la semaine suivante, et, en guise de pénitence, faire cent saluts jusqu'à terre tous les jours de l'année à venir, il jeta un coup d'œil dans la chaumière. Mais là, il n'y avait personne. Apparemment, Solokha n'était pas encore rentrée.

Avec précaution, il tira les escarpins de son giron et de nouveau il fut plongé dans l'admiration en voyant le travail précieux et en se remémorant l'événement merveilleux de la nuit ; il se leva, s'habilla le mieux qu'il put, sortit de son coffre un nouveau bonnet en agneau de Réchétilov à calotte bleue qu'il n'avait encore jamais mis depuis qu'il l'avait acheté du temps qu'il était à Poltava ; il sortit également une ceinture neuve, de toutes les couleurs ; il y ajouta une cravache, enveloppa le tout dans un mouchoir et s'en alla tout droit chez Tchoub.

Celui-ci écarquilla les yeux en voyant entrer chez lui le forgeron, et il ne savait ce qu'il fallait admirer le plus : que le forgeron fût ressuscité ou qu'il eût osé venir chez lui, ou encore qu'il fût mis avec une telle élégance, comme un vrai Zaporogue. Mais son étonnement s'accrut encore lorsque Vakoula défit le mouchoir et plaça devant lui le bonnet tout neuf, la ceinture, telle qu'on n'en avait jamais vu d'aussi belle au village, tandis que lui-même se jetait à ses pieds et disait d'une voix suppliante :

– Grâce, père ! modère ta colère ! Tiens, prends la cravache et frappe-moi autant que le cœur t'en dira. Je me soumets de mon propre gré et je me repens de tout ce que j'ai pu faire ; bats-moi, mais apaise ta colère. Souviens-toi qu'il fut un temps où tu traitais en frère mon défunt père, qu'ensemble vous avez mangé du pain et du sel et bu de l'eau-de-vie.

Tchoub voyait non sans un secret plaisir que le forgeron qui ne craignait personne au village, qui pliait entre ses doigts des pièces de cinq kopecks et des fers à cheval comme si c'étaient des crêpes de sarrasin, que ce même forgeron était maintenant prosterné à ses pieds. Afin de conserver ce qui lui restait de dignité, Tchoub prit la cravache et en frappa trois fois le dos de Vakoula.

– Allons, cela te suffira, relève-toi ! Obéis toujours aux personnes âgées ! Oublions tout ce qui s'est passé entre nous. Et maintenant, dis ce que tu désires.

– Père, accorde-moi la main d'Oksana !

Tchoub réfléchit un peu, jeta un regard sur le bonnet et la ceinture : le bonnet était magnifique et la ceinture ne le lui cédait en rien non plus ; il se souvint ensuite de la traîtrise de Solokha et dit d'un ton résolu :

– Bon, envoie les courtiers de mariage !

– Ah ! s'écria Oksana, au moment où elle franchissait le seuil, à la vue du forgeron, et elle fixa sur lui un regard où se lisaient la stupeur et la joie.

– Regarde quels escarpins je t'ai apportés ! dit Vakoula : ceux-là mêmes que porte la Tsarine.

– Non, non, je n'ai pas besoin d'escarpins ! disait-elle, faisant signe des mains qu'elle n'en voulait pas et sans le quitter des yeux : même sans les escarpins, je... Elle n'acheva pas sa phrase et rougit.

Le forgeron s'approcha et prit la belle par la main ; celle-ci baissa les yeux. Jamais encore elle n'avait été si merveilleusement jolie. Plongé dans le ravissement, Vakoula l'embrassa doucement ; le visage d'Oksana s'empourpra davantage et sa beauté en fut encore rehaussée.

Un jour que l'évêque, de bienheureuse mémoire, passait par le village, il en loua l'emplacement et, comme sa voiture traversait la rue, il s'arrêta devant une chaumière neuve.

– Et à qui appartient cette chaumière tout ornée de peintures ? demanda Son Éminence à une belle femme qui se tenait près de la porte avec un enfant dans les bras.

– Elle est au forgeron Vakoula ! lui répondit avec une révérence Oksana, car cette femme, c'était précisément elle.

– Très bien ! c'est un magnifique travail ! dit Son Éminence, examinant de plus près portes et fenêtres. Celles-ci étaient toutes bordées d'une bande de couleur rouge ; quant aux portes, elles étaient couvertes de cosaques à cheval, la pipe aux dents.

Mais Son Éminence loua Vakoula encore davantage quand il sut que le forgeron avait accompli la pénitence imposée par l'église et que, sans accepter d'être payé, il avait peint toute l'aile gauche du chœur en couleur verte, avec des fleurs rouges dessus.

Mais ce n'était pas tout. Sur la paroi latérale de l'église, près de l'entrée, Vakoula avait représenté le diable en enfer, et il l'avait fait si horrible que tous crachaient de dégoût en passant à côté. Et les femmes, dès que l'enfant qu'elles tenaient dans les bras se mettait à pleurer, le portaient devant le tableau et lui disaient : *« Tiens, regarde la saleté qui est là ! ».* Et l'enfant, retenant ses larmes, louchait du côté de la peinture, se serrant contre le sein de sa mère.

Extrait de Veillées du hameau près de Dikanka. *Tome II, mars 1832. Traduction d'Eugénie Tchernosvitow.*

LE SAPIN

par
Hans-Christian ANDERSEN (1805-1875)

Le merveilleux Danois, auteur de La Petite Sirène, La Reine des neiges, Les Souliers rouges, Le Petit Soldat de plomb, *a souvent été inspiré par le froid mais très peu par la Noël. Il lui a consacré seulement trois contes (sur cent cinquante-six...), dont celui-ci paru en 1844.*

Dans la forêt poussait un joli petit sapin.

Il était en bonne place au soleil et ne manquait pas d'air. Tout autour de lui poussaient beaucoup d'autres sapins plus grands ; le petit sapin aurait voulu être aussi grand qu'eux, lui aussi.

Et même, il n'aimait pas les enfants de la campagne qui passaient en babillant pour aller cueillir des fraises ou des mûres, et qui, en revenant de leur cueillette avec leurs paniers, s'asseyaient près de lui et disaient : « Oh ! le joli petit sapin ! »

Il n'aimait pas qu'on l'appelât « petit sapin ».

L'année d'après, il grandit d'une pousse, et l'année d'après d'une pousse encore : vous savez qu'on peut ainsi, par le nombre de rangées de branches, reconnaître l'âge d'un sapin.

– Oh ! si je pouvais devenir un arbre aussi grand que les autres, soupirait le petit sapin. J'étendrais alors mes rameaux bien loin autour de moi et, de ma cime, je pourrais regarder les campagnes. Les oiseaux viendraient bâtir leurs nids dans mes branches et, quand le vent soufflerait, je pourrais m'incliner majestueusement comme les autres.

C'est ainsi que rien ne faisait plaisir à notre petit sapin, ni le soleil, ni les oiseaux, ni les jolis nuages roses qui passaient au-dessus de lui, matin et soir.

L'hiver vint. De tous les côtés la neige brillait toute blanche. Un lièvre passa en courant et fit un bond par-dessus le petit sapin qui en fut tout humilié.

Mais deux autres hivers s'étant écoulés, notre sapin était devenu si grand que le lièvre était obligé d'en faire le tour.

Oh ! grandir, grandir, devenir haut et vieux, voilà ce qu'il y a de plus beau au monde, pensait le sapin.

À l'automne venaient régulièrement des bûcherons qui abattaient quelques-uns des plus grands arbres.

Le jeune sapin, qui maintenant était assez grand, réfléchit sur le sort de ces arbres magnifiques qui tombaient à terre avec fracas. On coupait leurs branches, on enlevait leur écorce, et ils apparaissaient ainsi longs et minces. C'était à ne pas les reconnaître. On les plaçait ensuite sur des charrettes, et des chevaux les emportaient de la forêt.

Où allaient-ils ? Que leur arrivait-il ? Au printemps, lors du retour des hirondelles et des cigognes, notre sapin leur demanda : « Savez-vous où on les a portés ? Les avez-vous rencontrés ? »

Les hirondelles n'en savaient rien. Mais une cigogne, à la mine sérieuse, hocha de la tête et dit :

« Je crois le savoir ! J'ai rencontré beaucoup de vaisseaux neufs en revenant d'Égypte. Ils avaient des mâts magnifiques, et je crois pouvoir dire qu'ils sentaient le sapin.

– Oh ! si j'étais assez grand pour voguer comme eux sur la mer ! Comment est-elle donc faite, cette mer, et à quoi ressemble-t-elle ? »

– Ce serait trop long à expliquer, dit la cigogne, et elle s'envola.

– Réjouis-toi d'être jeune, disaient les rayons de soleil. Réjouis-toi de ta sève fraîche et de la jeune vie qui est en toi !

Le vent embrassa le sapin, et la rosée l'orna de perles, mais il n'était pas sensible à ces attentions.

À l'approche de Noël, on venait couper de très petits arbres, bien moins grands et moins vieux que notre sapin qui ne songeait qu'à quitter la forêt. Ces jeunes arbres, très peu touffus, conservaient leurs branches ; on les plaçait sur des charrettes, et des chevaux les emportaient de la forêt.

– Où vont-ils ? se demandait notre sapin. Ils ne sont pas plus grands que moi. Il y en a même un plus petit. Et pourquoi leur laisse-t-on leurs branches ? Où les conduit-on ?

– Nous le savons, nous le savons ! piaillèrent les moineaux. Nous avons regardé à travers les vitres dans la ville. Nous savons où on les conduit. On les mène aux plus belles fêtes qui se puissent imaginer. Nous avons regardé à travers les vitres ; nous avons vu qu'on les plante au milieu d'une chambre bien chauffée ; on les orne des objets les plus jolis, de pommes, de pains d'épice, de jouets et de centaines de bougies.

– Et après ? demanda le sapin, frissonnant de toutes ses branches. Et après ? Que se passe-t-il ?

– Ah ! nous n'en savons pas plus long ! Mais c'était splendide !

– Ne suis-je pas né pour ce brillant avenir ? murmura le sapin. C'est encore plus beau que d'aller sur la mer. Oh ! si l'on était à Noël ! Je suis maintenant grand et gros comme les autres que l'on a emportés l'année dernière. Oh ! si j'étais dans la charrette ! si j'étais dans la chambre chaude au milieu de toutes ces splendeurs ! Mais après ? Sans doute il arrive encore quelque chose de plus. Autrement, à quoi bon nous parer ainsi ? Oui, il doit arriver quelque chose de plus merveilleux… Quel tourment d'attendre ! Je n'y puis plus tenir !

– Contente-toi de nous, disaient la brise et le rayon de soleil. Contente-toi de ta verte jeunesse en plein air !

Il ne s'en contentait pas. Il grandissait, grandissait, toujours d'un beau vert sombre, en été comme en hiver.

Les gens qui le voyaient disaient : « Le bel arbre ! » et un peu avant Noël on le coupa le premier de tous. La hache lui trancha les moelles et il tomba en poussant un soupir. Il éprouvait une souffrance qui l'empêchait de songer à aucun bonheur. Il regrettait de quitter sa demeure, le lieu où il avait poussé. Il savait que jamais plus il ne reverrait ses chers vieux camarades, les buissons et les fleurs qui l'entouraient, et – qui sait ? – peut-être même jamais plus un oiseau. Non, le départ ne fut pas gai.

Notre sapin reprit ses sens dans la cour où on le retira de la charrette en même temps que ses camarades.

Il entendit un homme qui disait : « En voilà un superbe ! c'est ce qu'il me faut ! »

Vinrent deux domestiques en livrée qui le portèrent dans une grande et belle salle. Tout autour, il y avait des portraits pendus aux murs, et sur le grand poêle en porcelaine deux beaux vases de Chine tout couverts de dragons et de fleurs enluminées d'or.

Il y avait aussi de magnifiques fauteuils, des canapés de soie, de grandes tables chargées de livres et de bibelots de prix – pour des centaines de fois cent écus, disaient les enfants.

Le sapin fut mis dans un tonneau plein de sable, mais on ne pouvait voir que c'était un tonneau à cause des tentures vertes placées tout autour. Notre sapin ne pouvait contenir son émotion ! Qu'allait-il se passer ? Jeunes filles et domestiques se mirent à le parer. Ils suspendirent aux branches de petits cornets de papier de couleur, remplis de bonbons.

Des pommes dorées et des noix pendaient comme si elles eussent poussé là. On piqua ensuite, dans les branches, des bougies rouges, bleues et blanches, des poupées aussi vivantes que des hommes, et telles que jamais le sapin n'en avait vu auparavant. Tout à fait au sommet fut placée une grande étoile en clinquant. C'était superbe !

– C'est ce soir, s'écria-t-on de tous côtés, c'est ce soir que cela va briller.

– Oh ! se dit le sapin, si nous étions au soir ! Si les lumières étaient allumées ! Qu'est-ce qui va se passer ? Si les arbres de la forêt pouvaient venir me voir ! Peut-être les moineaux viendront-ils regarder à travers les vitres ! Est-ce que je resterai planté ici avec ces ornements, été comme hiver ?

Il savait donc ce qui allait arriver, et cependant il avait mal aux aiguilles à force d'impatience, et le mal aux aiguilles pour un sapin est quelque chose d'aussi mauvais que le mal de tête pour nous autres.

Enfin, on alluma les bougies : quel éclat, quelle splendeur ! notre sapin en tressaillait dans tous ses rameaux, si bien qu'une des bougies mit le feu à une branche et qu'on sentit une odeur de brûlé.

– Mon Dieu ! s'écrièrent les jeunes filles, et elles se précipitèrent pour éteindre le feu.

Le sapin n'osait plus frissonner, craignant trop de déranger quelque chose à sa parure. Il brillait de tout son éclat.

La porte s'ouvrit à deux battants et une bande d'enfants se précipita en avant, comme pour renverser le sapin. Les personnes plus âgées venaient plus tranquillement par derrière. Les enfants s'arrêtèrent muets d'admiration, mais, au bout d'un instant, ils reprirent leur gaieté bruyante et se mirent à danser en rond autour de l'arbre. Les cadeaux furent pris l'un après l'autre.

– Qu'est-ce qu'ils font ? se disait le sapin. Qu'est-ce qui va se passer ?

Les bougies achevaient de brûler, et quand elles furent près de finir, on les éteignit. Les enfants eurent alors la permission de piller l'arbre de Noël. Ils se jetèrent sur lui et firent craquer ses branches. S'il n'avait pas été solidement enfoncé, il aurait été jeté à bas.

Puis les enfants dansèrent avec leurs beaux jouets sans plus s'occuper du sapin ; seule la vieille nourrice vint regarder entre les branches, mais seulement pour voir si l'on n'avait pas oublié un bonbon ou une pomme.

– Une histoire, une histoire ! criaient les enfants en entraînant vers l'arbre un homme petit et gros qui s'assit dessous.

– Nous voilà au milieu de la verdure, dit-il, et cela fera plaisir au sapin d'entendre. Mais je vous promets une histoire, pas davantage. Voulez-vous Ivède Avède ou bien Klumpé-Dumpé qui tomba dans les escaliers, mais qui pourtant monta sur le trône et obtint la main de la princesse ?

– Ivède Avède ! crièrent les uns.

– Klumpé-Dumpé ! crièrent les autres.

Ce fut un vrai vacarme ; le sapin seul restait tranquille.

– Je ne compte donc plus pour rien ? se demandait-il. On n'a donc plus rien à faire de moi ?

Le vieil homme conta l'histoire de Klumpé-Dumpé. Les enfants battirent des mains en criant : « Encore ! Encore ! » Ils voulaient avoir aussi Ivède Avède, mais il leur fallut se contenter de Klumpé-Dumpé. Le sapin demeurait calme et réfléchissait. Jamais les oiseaux de la forêt ne lui avaient conté rien de semblable. Klumpé-Dumpé était tombé dans les escaliers, mais pourtant avait obtenu la main de la princesse.

– Eh oui ! Il en va ainsi dans le monde, pensait-il ; ce que cet homme raconte ne peut être faux, car il me semble plein de franchise. Qui sait ? Peut-être tomberai-je dans les escaliers, pour obtenir ensuite une princesse.

Il pensait avec joie au jour suivant, où il se verrait de nouveau couvert de bougies, de jouets, d'or et de fruits.

– Demain, je ne tremblerai pas, se disait-il. Je nagerai en plein bonheur. Demain, j'entendrai encore l'histoire de Klumpé-Dumpé et peut-être celle d'Ivède Avède.

Il demeura toute la nuit calme et pensif.

Au matin, valets et servantes entrèrent.

– Ah ! se dit le sapin, voici la fête qui recommence.

Mais non ! On le sort de la chambre et on le porte au grenier, dans un coin sombre et privé de toute lumière.

– Qu'est-ce là ? pensa le sapin. Que va-t-il m'arriver ici ? Qu'aurai-je à entendre, cette fois ?

Et il se dressait contre la muraille, tout pensif.

Les jours et les nuits passèrent. personne ne montait là-haut, et lorsque quelqu'un vint enfin, ce fut pour déposer dans le grenier plusieurs grandes caisses. Le sapin dut se croire absolument oublié.

– C'est l'hiver au dehors, se disait-il. La terre est dure et couverte de neige. On ne saurait me planter maintenant. Il me faut évidemment rester ici jusqu'au printemps. Tout est pour le mieux, et les hommes sont bons. Si seulement il faisait un peu moins noir, dans ce terrible grenier ! Jamais le moindre lapin ! C'était pourtant bien amusant, dans la forêt, quand il y avait de la neige, et que les lapins passaient en courant ! Oui, même quand ils sautaient par-dessus moi ; mais j'en étais vexé alors. Ici, c'est effroyablement désert.

– Pip, pip ! dit une petite souris en trottinant vers lui.

Une autre vint derrière elle. Toutes deux se mirent à flairer le sapin, puis grimpèrent dans ses branches.

– Quel froid terrible ! dirent-elles. Sans cela on serait très bien ici, n'est-ce pas, vieux sapin ?

– Je ne suis point vieux, dit le sapin ; il y en a beaucoup de plus vieux que moi.

– D'où viens-tu ? Que sais-tu ? Parle-nous des plus beaux endroits de la terre. Y as-tu été ? As-tu été dans le garde-manger où des fromages sont placés sur les rayons, où des jambons pendent au plafond, où l'on danse sur des chandelles de suif, où l'on entre maigre pour en sortir gras et dodu ?

– Non, je ne le connais pas, dit le sapin, mais je connais la forêt où le soleil brille et les oiseaux chantent.

Il leur raconta sa jeunesse. Les petites souris n'avaient jamais entendu rien de tel ; elles étaient tout oreilles :

– Ce que tu as vu de choses ! Comme tu as été heureux !

– Moi ? dit le sapin. Et il réfléchit sur ce qu'il venait de conter.

Oui, au fond, c'était le bon temps.

Il fit ensuite le récit de la veillée de Noël, où il avait été couvert de gâteaux et de bougies.

– Oh ! dirent les petites souris, comme tu as été heureux, vieux sapin !

– Mais je ne suis pas vieux du tout ! dit l'arbre. C'est cet hiver qu'on m'a apporté de la forêt. Je suis en pleine maturité. Seulement, on m'a placé dans un tonneau, ce qui m'est bien désagréable !

– Comme tu sais bien raconter ! dirent les petites souris.

La nuit suivante, elles vinrent avec quatre autres, pour leur faire entendre le récit du sapin.

– Oui, c'était le bon temps, disait celui-ci ; il peut revenir. Klumpé-Dumpé tomba dans les escaliers, mais obtint pourtant la princesse. Peut-être obtiendrai-je aussi une princesse.

Et il pensait à un gentil petit bouleau de la forêt, qui lui apparaissait comme une réelle princesse.

– Qu'est-ce que Klumpé-Dumpé ? demandèrent les petites souris.

Le sapin raconta toute l'histoire, mot pour mot. Les petites souris étaient près de sauter de joie jusqu'à la cime du sapin.

La nuit suivante, le nombre des souris fut encore plus grand et, le dimanche, il vint en plus deux rats. Mais ceux-ci déclarèrent que l'histoire n'était pas amusante, ce qui affligea les souris, car, à elles aussi, elle parut alors moins amusante.

– Ne sais-tu que cette seule histoire ? demandèrent les rats.

– Ma foi, pas davantage, dit le sapin ; c'est celle que j'ai entendue dans ma plus belle soirée ; mais alors je ne me rendais pas compte combien j'étais heureux.

– C'est une histoire assommante ! Tu n'en sais donc pas où il est question de lard et de chandelles de suif ? Tu ne sais pas une histoire de garde-manger ?

– Non ! dit l'arbre.

– Bonsoir donc ! firent les rats qui rentrèrent chez eux.

Les souris se retirèrent aussi.

– C'était pourtant bien agréable, murmura le sapin, de voir les petites souris assises en rond autour de moi pour m'écouter. C'est fini, cela aussi ! Mais le bonheur reviendra quand on me tirera d'ici.

Quand cela arriva-t-il ?

Un beau matin, des gens vinrent pour ranger le grenier. On emporta les caisses, on traîna le sapin hors de son coin. Il fut jeté à terre un peu rudement, mais aussitôt un homme le prit et l'emporta par un escalier bien éclairé.

– Voici la vie qui recommence ! se dit le sapin qui sentait l'air frais et les premiers rayons du soleil, en arrivant dans la cour.

Le sapin avait tant de choses à voir autour de lui qu'il oubliait de se regarder lui-même. À la cour attenait un jardin tout en fleurs. Des roses fraîches et odorantes pendaient sur la clôture ; les tilleuls étaient fleuris et les hirondelles volaient en disant : « Quirre-virre-vit ! »

– Maintenant, je vais vivre ! pensait le sapin ; et il étalait ses branches. Hélas ! elles étaient sèches et jaunies. On le mit dans un coin, parmi les orties et les ronces. L'étoile d'or en papier était encore sur la plus haute branche et brillait au clair soleil.

Dans la cour se trouvaient quelques enfants qui, à Noël, avaient dansé autour de l'arbre et l'avaient trouvé si beau. Un des plus petits accourut et prit l'étoile d'or.

– Oh ! voyez donc ! cria-t-il. L'étoile est encore sur le vilain vieil arbre de Noël !

Il marcha sur les branches qui craquèrent sous ses souliers.

Le sapin regardait les belles fleurs et la fraîche verdure du jardin, puis se regardait lui-même. Il aurait voulu être dans son coin sombre, au grenier. Il pensait à sa verte jeunesse dans la forêt, à la joyeuse soirée de Noël et aux petites souris qui étaient si contentes d'entendre l'histoire de Klumpé-Dumpé.

– C'est fini ! pensait le pauvre sapin. Pourquoi n'avoir pas été gai, quand je le pouvais ?

Un domestique vint et coupa l'arbre en petits morceaux. Cela fit un fagot qu'on mit sous la grande marmite. On entendit des soupirs et comme des cris de détresse. Les enfants accoururent pour se placer devant le feu et crièrent : « Pif ! Paf ! » Mais les « Pif ! Paf ! » du sapin étaient de vrais soupirs. Il pensait aux jours d'été dans la forêt, aux nuits d'hiver en plein air, quand les étoiles étincelaient. Il pensait au soir de Noël et à Klumpé-Dumpé, la seule aventure qu'il eût apprise et qu'il pût raconter.

Et puis, il ne resta plus rien du petit sapin.

Les enfants étaient retournés dans la cour. Le plus jeune avait sur la poitrine l'étoile d'or que l'arbre avait portée dans sa plus heureuse soirée.

Finie cette soirée, fini le pauvre sapin, et finie avec lui notre histoire, comme finissent toutes les histoires en ce monde.

Traduction d'Étienne Avenard.

Un cantique de Noël

par
Charles Dickens

Il a fait pleurer des générations de lecteurs avec les malheurs de David Copperfield, Oliver Twist *ou* La Petite Dorrit. *Il en a fait rire d'autres avec* Les Aventures de M. Pickwick. *Cet homme toujours plein de sympathie pour les souffrances des autres a de plus fondé le genre littéraire qualifié de « conte de Noël ». Il l'a inauguré à la Noël 1843 avec* Un cantique de Noël *qui place la célébration de la Nativité sous le signe de l'apaisement des consciences et de la réconciliation.*

J'ai voulu dans ce petit livre fantastique évoquer le fantôme d'une idée qui ne mettra mes lecteurs de mauvaise humeur ni avec eux-mêmes, ni les uns avec les autres, ni avec la saison ni avec moi. Puisse-t-elle hanter leurs maisons agréablement et que personne ne désire l'en exclure.

Leur fidèle serviteur et ami,
C. D.

LE SPECTRE DE MARLEY

Marley était mort : pour commencer par le commencement. Il n'y a là-dessus aucun doute ; le registre de son enterrement avait été signé par l'ecclésiastique, le sacristain, l'entrepreneur des funérailles et celui qui conduisait le deuil. Scrooge l'avait signé aussi, et le nom de Scrooge était une bonne signature à la Bourse sur tout papier où Scrooge l'apposait de sa main. Le vieux Marley était mort, bien mort !

Scrooge savait-il que Marley était mort ? Sans doute ! Comment aurait-il pu ne pas le savoir ? Scrooge et Marley avaient été associés pendant de longues années. Scrooge était son seul exécuteur testamentaire, son seul curateur, son seul fidéicommissaire, son seul légataire au résidu, son seul ami, le seul qui eût porté son deuil. Et cependant Scrooge n'avait pas été si cruellement frappé par le triste événement qu'il ne se montrât encore un habile homme d'affaires le jour même des obsèques : il les solennisa par la conclusion d'un excellent marché.

Je répète donc que Marley était mort, et je le répète, parce que sans ce point de départ, bien compris de tous, il n'y aurait rien de merveilleux dans mon histoire. Si vous n'étiez parfaitement convaincu que le père d'Hamlet est mort quand la pièce commence, qu'y aurait-il de surprenant à voir le feu roi de Danemark se promener le soir sur les remparts de sa capitale ?

Scrooge n'effaça jamais le nom du vieux Marley de son enseigne. Ce nom était encore peint plusieurs années après au-dessus de la porte du magasin : SCROOGE ET MARLEY. La signature connue de la maison était Scrooge et Marley. Tantôt ceux qui traitaient avec Scrooge pour la première fois appelaient Scrooge, Scrooge, et tantôt ils l'appelaient Marley ; mais il répondait aux deux noms : cela lui était égal.

Ah ! c'était un compère à la main serrée que Scrooge, cupide, avare, et sachant exprimer jusqu'à la dernière goutte d'une éponge ; un cœur dur comme caillou, un vieux pécheur madré, retors, discret, mystérieux et renfermé en lui-même comme l'huître sur son rocher. On devinait toute la froideur de son âme à sa taille raide, à son nez effilé, à ses joues sèches, à ses yeux bordés d'un cercle rouge, à son menton pointu, à ses lèvres minces et bleuâtres, au son aigre de sa voix. Il y avait sur sa physionomie, sur toute sa personne, autour de lui, tous les signes de cette atmosphère glaciale dans laquelle il vivait, et dont la température se faisait sentir à tous ceux qui l'approchaient.

Personne ne l'aborda jamais dans la rue pour lui dire d'un air gai : « Mon cher Scrooge, comment vous portez-vous ? quand venez-vous me voir ? » Aucun mendiant n'eût osé implorer de lui une menue monnaie, aucun enfant ne lui demandait l'heure, jamais passant, homme ou femme, ne le pria de vouloir bien lui indiquer son chemin. Les chiens d'aveugle semblaient eux-mêmes le connaître, et tiraient leurs maîtres à droite ou à gauche pour l'éviter, en remuant la queue, comme pour dire : « Mieux vaut ne pas y voir du tout, pauvre aveugle, que d'avoir le mauvais œil ! »

Mais qu'importait à Scrooge ? c'était au contraire ce qu'il voulait : écarter la foule du coude dans les sentiers populeux de la vie et tenir à distance toutes les sympathies humaines, c'était là le bonheur de Scrooge.

Un jour… de tous les bons jours de l'année, le meilleur, la veille de Noël… le vieux Scrooge était assis et occupé dans son comptoir. Il faisait froid, un froid piquant avec du brouillard par-dessus le marché : Scrooge pouvait entendre dans la ruelle voisine les gens aller et venir, respirant avec bruit, se frappant la poitrine et piétinant sur le trottoir pour se réchauffer. Les horloges de la cité n'avaient sonné que trois heures, et il était déjà presque nuit ; il n'avait pas fait jour depuis le matin, et les chandelles allumées dans les boutiques voisines exhalaient contre les vitres leur lumignon rougeâtre. Le brouillard pénétrait intérieurement à travers toutes les fentes et tous les trous de serrure, brouillard si épais au dehors que, quoique la rue fût des plus étroites, les maisons de l'autre côté n'étaient plus que de vraies masses d'ombre.

La porte du comptoir de Scrooge restait ouverte, afin qu'il pût surveiller son commis qui, dans une espèce de cellule sombre, faisait des copies de lettres. Scrooge avait un très petit feu ; mais le feu du commis était si petit qu'il ressemblait à un charbon unique. Et comment aurait-il pu le regarnir, Scrooge gardant la boîte aux charbons dans la pièce où il se tenait lui-même ? Chaque fois que le commis y entrait avec sa pelle pour en chercher, le maître de prédire qu'ils seraient forcés de se séparer. Aussi le commis s'enveloppait de son mieux et essayait de se réchauffer à la chandelle ; malheureusement il n'avait pas assez d'imagination pour y réussir.

« Joyeuses fêtes de Noël, mon oncle ! Dieu vous protège ! » s'écria une voix avec l'accent de la gaîté. Et c'était la voix du neveu de Scrooge, survenu si brusquement qu'il donnait le premier avis de son approche.

« Bah ! répondit Scrooge, bêtise ! »

Il était tellement échauffé dans sa marche rapide par un pareil temps de froid et de brouillard, ce neveu de Scrooge, qu'il en était tout rouge : d'autant plus qu'il avait naturellement le teint coloré ; ses yeux étincelèrent, et sa respiration se soulagea par une bouffée de vapeur.

« Noël, une bêtise, mon oncle ! s'écria le neveu de Scrooge. Vous ne voulez pas dire cela !

– Je le dis, répliqua Scrooge : un joyeux Noël ! De quel droit seriez-vous joyeux ? quelle raison avez-vous d'être joyeux ? vous êtes assez pauvre comme cela !

– Allons, allons ! dit le neveu avec bonne humeur. Mais alors de quel droit seriez-vous triste ? quelle raison avez-vous d'être morose ? vous êtes assez riche comme cela ! »

Scrooge, faute d'une meilleure réponse pour le moment, répéta : « Bah ! Bah ! » et il ajouta encore : « Bêtise ! »

– Ne soyez pas de mauvaise humeur, mon oncle, dit le neveu.

– Que serais-je donc, répliqua l'oncle, lorsque je vis dans un monde de fous tel que celui-ci ? Vous êtes curieux avec vos joyeux Noëls : qu'est pour vous l'époque de Noël, sinon un temps d'échéance sans argent, un temps pour vous retrouver d'une année plus vieux et pas plus riche d'une heure, un temps pour balancer vos livres et voir tourner contre vous douze mois encore écoulés sans profit ? Si j'étais le maître, ajouta Scrooge d'un accent indigné, tout imbécile qui vous arrive un joyeux Noël sur les lèvres irait bouillir avec son propre pouding et se faire enterrer avec une branche de houx à travers le cœur… oui, vraiment !

– Mon oncle ! dit le neveu d'un air suppliant.

– Mon neveu, reprit l'oncle d'un air sévère, faites Noël comme il vous plaira, et laissez-moi le faire à ma manière.

– Le faire ! Mais vous ne le faites pas, mon oncle !

– Laissez-moi donc le défaire, dit Scrooge impatienté ; et grand bien Noël vous fasse. Il vous a toujours fait beaucoup de bien, n'est-ce pas ?

– Il est maintes choses dont j'aurais pu retirer quelque bien et dont je n'ai pas profité, je le confesse, répondit le neveu ; et Noël entre autres. Mais je suis sûr d'avoir au moins toujours regardé Noël, chaque fois qu'il est revenu, et à part le respect dû à son nom sacré comme à sa sainte origine, si on peut séparer ces choses de Noël… oui, j'ai toujours regardé Noël comme un heureux temps, un temps de bienveillance, de pardon, de charité, de bonnes relations ; le seul temps que je sache dans le long calendrier de l'année où hommes et femmes semblent, d'un consentement unanime, ouvrir leurs cœurs et penser aux pauvres gens placés au-dessous d'eux comme à des compagnons de voyage de cette vie à l'autre, ce qu'ils sont en effet, et non une autre race de créatures se rendant à un autre but. Et par ainsi, mon oncle, quoique Noël ne m'ait jamais mis une monnaie d'or ou d'argent dans la poche, je crois que Noël *m'a* fait du bien et me fera du bien. Je dis donc : Dieu bénisse Noël ! »

Le commis dans sa niche applaudit involontairement à cette conclusion ; mais s'apercevant aussitôt qu'il venait de lui échapper une inconvenance, il voulut tisonner le feu et éteignit la dernière étincelle.

« Que j'entende une autre parole sortir de *votre bouche,* lui dit Scrooge, et vous ferez Noël en perdant votre place. » – Vous êtes un éloquent orateur, monsieur mon neveu, ajouta-t-il en se retournant vers celui-ci ; je suis étonné que vous n'entriez pas au Parlement.

– Allons, ne vous fâchez pas, mon oncle ; venez demain dîner avec nous. »

Scrooge répondit qu'il le verrait plutôt... oui, il le dit, il ne craignit pas de dire qu'il le verrait plutôt *au diable...*

« Mais pourquoi ? s'écria le neveu de Scrooge, pourquoi ?

– Pourquoi vous êtes-vous marié ? demanda Scrooge.

– Parce que j'étais amoureux.

– Parce que vous étiez amoureux... oh ! oh ! grommela Scrooge, comme s'il venait d'entendre dire une chose encore plus ridicule que *Joyeux Noël !* Bonsoir, mon neveu !

– Mais, mon oncle, vous ne veniez jamais chez moi avant cela : pourquoi prétendre que c'est pour cette raison que vous ne venez pas à présent ?

– Bonsoir, mon neveu !

– Je ne veux rien de vous, mon oncle ; je ne vous demande rien. Pourquoi ne serions-nous pas amis ?

– Bonsoir !

– Je suis fâché de vous trouver si absolu dans votre refus. Nous n'avions jamais eu de querelle, par ma faute du moins ; mais j'ai voulu faire cette démarche par respect pour Noël, et je conserverai jusqu'à la fin ma bonne humeur de Noël : ainsi donc je vous souhaite une bonne fête de Noël, mon oncle !

– Bonsoir !

– Et une bonne année !

– Bonsoir ! » répéta Scrooge.

Le neveu sortit sans le moindre mot de récrimination ; il s'arrêta dans l'autre pièce pour faire ses souhaits de Noël et de bonne année au commis, qui, moins froid que Scrooge, malgré le feu éteint, les lui rendit cordialement.

« En voilà encore un autre ! murmura Scrooge, qui les entendit. Mon commis avec quinze shillings par semaine, une femme et des enfants, parlant de joyeux Noël ! Je me retirerai à Bedlam. »

Ce commis, traité de fou, avait, en accompagnant le neveu de Scrooge à la porte, introduit deux autres personnes. C'étaient deux messieurs de bonne mine, agréables de physionomie, qui se tenaient la tête découverte dans le comptoir de Scrooge et avaient à la main des registres et des papiers.

« Scrooge et Marley, je pense ? demanda un de ces deux messieurs en consultant sa liste, après avoir salué. Ai-je le plaisir de parler à M. Scrooge ou à M. Marley ?

– Il y a sept ans que M. Marley est mort, répondit Scrooge ; oui, il y a ce soir juste sept ans qu'il est mort.

– Nous ne doutons pas que sa générosité ne soit bien représentée par l'associé qui lui survit », dit le monsieur en montrant la liste d'une quête.

Oui, certainement, il avait raison, l'un valait l'autre : au mot significatif de GÉNÉROSITÉ, Scrooge fronça le sourcil et hocha la tête.

« Dans cette époque de fête annuelle, monsieur Scrooge, dit le monsieur à la liste en prenant une plume, il est bien juste que nous fassions la part des pauvres et des malheureux, ils souffrent beaucoup en ce moment. Il en est des milliers qui manquent des choses les plus nécessaires, oui, monsieur, des centaines de milliers privés de tout.

– N'y a-t-il pas des prisons ? demanda Scrooge.

– Des prisons ; oh ! en grand nombre, dit le monsieur en laissant retomber la plume.

– Et les maisons de travail forcé, les *Unions,* comme on les appelle, fonctionnent-elles toujours ?

– Toujours, oui, toujours, reprit l'autre, et je voudrais répondre non.

– Le moulin à pied et la loi des pauvres sont donc en activité ?

– Oh ! en très grande activité, monsieur.

– Tant mieux ; vous m'avez fait peur : en entendant vos premières paroles, j'avais craint, dit Scrooge, qu'il ne fût survenu quelque chose qui en suspendrait l'utile efficacité ; je suis charmé d'apprendre le contraire.

– Dans la persuasion que ces moyens ne suffiraient guère pour soulager chrétiennement les peines de la multitude, reprit le quêteur, quelques-uns d'entre nous s'efforcent de réaliser une collecte pour acheter aux pauvres quelques aliments et du combustible. Nous choisissons ce temps de l'année parce que c'est celui de tous où le besoin se fait le plus vivement sentir et celui où l'abondance se réjouit. Pour combien vous inscrirai-je ?

– Pour rien, reprit Scrooge.

– Vous voulez rester anonyme ?

– Je veux qu'on me laisse tranquille, dit Scrooge ; puisque vous me demandez ce que je veux, messieurs, telle est ma réponse. Je ne me réjouis pas à Noël et je ne puis fournir aux autres les moyens de se réjouir ; je contribue à l'entretien des établissements que j'ai mentionnés : ils coûtent assez cher, et ceux qui ne se trouvent pas bien n'y étant pas n'ont qu'à y aller.

– Plusieurs ne le peuvent et plusieurs aimeraient mieux mourir.

– S'ils aiment mieux mourir, ils feraient bien de prendre ce parti et de diminuer le superflu de la population. D'ailleurs… excusez-moi… j'ignore cela.

– Vous pourriez le savoir.

– Ce ne sont pas mes affaires, répliqua Scrooge ; c'est assez pour un homme de connaître les siennes sans se mêler de celles des autres : les miennes m'occupent constamment. Bonsoir, messieurs. »

Voyant clairement qu'ils perdaient leurs paroles, ces messieurs s'éloignèrent. Scrooge reprit son travail, très content de lui-même et se sentant même disposé à la facétie.

Cependant le brouillard et les ténèbres s'épaississaient tellement que des hommes parcouraient les rues avec des torches, offrant leurs services aux cochers pour précéder les chevaux et les guider jusque chez eux. L'antique tour d'une église gothique, que Scrooge apercevait par une ouverture de son comptoir, devint invisible, et elle sonnait les heures, les demies et les quarts dans les nuages avec une vibration tremblante qui eût pu faire croire que cette voix du temps s'échappait à travers une tête dont le froid faisait claquer les dents d'airain. Dans la principale rue du quartier, des ouvriers employés à réparer les tuyaux du gaz avaient allumé un grand brasier autour duquel se pressait une foule de pauvres et d'enfants déguenillés, se réchauffant les mains et clignant des yeux avec délices. La gouttière de la fontaine publique, obstruée par un glaçon, ne laissait plus tomber une goutte d'eau et l'éclat lumineux des boutiques, où les feuilles de houx et de buis craquaient près des lampes, jetait des reflets rouges sur les pâles figures des passants. Les étalages des marchands de comestibles et des épiciers avaient une splendeur qui écartait toute idée prosaïque de vente et d'achat ; c'était une décoration de fête. Non seulement le lord-maire, du fond de son hôtel municipal, donnait des ordres à ses cinquante cuisiniers et sommeliers pour solenniser Noël d'une manière digne de la table d'un lord-maire, mais aussi le petit tailleur, mis à l'amende de cinq shillings la semaine d'auparavant pour avoir été ramassé ivre dans la rue, songeait au pouding du lendemain, dans son galetas, et envoyait sa femme avec son marmot chez le boucher.

Le brouillard de croître ; le froid de devenir de plus en plus vif, de plus en plus aigre et pénétrant. Si le bon saint Dunstan avait pincé le nez du diable avec un froid aussi mordant, au lieu de se servir de son élément familier, le diable aurait pu crier en conscience. Le propriétaire d'un jeune nez pointu s'arrêta en grelottant devant la porte de Scrooge pour le régaler d'une ballade de Noël ; mais au premier vers d'introduction :

God bless you, merry gentleman !
– Dieu vous bénisse, joyeux monsieur !

Scrooge saisit la règle sur son pupitre avec un geste si énergique que le chanteur à demi congelé se mit à fuir avec terreur, abandonnant le trou de la serrure au brouillard et au froid.

Enfin, l'heure de fermer le comptoir arriva. Avec un air mécontent, Scrooge descendit de son escabelle, et le commis, soufflant sa chandelle, mit son chapeau sur la tête, voyant que le maître consentait tacitement à son départ.

« Vous prendrez toute la journée de demain, je suppose ? lui demanda Scrooge.

– Si cela vous convient, monsieur.

– Cela me convient peu, et ce n'est nullement juste, dit Scrooge ; si je vous retenais une demi-couronne sur vos appointements pour ce jour-là, vous vous plaindriez, j'en suis certain ? »

Le commis sourit d'un demi-sourire.

« Et cependant, continua Scrooge, vous ne pensez pas que je doive me plaindre lorsque je vous paye un jour de salaire pour ne rien faire du tout. »

Le commis hasarda la remarque que cela n'arrivait qu'une fois l'an.

« Triste excuse pour mettre à contribution la poche d'un homme toutes les fois que revient le 25 décembre, dit Scrooge, boutonnant sa redingote jusqu'au menton ; mais je suppose qu'il vous faut tout le jour ; soyez du moins ici de meilleure heure après-demain matin. »

Le commis le promit, et Scrooge sortit non sans un grognement. Le comptoir fut fermé en un clin d'œil, et le commis ayant croisé les deux bouts de son long cache-nez blanc, qui ondulèrent jusque sur son gilet (car il n'avait pas de redingote), se dirigea vers Cornhill, d'où il gagna en courant son domicile de Camden-Town.

Scrooge fit son triste dîner dans sa triste taverne d'usage. Ayant lu tous les journaux et abrégé le reste de la soirée en examinant son carnet d'échéances, il rentra chez lui pour se coucher. Il habitait un appartement où avait vécu jadis son associé défunt ; c'était une enfilade de sombres pièces dans un bâtiment solitaire qu'on eût dit oublié au fond d'une cour, vieille maison où personne ne couchait que Scrooge ; tous les autres appartements étaient des bureaux, des comptoirs ou des magasins. La cour était si obscure que Scrooge lui-même, qui en connaissait tous les pavés, fut obligé de s'y diriger en tâtonnant. Le brouillard et les frimas enveloppaient tellement la porte principale qu'il semblait que le génie de l'hiver lui-même méditait sur le seuil.

Or, le fait est qu'il n'y avait rien de particulier au marteau de la porte, excepté que c'était un très gros marteau ; le fait est encore que Scrooge avait vu et revu, soir et matin, ce marteau depuis qu'il habitait la maison. Enfin, Scrooge avait en lui aussi peu de cette faculté appelée imagination qu'aucun marchand de la cité de Londres, en y comprenant – ce qui est beaucoup dire – la corporation, les conseillers et les électeurs municipaux. Qu'on n'oublie pas que Scrooge n'avait pas pensé une seule fois à Marley depuis qu'il avait, dans l'après-midi, mentionné sa mort, arrivée depuis sept ans ; et cependant, m'explique qui le pourra comment il se fit que Scrooge, en mettant la clé dans le trou de la serrure, vit dans le marteau, sans aucun procédé intermédiaire de transformation, non plus un marteau, mais le visage de Marley.

Le visage de Marley ! ce n'était plus une ombre impénétrable, semblable aux autres objets dans la cour ; il y avait autour de ce point sombre une lugubre lumière, comme en projetterait un homard furieux dans une noire cave. Rien qui annonçât la colère ou la férocité ; mais ce visage regardait Scrooge comme Marley regardait d'habitude, avec des lunettes de spectre sur son nez de spectre. Les cheveux étaient curieusement soulevés, comme par un souffle ou une chaude vapeur ; et quoique les yeux fussent ouverts, ils restaient complètement immobiles. Ce regard et sa couleur livide le rendaient horrible, mais d'une horreur qui semblait exister en dehors de la physionomie et malgré elle, plutôt que faire partie de son expression.

Lorsque Scrooge put regarder fixement ce phénomène, le marteau redevint marteau.

Dire que Scrooge ne tressaillit pas, ou que son sang n'eut pas la conscience d'une sensation terrible à laquelle il était étranger depuis l'enfance, ce serait trahir la vérité ; mais il remit la main sur la clé qu'il avait abandonnée d'abord, la tourna brusquement, ouvrit, entra et alluma sa chandelle.

Il fit halte avec une courte irrésolution avant de refermer la porte, regarda prudemment derrière lui, comme s'il se fût attendu à revoir dans le vestibule l'image de Marley ; mais il ne vit rien contre la porte, rien… excepté les écrous qui y attachaient le marteau ; il prononça donc l'exclamation « Bah ! bah ! » et la repoussa violemment.

Le bruit retentit dans la maison comme l'écho d'un tonnerre ; chaque chambre au-dessus, chaque barrique au-dessous, dans la cave du marchand de vin, parurent douées d'un écho à part. Scrooge n'était pas homme à se laisser effrayer par des échos ; il tira les verrous, franchit le vestibule et gravit l'escalier lentement et en mouchant sa chandelle en chemin.

Dans l'escalier, assez large pour y laisser passer une voiture, il se crut précédé d'un corbillard ; mais cette nouvelle vision disparut bientôt, et Scrooge monta, sans broncher, toutes les marches. Avant de former la porte de sa chambre, il parcourut son appartement par un reste d'inquiétude après ce qu'il avait vu ou cru voir : tout était en règle, toutes les pièces en ordre ; rien sous la table, personne sous le sofa ni sous le lit, personne dans la robe de chambre suspendue avec une attitude suspecte contre la muraille. Un petit feu brûlait dans la grille de la chambre à coucher, avec un poêlon de gruau (Scrooge était enrhumé) sur le guéridon, la tasse et la cuillère. Satisfait en tous points, Scrooge s'enferma… à double tour, ce qui n'était pas sa coutume. Ainsi en sûreté contre une surprise, il ôta sa cravate, se mit en robe de chambre, en pantoufles et en bonnet de nuit, puis il s'assit devant le feu pour prendre sa tisane.

C'était un petit feu, en vérité, un bien petit feu pour une nuit si froide. Scrooge fut obligé de s'en rapprocher le plus possible, de le couver en quelque sorte avant d'en pouvoir extraire la moindre sensation de chaleur. Le foyer était un travail antique, foyer construit par quelque marchand hollandais et incrusté tout autour de carreaux de faïence, espèce de mosaïque destinée à reproduire des scènes de l'Écriture. On y admirait des Caïn et des Abel, des filles de Pharaon, des reines de Saba, des messagers angéliques descendant du ciel sur des nuages semblables à des lits de plume, des Balthasar, des Abraham, des apôtres s'embarquant dans des bateaux plats, des centaines de figures qui auraient dû occuper la pensée de Scrooge ; et cependant le visage de Marley, mort depuis sept ans, vint comme la baguette du prophète et dévora le tout : sur chaque carreau de porcelaine son imagination aurait pu réaliser une copie de ce visage du vieux Marley. « Bêtise ! » dit Scrooge en se levant pour se promener dans la chambre.

Après avoir fait plusieurs tours, il s'assit de nouveau. En renversant la tête sur sa chaise, son regard s'arrêta sur une sonnette, une sonnette hors de service, qui communiquait pour quelque usage depuis longtemps oublié avec une chambre de l'étage au-dessus. Ce fut avec un grand étonnement, avec une étrange et inexplicable terreur qu'il vit que cette sonnette commençait à se balancer : elle se balança d'abord si doucement qu'il en sortait à peine un son ; mais peu à peu elle s'agita et retentit en réveillant toutes les sonnettes de la maison, qui lui répondirent.

Cela dura peut-être trente secondes, tout au plus une minute ; mais cette minute lui parut une heure. Toutes les sonnettes se turent à la fois ; à leur tintement succéda un cliquetis de ferraille qui partait d'en bas, comme si quelqu'un traînait une chaîne sur les barriques de la cave du marchand de vin. Scrooge se souvint alors qu'il avait ouï dire que les revenants traînaient toujours des chaînes.

La porte de la cave s'ouvrit avec un retentissement éclatant, et Scrooge entendit le bruit sinistre de plus en plus fort ; puis il reconnut que ce bruit montait et se dirigeait sur sa porte.

« Bêtise encore ! dit Scrooge ; je ne veux pas y croire. »

Il pâlit cependant, lorsque tout à coup la cause de tout ce bruit passa à travers la porte et se présenta à ses yeux. À cet aspect, la flamme mourante jeta une bouffée hors de la cheminée et retomba, comme si le feu aussi reconnaissait le spectre de Marley.

Car c'était lui ; c'était Marley lui-même, avec sa queue, son gilet habituel, ses pantalons collants, ses bottes à glands de soie, qui se hérissaient comme l'extrémité de sa queue et comme les cheveux sur ses oreilles. La chaîne qu'il traînait lui entourait la ceinture ; elle était longue et traçait des ondulations inégales comme les replis d'un serpent. Scrooge, en l'observant avec attention, vit que ses anneaux se composaient de petits coffres-forts, de clés, de cadenas, de registres et de bourses ; le tout en fer. Le corps de Marley était transparent, si bien que Scrooge put apercevoir à travers son gilet les deux boutons de la taille de son habit.

Scrooge avait souvent ouï dire que Marley n'avait pas d'entrailles ; il ne l'avait jamais cru jusque-là.

Non, non, il ne le croyait pas même encore, quoique le fantôme fût là devant lui ; quoiqu'il sentît l'influence de ses yeux glacés par la mort ; quoiqu'il examinât jusqu'au tissu du mouchoir qui lui entourait la tête et le menton… Il était encore incrédule et doutait de ses sens.

« Eh bien, voyons ! dit Scrooge, caustique et indifférent comme toujours, que désirez-vous de moi ?

– Beaucoup de choses. » C'était bien la voix de Marley.

« Qui êtes-vous ?

– Demandez-moi qui *j'étais.*

– Qui *étiez*-vous donc ? demanda Scrooge élevant la voix, puisque vous êtes si pointilleux.

– Dans ce monde, j'étais votre associé, Jacob Marley.

– Pouvez-vous... pouvez-vous vous asseoir ? poursuivit Scrooge avec un air de doute.

– Je le puis.

– Faites-le donc. »

Scrooge lui avait adressé cette question parce qu'il ne savait pas si un fantôme si transparent pourrait se trouver en état de prendre une chaise, et il sentait que, dans la négative, il en résulterait la nécessité d'une explication embarrassante ; mais le fantôme s'assit de l'autre côté de la cheminée, comme s'il faisait une chose à laquelle il était tout à fait habitué.

« Vous ne croyez pas en moi, remarqua le fantôme.

– Non, répondit Scrooge.

– Quel témoignage de ma réalité voudriez-vous plus fort que celui de vos sens ?

– Je ne sais, dit Scrooge.

– Pourquoi doutez-vous de vos sens ?

– Parce que, répondit Scrooge, peu de chose les affecte ; une légère indisposition de l'estomac les rend trompeurs. Vous pouvez être le produit d'une tranche de bœuf indigérée, d'un grain de moutarde, d'un morceau de fromage, d'une pomme de terre mal cuite. »

Scrooge cherchait à faire le plaisant et l'esprit fort ; c'était un double moyen de distraction ; car la voix du spectre l'avait troublé jusque dans la moelle de ses os.

Rester en silence en présence de ces yeux vitreux fixés sur les siens était une épreuve trop pénible. Il y avait aussi quelque chose de très imposant dans cette atmosphère infernale que le spectre portait avec lui : Scrooge ne pouvait la sentir lui-même, mais l'effet en était évident, car, quoique le spectre fût parfaitement immobile sur son siège, sa chevelure, les pans de son habit et les glands de ses bottes étaient continuellement agités comme par la brûlante vapeur exhalée d'un four.

« Vous voyez ce cure-dents ? continua Scrooge, cherchant un bon mot pour la raison que nous en avons donnée et désirant aussi détourner, ne fût-ce qu'un moment, le regard de marbre fixé sur lui.

– Je le vois, répondit le spectre.

– Vous ne le regardez pas, répliqua Scrooge.

– Je le vois cependant, dit le spectre.

– Eh bien, reprit Scrooge, je n'ai qu'à l'avaler pour être persécuté pendant le reste de mes jours par une légion de revenants, tous de ma création. Bêtise, vous dis-je, bêtise ! »

À ce mot, le spectre poussa un cri effrayant et secoua sa chaîne avec un bruit si lugubre et si terrible que Scrooge se raidit et se cramponna à sa chaise, de peur de s'évanouir ; mais combien augmenta son horreur lorsque le spectre, ôtant le bandage de sa tête, comme si c'était une coiffure trop chaude dans une chambre, sa mâchoire eut l'air de se détacher et retomba sur sa poitrine.

Scrooge s'agenouilla et joignit les mains sur ses yeux.

« Grâce ! dit-il, épouvantable apparition ; pourquoi me persécutez-vous ?

– Homme à l'âme mondaine, répondit le spectre, crois-tu en moi ou n'y crois-tu pas ?

– J'y crois, il le faut bien. Mais pourquoi les esprits parcourent-ils la terre et pourquoi viennent-ils à moi ?

– Le Ciel veut, répondit le spectre, que l'âme de tout homme se répande parmi ses semblables et dans le cercle le plus étendu ; si l'âme ne le fait pas dans la vie, elle est condamnée à le faire après la mort. Il faut qu'elle erre sur la terre – hélas ! hélas ! – et qu'elle y voie trop tard tout ce dont elle aurait pu profiter pour son bonheur. »

Ici le spectre poussa encore un cri, secoua sa chaîne et tordit ses mains de spectre.

« Vous êtes enchaîné, dit Scrooge tout tremblant, apprenez-moi pourquoi.

– Je porte la chaîne que je me suis forgée dans la vie, répondit le spectre ; je me la suis forgée anneau par anneau et toise par toise ; je m'en suis entouré la ceinture de ma propre volonté, et je l'ai portée de mon plein gré. Est-ce que le modèle vous en *paraît* étrange ? »

Scrooge tremblait de plus en plus.

« Ou serait-ce, poursuivit le spectre, que vous voudriez savoir le poids et la longueur de celle que vous portez vous-même ? Elle était aussi lourde et aussi longue que celle-ci, il y a sept Noëls aujourd'hui ; vous y avez travaillé depuis : c'est une fameuse chaîne ! »

Scrooge regarda autour de lui sur le plancher, s'attendant à se voir entouré de cinquante ou soixante toises au moins de câble de fer, il ne vit rien.

« Jacob, dit-il d'un ton suppliant, mon vieux Jacob Marley, parlez-moi, parlez-moi pour me consoler, Jacob !

– Je n'ai pas de consolation à vous donner, répliqua le spectre ; la consolation vient d'une autre région, Ebenezer Scrooge, et elle est apportée par d'autres messagers à une autre espèce d'hommes. Je ne puis même vous dire tout ce que je voudrais ; il ne m'est permis que d'ajouter peu de chose : je ne puis demeurer, je ne puis m'arrêter ; je ne le puis nulle part. Écoutez-moi bien : pendant la vie, mon esprit ne sortit jamais des étroites limites de notre comptoir de banque, et j'ai devant moi de longs, de pénibles voyages. »

C'était une habitude de Scrooge, chaque fois qu'il devenait pensif, d'enfoncer ses mains dans les goussets de son pantalon ; il le fit encore, en méditant ce que le spectre avait dit, mais sans lever les yeux et en restant à genoux.

« Vous devez avoir marché bien lentement, Jacob, observa Scrooge de l'air d'un homme d'affaires, quoique avec déférence et humilité.

– Lentement ! répéta le spectre.

– Mort depuis sept ans, se dit Scrooge, et tout ce temps-là en route.

– Oui, tout ce temps ! dit le spectre, pas de repos, pas de paix, et l'incessante torture du remords.

– Vous voyagez vite ? demanda Scrooge.

– Sur les ailes du vent, répliqua le spectre.

– Vous devez avoir bien vu du pays en sept ans ? »

En entendant ces paroles de Scrooge, le spectre poussa un autre cri et secoua sa chaîne si horriblement dans le silence de la nuit que la police aurait pu avec raison lui faire un procès pour troubler la paix publique.

« Ah ! être captif, enchaîné, chargé de fers, s'écria le fantôme, et ne pas savoir que des siècles se confondront avec l'éternité avant que le bien dont cette terre est susceptible soit entièrement développé ; ne pas savoir que toute âme chrétienne, travaillant charitablement dans sa petite sphère quelle qu'elle soit, trouvera sa vie mortelle trop courte pour les vastes moyens d'utilité dont elle était dotée ; ne pas savoir qu'aucun regret ne peut racheter les occasions perdues de la vie… Cependant voilà ce que j'étais ; oui, j'étais ainsi !

– Mais vous fûtes toujours un homme habile en affaires, Jacob, bégaya Scrooge qui commençait à s'appliquer cette dernière tirade.

– En affaires ! s'écria le spectre, se tordant de nouveau les mains ; je n'avais d'affaires que mon affaire d'homme. Le salut de l'humanité était mon affaire ; la charité, la miséricorde, la tolérance et la bienveillance, c'était là mon affaire ; les opérations de mon commerce n'étaient que la goutte d'eau dans l'immense océan de mon affaire. »

Le spectre releva sa chaîne à la hauteur de son bras, comme si c'était la cause de toute sa désolation, et puis il la rejeta lourdement à terre.

« À cette époque de l'année, continua le spectre, je souffre davantage. Ah !… pourquoi me promener à travers la foule de mes semblables avec les yeux baissés, au lieu de les relever vers cette étoile bénie qui conduisit les sages à une humble demeure ? N'y avait-il donc pas de maison pauvre où sa lumière m'aurait conduit ? »

Scrooge était très affligé d'entendre le spectre se lamenter ainsi sur le passé, et il frémissait en l'écoutant.

« Écoutez-moi, lui cria le spectre, mon temps va expirer.

– J'écoute, dit Scrooge ; mais ne soyez pas trop dur pour moi, Jacob, abrégez un peu, je vous prie.

– Comment il se fait que je parais devant vous sous cette forme visible, c'est ce que je ne puis dire ; je me suis assis invisible à côté de vous maintes et maintes fois. »

Ce n'était pas une idée agréable. Scrooge frissonna et essuya la sueur froide de son front.

« Ce n'est pas la moindre amertume de ma pénitence, continua le spectre ; je suis venu ici ce soir pour vous prévenir que vous avez encore une chance et un espoir d'échapper à ma destinée. C'est une chance et un espoir que vous me devrez, Ebenezer.

– Vous fûtes toujours un excellent ami ; je vous remercie, Jacob.

– Vous verrez apparaître trois esprits », dit le spectre.

Scrooge crut que sa mâchoire allait tomber aussi bas que celle du spectre.

« Est-ce là cette chance, cet espoir dont vous voulez parler, Jacob ? demanda-t-il en bégayant.

– Oui.

– Je… je crois que je m'en passerais volontiers.

– Sans ces trois visites, dit le spectre, vous ne pouvez espérer éviter le chemin où je marche. Attendez la première demain matin quand l'horloge sonnera une heure.

– Ne pourrais-je les recevoir toutes les trois à la fois, et que tout fût fini, Jacob ?

– Attendez la seconde la nuit d'après à la même heure, et la troisième l'autre nuit, quand le dernier coup de minuit aura cessé de vibrer. Vous ne me reverrez plus, moi, et ayez soin pour votre bien de ne pas oublier ce qui s'est passé entre nous. »

À ces derniers mots, le spectre prit son mouchoir sur la table et se banda la tête comme auparavant. Scrooge le comprit par le claquement des dents qui se rencontrèrent par l'effet du bandage. Il essaya de lever les yeux et trouva son visiteur surnaturel qui le regardait en face avec les anneaux de sa chaîne entortillés autour de son bras.

L'apparition s'éloigna à reculons, et à chaque pas qu'elle faisait, la fenêtre se relevait un peu, de manière que lorsque le spectre fut à côté, elle était toute grande ouverte. Il fit signe à Scrooge d'approcher, ce qu'il fit. Dès qu'ils furent à deux pas l'un de l'autre, le spectre lui intima par un geste de ne pas venir plus loin. Scrooge s'arrêta.

Il s'arrêta… bien moins par obéissance que par surprise et peur ; car, au moment où le spectre levait la main, il entendit des bruits confus dans l'air, des sons incohérents de lamentations et de regrets, des doléances plaintives, des voix qui s'accusaient. Le spectre au bout d'un moment d'attention se joignit à ce chœur de désolation et s'envola sur les vapeurs noires de la nuit.

Scrooge fit deux pas de plus vers la fenêtre et, avec une curiosité désespérée, il regarda.

L'air était rempli de fantômes errant çà et là, avec l'inquiétude d'âmes en peine et se lamentant. Chacun traînait une chaîne comme le spectre de Marley. Quelques-uns (ce pouvait être un ministère coupable) étaient enchaînés ensemble ; aucun n'était libre. Plusieurs avaient été pendant leur vie connus de Scrooge personnellement. Il avait été intime avec un vieux fantôme en gilet blanc, traînant un monstrueux ferrement de sûreté rivé à sa cheville et qui criait piteusement de ne pouvoir assister une malheureuse avec son enfant qu'il voyait au-dessous de lui sur le seuil d'une porte. Le tourment de tous ces spectres était de chercher à intervenir pour faire le bien dans les affaires humaines et d'avoir perdu le pouvoir de le faire.

Soit que ces images s'évanouissent dans le brouillard, soit que le brouillard les enveloppât, ce dont Scrooge ne put se rendre raison, elles disparurent, et l'écho ne répéta plus leurs voix de spectre.

Scrooge ferma la croisée et examina la porte par laquelle le spectre était entré. Elle était toujours fermée à double tour, ainsi qu'il l'avait fermée lui-même. Les verrous étaient en place. Il fit un effort pour dire « Bêtise ! », mais ne put articuler que la première syllabe. L'émotion qu'il avait subie, les fatigues de la journée, sa vision du monde invisible, la peu récréative conversation du spectre et l'heure avancée, tout lui faisait un besoin du repos. Il alla tout droit se coucher sans se déshabiller et s'endormit à l'instant même.

LE PREMIER DES TROIS ESPRITS

Lorsque Scrooge se réveilla, il faisait si noir qu'en promenant ses yeux de furet hors de son lit, il pouvait à peine distinguer la fenêtre transparente des murs opaques de la chambre. Au milieu de ces ténèbres impénétrables, l'horloge d'une église voisine sonna les quatre avant-quart. Scrooge écouta pour savoir l'heure : à son grand étonnement, la cloche tinta une fois, deux, trois, quatre, et ainsi de suite régulièrement jusqu'à douze. Était-ce minuit ou midi ?… Il était plus de deux heures quand il s'était couché. L'horloge avait tort ; un glaçon devait s'être introduit dans la sonnerie. Scrooge toucha le ressort de sa montre à répétition… Un, deux, trois, quatre, etc., jusqu'à douze, comme l'horloge.

« Il n'est pas possible, se dit Scrooge, que j'aie dormi tout un jour et une partie d'une seconde nuit. Serait-il arrivé quelque chose au soleil ? » Il courut à sa fenêtre, essuya la vapeur glacée des vitres ; mais tout ce qu'il put voir, c'est que le brouillard était toujours très dense et très froid… « Allons, il est minuit et le jour reviendra… car, sans lui, que ferais-je de mes lettres de change payables *à vue*… autant vaudrait des mandats sur la banque des États-Unis. »

Scrooge retourna à son lit, et il reprit le cours de ses réflexions. Plus il pensait, plus il était embarrassé, et plus embarrassé il était, plus il pensait encore. Le spectre de Marley le troublait extraordinairement… « N'était-ce qu'un rêve ?… oh ! oui, c'est un rêve !… » Et cependant, il avait beau répéter ces mots, le problème se représentait à son esprit toujours le même et toujours insoluble.

Scrooge demeura dans cet état jusqu'à ce que l'horloge sonnât trois quarts, et il se ressouvint alors que le spectre l'avait prévenu d'une visite au coup d'une heure. Il résolut d'attendre, éveillé, que l'heure fût passée : que pouvait-il faire de plus sage, considérant qu'il lui était impossible de se rendormir ?

Les quinze minutes lui parurent si longues qu'il croyait être retombé dans un somme… enfin l'horloge va sonner. « Ding, dong ! – C'est le quart, dit Scrooge en comptant. –

Ding, dong ! – C'est la demie. – Ding, dong ! – Les trois quarts. – Ding, dong ! – Ah ! c'est l'heure, s'écria Scrooge ravi ; c est l'heure, et rien ! »

C'est ainsi qu'il triomphait pendant les sons d'avant-quart ; mais quand la cloche lui eut lancé la note profonde, sombre et mélancolique : UNE HEURE !, une lueur illumina au même instant la chambre et les rideaux du lit s'ouvrirent.

Les rideaux du lit s'ouvrirent, vous dis-je, tirés par une autre main que la sienne, non pas les rideaux derrière lui, mais ceux du côté où il tournait la tête. Scrooge, tressaillant, s'assit contre le traversin, se trouvant face à face avec son visiteur surnaturel… face à face et aussi près que je le suis de vous, lecteur, moi qui me tiens debout, en esprit, à votre coude.

C'était une étrange figure… comme un enfant ; mais bien moins comme un enfant que comme un vieillard, aperçu au travers de quelque milieu surnaturel qui lui donnait l'air de s'être amoindri jusqu'aux proportions d'un enfant. Ses cheveux, qui flottaient autour de son cou et qui lui descendaient jusqu'au-dessous de la taille, semblaient blanchis par l'âge, et cependant son visage n'avait pas une ride et son teint était de la plus délicate fraîcheur. Ses bras, longs et musclés, armés de larges mains, annonçaient une force peu commune ; ses jambes et ses pieds, d'une forme parfaite, restaient nus comme ses bras et ses mains. Il portait une tunique de la blancheur la plus pure avec une ceinture d'un beau vert lustré. Sa main tenait une branche de houx, et, en contradiction avec cet emblème hivernal, ses vêtements étaient décorés de fleurs d'été ; mais ce qu'il y avait de plus étrange en lui, c'était que du sommet de sa tête jaillissait un brillant jet de lumière qui rendait visible tout ce que je viens de décrire ; voilà ce qui sans doute explique pourquoi, dans ses moments sombres, il se servait pour chapeau d'un grand éteignoir qu'il avait sous le bras en entrant dans la chambre.

Eh bien ! quelque étrange que cela parût à Scrooge, il remarqua quelque chose de plus étrange encore : les reflets changeants de la ceinture de cet être singulier éclairaient alternativement une partie de son corps plus qu'une autre, de manière à rendre toute la figure plus ou moins distincte et plus ou moins complète en apparence : c'était tantôt un être avec un seul bras, tantôt un être avec une seule jambe, avec deux jambes sans tête, avec une tête sans corps, et les membres ainsi retranchés ne laissaient pas une trace visible dans les ténèbres où ils se fondaient ; puis, par un nouveau prodige, l'apparition redevenait elle-même, aussi complète et aussi distincte que jamais.

« Monsieur, êtes-vous l'Esprit dont la venue m'a été annoncée ? demanda Scrooge.

– Je le suis. »

La voix était douce et si basse qu'on aurait cru ne l'entendre que de loin.

« Qui êtes-vous et qu'êtes-vous ? demanda encore Scrooge.

– Je suis l'Esprit de Noël passé.

– Passé depuis longtemps ? demanda Scrooge en remarquant sa stature de nain.

– Non… votre Noël de l'année dernière. »

Peut-être Scrooge n'aurait pas su expliquer pourquoi si on le lui eût demandé… mais il éprouvait un vif désir de voir l'Esprit coiffé de son chapeau, et il le pria de se couvrir.

« Quoi ! s'écria l'Esprit, voudriez-vous déjà éteindre par des mains mondaines la lumière que je donne ? N'est-ce pas assez que vous soyez un de ceux dont les passions ont fait ce chapeau, sans vouloir me forcer à le porter sur mon front pendant des siècles ? »

Scrooge, avec un ton révérencieux, nia toute intention d'offenser son interlocuteur et déclara ignorer qu'il eût jamais coiffé l'Esprit à aucune époque de sa vie. Puis il recueillit son courage pour lui demander ce qui l'amenait.

« Votre *bien,* répondit l'Esprit.

– Très obligé », dit Scrooge, qui ne put s'empêcher de penser qu'il eût préféré une nuit de repos sans interruption. L'Esprit l'avait sans doute entendu penser, car il ajouta immédiatement : « C'est votre *conversion* que je veux dire… attention ! » Et en parlant ainsi, il le saisit doucement par le bras : « Levez-vous et venez avec moi ! »

Vainement Scrooge se serait excusé de cette promenade en objectant la saison et l'heure, la bonne chaleur de son lit, le thermomètre au-dessous de la glace, son costume, sa robe de chambre, son bonnet de nuit, ses pantoufles et son rhume de cerveau ; il n'y avait pas moyen de résister à cette douce étreinte. Il se leva ; mais voyant que l'Esprit se dirigeait vers la fenêtre, il prit une attitude suppliante :

– Je ne suis qu'un mortel, dit-il, et nullement assuré contre une chute.

– Il suffit que ma main vous ait touché le cœur, dit l'Esprit, qui joignit le geste à la parole, et vous n'aurez rien à craindre. »

En effet, ils traversèrent ensemble la muraille et se trouvèrent au milieu d'une campagne, loin de la ville : le brouillard avait disparu ainsi que les ténèbres : c'était un beau jour d'hiver avec une neige récemment tombée.

« Bonté du Ciel ! » dit Scrooge en joignant les mains et regardant autour de lui : « J'ai été élevé ici… J'y ai passé mon enfance. »

L'Esprit lui adressa un regard plein de douceur. Et le vieux Scrooge sentit encore sur son cœur l'impression vivifiante de cette main qui l'avait touché tout à l'heure ; il lui sembla respirer dans l'air une foule d'odeurs dont chacune était associée à un millier de pensées, d'espérances, de joies et de sentiments oubliés depuis longtemps, bien longtemps !

« Vous tremblez, dit l'Esprit.

– Conduisez-moi où vous voudrez, répondit Scrooge.

– Vous rappelez-vous le chemin ? demanda l'Esprit.

– Si je me le rappelle ? s'écria Scrooge avec sentiment… j'irais les yeux fermés…

– N'est-ce pas étrange que vous l'ayez oublié pendant tant d'années ?… Marchons », dit l'Esprit.

Ils marchèrent ; Scrooge reconnaissait toutes les portes, toutes les bornes, tous les arbres, jusqu'à ce qu'une petite ville leur apparût à distance avec son pont, son église et sa rivière au cours serpentant. Ils aperçurent quelques bidets aux longs crins trottant vers eux avec des enfants sur leur dos, qui appelaient d'autres enfants dans des carrioles champêtres, conduites par des fermiers. Tous ces enfants étaient de joyeuse humeur, échangeant entre eux des acclamations et remplissant l'air de la musique bruyante de leur voix.

« Ce ne sont là que les ombres de ce qui a existé, dit l'Esprit ; elles ne nous voient ni ne nous sentent. »

Les gais voyageurs s'approchaient, et Scrooge les reconnut tous en les nommant par leur nom. Pourquoi leur vue lui causait-elle tant de joie ? pourquoi son œil étincelait-il ? pourquoi son cœur bondissait-il à leur aspect ? pourquoi fut-il si heureux quand il les entendit se souhaiter de joyeux Noëls, quand ils se croisaient aux carrefours et aux chemins qui conduisaient à leurs diverses maisons ? Qu'était donc pour Scrooge un joyeux Noël ? Loin, loin de lui, le joyeux Noël ! quel bien lui avait-il donc jamais fait ?

« L'école n'est pas encore déserte, dit l'Esprit ; un enfant solitaire, négligé de sa famille, y est resté.

– Je le sais », répondit Scrooge, et il soupira.

Ils quittèrent la grand'route, prirent un sentier bien connu et furent bientôt près d'une maison en briques avec un petit toit en coupole surmonté d'une girouette, sous lequel était une cloche. C'était une grande maison, mais une maison presque en ruines ou qui semblait abandonnée, avec des murailles humides et vertes de mousse, des croisées brisées, des portes délabrées. Des poules caquetaient dans les écuries ; l'herbe croissait dans les remises. L'intérieur répondait à cette désolation extérieure ; l'ameublement était pauvre, et il y avait dans les larges appartements cette odeur particulière qui annonçait que les habitants s'y levaient souvent à la lumière et n'y avaient pas grand-chose à manger.

L'Esprit et Scrooge allèrent frapper à une porte de derrière qui s'ouvrit et leur fit voir une longue et triste salle dont la nudité s'exagérait encore par des rangs de bancs et de pupitres. À l'un de ces pupitres, près d'un faible feu, un enfant lisait... Scrooge s'assit sur un banc et pleura en se reconnaissant lui-même comme il avait été autrefois. Il pleura et pleura encore, avec un véritable soulagement, il est vrai, parce qu'il n'y avait pas un écho dans cette salle (le bruissement des souris derrière les panneaux, la chute de l'eau à demi gelée dans la cour voisine, le soupir du vent parmi les branches défeuillées d'un vieux peuplier, le battement d'une porte d'armoire vide) qui ne réveillât un souvenir dans son cœur.

L'Esprit lui toucha le bras et lui montra cet enfant, cet autre lui-même, attentif à sa lecture. Tout à coup, un homme au costume étranger se montra en dehors de la fenêtre avec une cognée attachée à sa ceinture et conduisant par le licou un âne chargé de bois : « Eh ! c'est Ali Baba, s'écria Scrooge avec extase, c'est le cher et brave Ali Baba ; oui, je le connais bien ! Un jour de Noël, lorsque cet enfant était là, seul, comme aujourd'hui, *il vint.* Pauvre enfant ! Et

Valentin et Orson son frère, les voilà aussi. Et cet autre, quel est donc son nom ? celui qui fut transporté endormi à la porte de Damas ; ne le voyez-vous pas ? Et le palefrenier du sultan culbuté par les génies, le voilà les pieds en l'air ! C'est bien fait, j'en suis fort aise : qu'avait-il besoin d'épouser la princesse ? »

Combien ceux qui voyaient tous les jours Scrooge à la Bourse et dans la Cité auraient été surpris de l'entendre se livrer si sérieusement à ce retour sur le passé, moitié riant, moitié pleurant devant toutes ces images évoquées par lui ! « Voilà le perroquet, continua-t-il, avec ses plumes vertes, sa queue jaune et cette touffe semblable à une laitue qui lui couronne la tête ; oui, c'est lui », et il l'appela Robin Crusoé lorsque son maître revint au logis après avoir fait le tour de l'île. « Pauvre Robin Crusoé, où êtes-vous allé, Robin Crusoé ? » Le voyageur crut rêver, mais non, il ne rêvait pas, c'était son perroquet. « Et voici Vendredi ; comme il court ! il y va de la vie, on le voit bien ! Cours, cours, cours plus vite encore, Vendredi ! » Puis Scrooge, avec une rapidité de transition qui était assez extraordinaire dans son caractère habituel, plaignant toujours celui qui lisait là toutes ces merveilles, dit encore une fois : « Pauvre enfant ! » et il pleura.

« Je voudrais… balbutia Scrooge en mettant la main dans sa poche et regardant autour de lui après s'être essuyé les yeux avec sa manche, je voudrais… mais il est trop tard.

– Qu'est-ce ? demanda l'Esprit.

– Rien, répondit Scrooge, rien. Il y avait hier au soir un enfant qui venait chanter une ballade de Noël à ma porte. J'aurais voulu lui donner quelque chose, voilà tout. »

L'Esprit sourit d'un air pensif et fit un geste de la main en disant : « Voyons un autre Noël. » À ces mots, Scrooge vit grandir son autre lui-même ; la salle devint plus sombre et plus sale ; les panneaux se fendirent, les fenêtres craquèrent, des fragments de plâtre tombèrent du plafond et en firent voir les lattes à découvert. Scrooge ne se rendit pas raison de ce changement à vue, mais il reconnut que tout se passait comme dans la réalité et qu'il était seul là comme jadis, tous les autres enfants étant allés dans leurs familles passer les saintes vacances. Cette fois, il ne lisait plus, mais il se promenait en long et en large avec désespoir. Scrooge regarda l'Esprit, et puis avec un triste hochement de tête il regarda du côté de la porte. Elle s'ouvrit, et une jeune fille, beaucoup plus jeune que l'écolier, entra vivement, l'entoura de ses petits bras et, après maint baiser, l'appela son frère, son cher frère. « Je viens vous chercher, mon cher frère, dit-elle, frappant des mains et s'interrompant pour rire ; je viens vous chercher et vous conduire à la maison… à la maison ! »

– À la maison, petite Fanny ? répéta l'enfant.

– Oui, répliqua la jeune fille toute radieuse, à la maison et pour tout de bon, pour toujours ! Papa est si radouci maintenant que la maison est comme un paradis ; il me parla si doucement un soir au moment où j'allais me coucher, que je lui demandai encore si vous reviendriez avec nous, et il répondit oui ; puis le lendemain il m'a envoyée avec une voiture pour vous ramener. Vous allez être un homme, ajouta-t-elle, et vous ne retournerez plus ici ; mais d'abord nous allons passer les fêtes de Noël tous ensemble et nous amuser… Oui, nous bien amuser !

– Vous êtes devenue une femme, vous, petite Fanny ! s'écria l'écolier. Elle frappa des mains et se mit à rire, puis elle leva le bras pour tâcher de lui toucher la tête ; mais se trouvant trop petite, elle rit encore et se redressa sur la pointe des pieds pour l'embrasser. Enfin, elle commença à l'entraîner vers la porte avec un empressement enfantin, et lui, il se laissait conduire, heureux de la suivre.

Une voix terrible cria dans la salle : « Descendez la malle du jeune M. Scrooge ! » Alors apparut le maître de pension lui-même, qui daigna regarder le jeune M. Scrooge avec une condescendance farouche, et le troubla en lui secouant la main. Ensuite il l'introduisit avec sa petite sœur dans la salle d'étude la plus froide du monde, où même les mappemondes contre la muraille et les globes terrestres dans l'embrasure des croisées avaient une température glaciale. Là, s'étant fait apporter un flacon de vin clair et une grosse galette, il régala le frère et la sœur en les servant lui-même. « Allez, dit-il à un maigre domestique, allez offrir un verre de vin au postillon. » Le postillon fit répondre qu'il le remerciait, mais qu'il préférait ne pas boire si c'était le même vin qu'il avait déjà goûté une autre fois. Pendant ce temps-là on avait attaché la malle sur l'impériale de la chaise de poste ; les enfants dirent adieu au maître de pension et montèrent en voiture ; ils traversèrent l'allée du jardin, les roues éparpillant les flocons de neige qui recouvraient les sombres feuilles d'une haie d'arbres verts.

« Délicate créature, qu'un souffle aurait flétrie ! dit l'Esprit ; mais quel cœur !

– Oh ! oui, quel cœur ! s'écria Scrooge ; vous avez raison, ce n'est pas moi qui dirais non !

– Elle mourut mère et laissa des enfants, je pense ? dit l'Esprit.

– Un seul, répondit Scrooge.

– En effet, dit l'Esprit… votre neveu. »

Scrooge éprouva un embarras visible et répondit brièvement : « Oui. »

Il n'y avait qu'un moment que l'Esprit et Scrooge avaient quitté le pensionnat, et ils se trouvaient déjà dans les rues populeuses d'une ville où des ombres de passants allaient et venaient, où des ombres de voitures se disputaient le pavé, où régnait enfin tout le tumulte d'une ville. Il était visible à l'étalage des boutiques que c'était encore Noël, mais c'était le soir, et les rues étaient éclairées.

L'Esprit s'arrêta à une porte de magasin et demanda à Scrooge s'il la reconnaissait.

« Je le crois bien, c'est ici que j'ai fait mon apprentissage. »

Ils entrèrent. À la vue d'un vieillard avec un toupet frisé, assis derrière un grand pupitre, Scrooge s'écria : « Eh ! c'est le vieux Fezziwig ; Dieu le bénisse ! c'est Fezziwig ressuscité ! »

Le vieux Fezziwig déposa sa plume et regarda la pendule qui marquait sept heures ; il se frotta les mains, rajusta son vaste gilet, rit d'un rire de satisfaction et de bienveillance, et cria d'une voix large et grave : « Oh ! oh ! Ebenezer, oh ! Dick ! »

L'autre *lui* de Scrooge, devenu un jeune homme, accourut accompagné de son camarade d'apprentissage.

« C'est Dick Wilkins, dit Scrooge à l'Esprit. Merci Dieu ! c'est lui ! il m'était très attaché. Pauvre Dick ! cher ami, va !

– Eh ! mes braves garçons, dit Fezziwig en se frottant les mains, assez travaillé pour aujourd'hui. C'est la veille de Noël, Dick ! la veille de Noël, Ebenezer ! Allons, fermons le magasin. »

Les deux apprentis ne se le firent pas dire deux fois, et ils eurent bientôt mis en place les volets avec les barres de fer.

« Holà ! hé ! s'écria Fezziwig, descendant de son pupitre avec une merveilleuse agilité ; enlevez-moi tout cela et faisons de la place. En avant, Dick ! soyons lestes, Ebenezer ! »

En quelques minutes ces nouveaux ordres furent exécutés. Il s'agissait de déménager les comptoirs, de convertir le magasin en salle de bal. Tout cela se fit, et la salle improvisée fut bientôt magnifiquement éclairée. Vint alors un ménétrier qui s'empara du grand pupitre, en fit un orchestre, s'y installa et se mit à racler. Au bruit de cette musique entra Mrs Fezziwig, tout épanouie par un sourire ; entrèrent les trois miss Fezziwig, radieuses et adorables ; entrèrent les six jeunes prétendants dont elles avaient brisé les cœurs ; entrèrent tous les jeunes gens et toutes les jeunes filles employés au commerce de la maison ; entra la servante avec son cousin le boulanger ; entra la cuisinière avec l'ami intime de son frère, le marchand de lait ; entrèrent enfin quelques déserteurs des maisons voisines, entre autres un apprenti soupçonné d'être mis souvent à la diète par son maître et qui se cachait derrière une servante à qui sa maîtresse avait tiré les oreilles. Ils entrèrent tous les uns après les autres : les uns d'un air honteux, les autres hardiment ; ceux-ci avec grâce, ceux-là avec gaucherie, poussant ou poussés, n'importe, tous admirablement disposés à fêter Noël et, chacun ayant bientôt trouvé à s'associer en couple avec sa chacune, la contredanse commença et ne fut interrompue que lorsque le vieux Fezziwig, frappant des mains, cria au ménétrier : « C'est bien, mon garçon, et rafraîchissez-vous ! » Le ménétrier plongea sa face rouge dans un pot de porter, mais quand il la retira ce fut pour racler encore avec une nouvelle ardeur, et les danseurs de sauter de plus belle !

Après la danse, on joua aux gages touchés ; puis on dansa encore, et puis l'on servit un énorme biscuit, du negus, de grosses pièces de rôti froid, des pâtés au hachis et de la bière en abondance. Mais la grande scène de la soirée fut lorsque après le rôti, le ménétrier (le drôle savait son rôle admirablement) fit entendre un air de menuet. Alors s'avança le vieux Fezziwig en personne, pour danser avec Mrs Fezziwig. Il fallait les voir ! quelle vigueur de jarrets, quelle grâce et quel aplomb ! Toutes les figures furent exécutées avec une précision qui excita l'admiration générale.

Quand l'horloge sonna onze heures, ce bal domestique se termina. Mr et Mrs Fezziwig allèrent se poster de chaque coté de la porte, et secouant cordialement la main à chacun de leurs hôtes à mesure qu'ils défilaient, à chacun aussi ils souhaitèrent une bonne fête de Noël. Les deux apprentis reçurent à leur tour, c'est-à-dire les derniers, le souhait cordial, et ils allèrent se mettre dans leurs lits qui étaient sous un comptoir de l'arrière-boutique.

Pendant tout ce temps, Scrooge avait été comme un homme qui avait perdu la tête. Son cœur et son âme avaient passé dans son autre lui-même : tout à la fête, il retrouvait le passé tout entier, se rappelait les moindres détails, jouissait de tout et subissait la plus singulière agitation. Ce ne fut que lorsque toutes ces figures si animées (la sienne comprise) eurent disparu qu'il se souvint de l'Esprit ; il s'aperçut que celui-ci avait les yeux fixés sur lui et que la lumière de sa tête brillait de plus en plus.

« Il faut peu de chose, dit l'Esprit, pour inspirer à ces folles gens tant de reconnaissance.

– Peu de chose ! » répéta Scrooge.

L'Esprit lui fit signe d'écouter les deux apprentis qui se répandaient en éloges de Fezziwig, et ensuite il poursuivit son idée :

– Quoi donc ? qu'a-t-il dépensé ? quelques livres sterling de votre argent terrestre, trois ou quatre livres peut-être. Cela vaut-il tant de louanges ?

– Ce n'est pas cela, répliqua Scrooge, excité par cette remarque et parlant involontairement comme son autre lui-même, ce n'est pas cela, Esprit : Fezziwig a le don de nous rendre à son gré heureux ou malheureux, de nous faire paraître notre tâche lourde ou légère, agréable ou pénible. Si vous me dites que ce don consiste en paroles et en regards, en choses si insignifiantes qu'il est impossible de les additionner et de les compter, eh bien, qu'importe ! Le bonheur qu'on lui doit est aussi grand que s'il coûtait un million. »

Scrooge sentit l'influence du regard de l'Esprit et s'arrêta.

« Qu'y a-t-il ? demanda l'Esprit.

– Rien de particulier, dit Scrooge.

– Quelque chose, cependant, n'est-ce pas ? poursuivit l'Esprit en insistant.

– Non, dit Scrooge, non. J'aimerais pouvoir dire un mot à mon commis, voilà tout. »

Son autre lui-même éteignit les lampes au moment où il exprimait ce désir ; Scrooge et l'Esprit se retrouvèrent de nouveau tous les deux en plein air.

« Le temps presse, remarqua l'Esprit, vite. »

Ceci ne s'adressait pas à Scrooge ou à personne qu'il pût voir ; mais l'effet produit fut immédiat, car Scrooge se revit tout à coup lui-même. Il avait vieilli : il était un homme d'âge mûr : son visage n'avait pas les traits durs de son âge actuel, mais on y remarquait déjà quelques-unes des rides du souci et de l'avarice. Il y avait dans son regard un mouvement continuel, indice dénonciateur de la passion qui avait jeté en lui ses racines. Il n'était pas seul, mais assis à côté d'une belle jeune fille vêtue de deuil, dont l'œil était rempli de larmes qui brillaient à la lueur que projetait l'Esprit de Noël passé.

« Peu vous importe : oui, à vous très peu vous importe, disait-elle ; une autre idole m'a remplacée, et si elle peut vous consoler un jour comme j'aurais essayé de le faire, je n'aurai pas de raison pour m'affliger.

– Quelle idole vous a remplacée ? répondait-il.

– Une idole d'or.

– Voilà bien le jugement du monde ! il n'est rien qu'il traite plus mal que la pauvreté, et rien qu'il prétende blâmer plus sévèrement que la poursuite de la richesse.

– Vous craignez trop le monde, répliquait la jeune fille : toutes vos espérances se sont fondues dans celle d'échapper à ses reproches sordides ; j'ai vu vos plus nobles pensées s'évanouir une à une, jusqu'à ce que la passion dominante, la passion du lucre, vous ait absorbé. Ai-je tort ?

– Eh bien ! voyons, dit-il alors ; parce que je suis devenu plus sûr de moi-même et que j'ai acquis de l'expérience, ai-je changé à votre égard ? »

Elle secoua la tête.

« Répondez ? dit-il.

– Notre engagement date de loin : il fut conclu lorsque nous étions, vous et moi, pauvres, mais contents de pouvoir espérer que nous le serions quelque jour un peu moins grâce à notre patiente industrie. Vous êtes changé, vous n'êtes plus ce que vous étiez alors.

– J'étais un enfant, répondit-il avec impatience.

– Vous sentez vous-même que vous n'étiez pas ce que vous êtes à présent, et moi je suis la même. Ce qui nous promettait le bonheur quand nous n'avions qu'un cœur n'est qu'une source de peines depuis que nous en avons deux. Que de fois cette pensée m'est revenue ! pensée amère… mais je m'y suis faite et je puis vous rendre votre liberté.

– Vous l'ai-je demandée ?

– En paroles, non, jamais.

– Et comment donc ?

– Par le changement de votre nature, par le changement de votre esprit, par la nouvelle atmosphère où vous existez, par la nouvelle espérance qui est devenue votre but et en oubliant tout ce qui donnait une valeur à mon amour. Si cet engagement n'existait pas, ajouta la jeune fille avec un air de doux reproche, dites-moi, me rechercheriez-vous aujourd'hui ? Oh ! non ! »

Il parut céder à la justesse de cette supposition malgré lui-même, mais il fit un effort pour lui répondre : « Vous ne le pensez pas ! »

– Je voudrais bien ne pas le penser, répliqua-t-elle ; le Ciel le sait ! puisque j'ai acquis la preuve d'une vérité semblable, il faut qu'elle soit forte et irrésistible. Si vous étiez libre aujourd'hui, demain, je le répète, choisiriez-vous une fille sans dot, vous qui pesez tout aux balances de la fortune ? ou, supposons que vous la choisissiez, si vous étiez un moment infidèle à votre principe, ne sais-je pas quels seraient vos regrets et votre repentir ? je vous rends donc votre liberté, et c'est de bon cœur, pour l'amour de celui que vous n'êtes plus. »

Il allait parler, mais en détournant les yeux elle continua : « Vous pouvez, la mémoire du passé m'en est presque un garant, vous pouvez éprouver du chagrin à l'accepter ; mais encore un peu de temps, très peu de temps, et vous chasserez ce souvenir importun comme un mauvais rêve… puissiez vous êtes heureux dans la vie de votre choix ! »

À ces mots elle le quitta.

« Esprit ! dit Scrooge, ne me montrez rien de plus, ramenez-moi dans mon lit ; quel plaisir avez-vous à me torturer ?

– Encore une ombre ! cria l'Esprit.

– Non, plus d'autres, dit Scrooge ; je ne veux plus rien voir… »

Mais l'inexorable Esprit le retint dans ses bras et le força de faire attention à ce qui allait arriver.

Ils se trouvèrent dans un autre lieu : dans une chambre ni large ni riche, mais confortable. Près d'un feu d'hiver était assise une belle jeune fille, si semblable à la dernière que Scrooge crut que c'était la même jusqu'à ce qu'il remarquât celle-ci, mère à présent, assise près de sa fille. Le bruit qui se faisait dans cette chambre avait quelque chose de tumultueux ; car il y avait là plus d'enfants que Scrooge n'en aurait pu compter dans le trouble de son âme, et chacun d'eux faisait le tapage de quatre. Mais toute cette tempête n'inquiétait personne ; au contraire, la mère et la fille en riaient de tout cœur, et la seconde, se mettant de la partie, fut bientôt assez mal traitée par les petits bandits. « Que n'aurais-je pas donné pour être un d'entre eux ! non que je me fusse conduit avec tant de rudesse. Oh ! non, non, pour tous les trésors du monde, je n'aurais pas mêlé ces cheveux si bien bouclés ; au prix de ma vie, je n'aurais jamais dérobé le soulier de ce joli pied ; quant à mesurer sa taille, comme le firent ces audacieux, je n'aurais pas osé le faire non plus, de peur que mon bras ne fût châtié de ce sacrilège par quelque génie jaloux qui l'eût frappé de paralysie… Que n'aurais-je pas donné cependant pour toucher ses lèvres ! Quelle question n'aurais-je pas faite pour obtenir qu'elle les ouvrît en me répondant ! Oh ! que j'aurais aimé pouvoir regarder ses yeux baissés sans exciter sa rougeur et dénouer sa chevelure dont une seule boucle m'eût semblé le plus précieux des gages d'amitié !… En un mot, j'aurais voulu, je le confesse, avoir auprès d'elle le privilège d'un enfant et être cependant assez homme pour comprendre mon bonheur. »

Mais qui frappe à la porte ? comme ce groupe bruyant y court et entraîne la jeune fille avec lui !… Elle rit de paraître ainsi chiffonnée devant celui qui entre : c'est le père de ces turbulents marmots qui ont reconnu sa voix, et il vient accompagné d'un homme tout chargé de joujoux de Noël. Oh ! le commissionnaire, porteur de tous ces présents, qui le défendra ? Quel assaut contre sa personne ! l'un l'escalade à l'aide d'une chaise, l'autre fouille dans ses poches ; c'est à qui pillera ses paquets. Heureusement, chacun a bientôt le sien et le commissionnaire peut s'esquiver. Nouvelle scène, nouveau tumulte de joie, de reconnaissance, de bonheur… jusqu'à ce que, l'heure étant venue, tous ces enfants montent dans leur chambre et le calme succède à ce joyeux désordre.

Scrooge put alors regarder avec plus d'attention cette scène d'intérieur : le maître de la maison, sur l'épaule duquel la fille s'appuie tendrement, s'assied entre elle et sa mère… Ah ! de penser qu'une créature semblable, une fille aussi gracieuse et aussi belle, aurait pu l'appeler du nom de père et parer ses vieux jours des fleurs de son printemps… n'y avait-il pas de quoi sentir ses yeux obscurcis par les larmes ?

« Arabelle, dit le mari, se tournant vers sa femme avec un sourire, j'ai rencontré un de vos anciens amis, ce soir.

– Qui donc ?

– Devinez.

– Comment… Ah ! j'y suis, ajouta-t-elle en souriant comme lui, c'est M. Scrooge.

– Lui-même. Je passais près de la fenêtre de son comptoir et je l'ai aperçu à travers les vitres. Sa femme se meurt, à ce qu'on assure. Il était seul, et il sera bientôt seul au monde.

– Esprit, dit Scrooge d'une voix tremblante, éloignez-moi d'ici.

– Je vous ai prévenu, répondit l'Esprit, que je vous montrais les ombres de ce qui fut ; je ne puis faire qu'elles soient autre chose.

– Emmenez-moi, s'écria Scrooge, je ne puis le supporter davantage. »

Ce disant, Scrooge se tourna vers l'Esprit et vit qu'il le regardait avec un visage dans lequel, par un singulier prodige, il retrouvait des airs de tous les visages qu'il lui avait montrés.

« Laissez-moi, lui dit-il, ou ramenez-moi. Assez, assez ! »

Et lui-même il cherchait à entraîner l'Esprit sans pouvoir vaincre sa résistance, quoi qu'il ne semblât pas opposer le moindre effort dans cette espèce de lutte. Mais observant en même temps que la lumière de sa tête brillait de plus en plus, et lui attribuant l'influence que l'Esprit exerçait sur lui, il s'empara par un mouvement soudain de l'éteignoir et l'en couvrit.

L'Esprit s'affaissa tellement sous ce chapeau fantastique, qu'il disparut presque en entier ; mais Scrooge eut beau enfoncer, il ne put étouffer toute la lumière qui rayonnait sur le sol.

Il éprouvait aussi un épuisement et une somnolence qui le privaient de ses propres forces. En même temps il eut la conscience d'être dans sa chambre à coucher. Après un dernier effort sur l'éteignoir, il n'eut que le temps de rouler sur son lit et s'y plongea dans un profond sommeil.

LE SECOND DES TROIS ESPRITS

Réveillé au milieu d'un ronflement des plus sonores, s'asseyant sur son lit pour recueillir ses pensées, Scrooge n'eut pas besoin qu'on lui dît que l'horloge allait de nouveau sonner *une heure.* Il comprit qu'il retrouvait, juste au moment convenable, l'usage de ses sens pour se mettre en communication avec le second messager qui lui était envoyé par l'intervention de Jacob Marley. Il se sentit même la force d'ouvrir tous ses rideaux de sa propre main et d'attendre fièrement la nouvelle apparition.

Ainsi prêt à tout, il écouta l'horloge ; mais cette fois, autre surprise, personne ne se montra ; seulement il se vit entouré d'une lumière qui lui causa un autre genre d'alarme, craignant d'être la victime d'un cas intéressant de combustion instantanée sans avoir la consolation de le savoir. Peu à peu, cependant, il se rassura en s'apercevant que cette lumière partait de la chambre voisine. Il se leva à petit bruit et se glissa en pantoufles jusqu'à la porte. Au moment où il mettait la main sur la serrure, « Entrez, Scrooge ! » lui cria une voix inconnue. Il obéit.

Cette seconde pièce était bien le salon de son appartement, il n'y avait pas à en douter, mais elle avait subi une transformation surprenante. Les murs et le plafond étaient si artistement décorés de feuillage qu'on eût dit un bosquet. De toutes ces touffes, de toutes ces guirlandes, pendaient des fruits brillants ; les feuilles lustrées des rameaux de buis, de gui, de laurier et de lierre reflétaient la lumière comme autant de petits miroirs. Dans la cheminée flambait un large feu, tel que ce foyer malheureux n'en avait vu depuis bien des hivers, du temps de Marley et du temps de Scrooge ; sur le plancher une espèce de trône était formée par une accumulation de dindes et d'oies grasses, de poulardes et de chapons, de jambons et de roastbeefs froids, de gibier et de cochons de lait, de ronds de saucisse, de pâtés, de plumpoudings, de barils d'huîtres, de marrons rôtis, de pommes vermeilles, d'oranges dorées, de poires juteuses, d'immenses gâteaux et de bowls de punch qui parfumaient l'appartement de leur délicieuse vapeur. Mollement assis sur ce trophée gastronomique, était un joyeux géant, superbe à voir, armé d'une torche assez semblable à une corne d'abondance, qui illumina la face de Scrooge lorsqu'il entrebâilla la porte.

– Entrez ! s'écria l'Esprit ; entrez, mon cher, et faisons connaissance. »

Scrooge entra timidement et la tête basse : ce n'était plus ce Scrooge si rogue d'auparavant, et quoique les yeux de ce second Esprit fussent bienveillants, il n'osait les rencontrer.

« Je suis l'Esprit de Noël présent, dit l'Esprit ; regardez-moi donc ! »

Scrooge le regarda alors avec respect. Il était vêtu d'une tunique verte, bordée de fourrure blanche et drapée si négligemment autour de son corps qu'on découvrait sa large poitrine, comme dédaignant de se cacher par aucun artifice ; ses pieds sortaient nus des amples plis de cette robe, et sur sa tête il n'avait d'autre coiffure qu'une couronne de houx parsemée de quelques petits glaçons. Ses longs cheveux bruns flottaient librement ; il y avait un air de liberté dans sa figure réjouie, ses yeux brillants, sa main tendue ouverte, sa voix joyeuse et toute sa personne. Autour de sa taille une ceinture attachait un fourreau antique mais sans épée et rongé par la rouille.

« Vous n'avez jamais vu mon semblable, eh ! s'écria l'Esprit.

– Jamais, répondit Scrooge.

– Jamais vous n'êtes sorti avec les plus jeunes membres de ma famille ; je veux dire mes aînés de quelques hivers, car je suis très jeune moi-même.

– Je ne pense pas… j'ai peur que non… Avez-vous beaucoup de frères, Esprit ?

– Plus de dix-huit cents.

– Famille terriblement nombreuse à nourrir ! » murmura Scrooge.

L'Esprit de Noël présent se leva. « Esprit, dit Scrooge avec soumission, conduisez-moi où vous voudrez. Je fus conduit contre mon gré, la nuit dernière, et j'ai reçu une leçon dont je recueille le fruit. Cette nuit, si vous avez à m'apprendre quelque chose, je veux en profiter.

– Touchez ma robe. »

Scrooge obéit et s'y cramponna… Houx, gui, baies rouges, lierre, oies, gibier, volailles, jambons, viandes rôties, marcassins, saucisses, huîtres, pâtés, poudings, fruits et punch… tout s'évanouit à l'instant. Scrooge vit disparaître aussi la chambre, le feu, la joyeuse clarté : à la nuit succédait le jour, et ils se trouvèrent dans les rues, le matin de Noël. Le froid étant sévère, les gens faisaient une singulière musique en balayant la neige de l'entrée de leur maison et de leur toiture, pendant que les jeunes garçons imitaient à leur manière les tempêtes de frimas et les avalanches.

Les façades des maisons et les fenêtres paraissaient bien noires par le contraste de la belle couche de neige qui couvrait les toits ; mais la neige des rues était déjà sillonnée par les roues des voitures qui y creusaient de sales ornières jaunâtres converties peu à peu en ruisseaux bourbeux ; le ciel restait sombre et un épais brouillard descendait en atomes de suie, comme si toutes les cheminées de Grande-Bretagne avaient pris feu de concert et dégorgeaient leurs tuyaux. Rien de très gai par conséquent dans la température ou l'aspect de la ville… et cependant il se répandait dans ces mêmes rues brumeuses un sentiment de gaîté que n'aurait pu leur donner le plus riche rayon de soleil ; car les hommes qui balayaient les toits se provoquaient par des propos plaisants et de temps à autre échangeaient quelques balles de neige, innocents combats moins dangereux encore que ceux de la parole et qui excitaient également le rire par l'adresse et la maladresse des combattants. Les boutiques des marchands de volailles étaient encore à demi ouvertes et celles des fruitiers étalaient toutes leurs richesses : gros sacs de marrons qui débordaient, oignons d'Espagne à larges côtes rubicondes, rappelant l'embonpoint des moines espagnols, pyramides de pommes et de poires, grappes de raisin qui faisaient venir l'eau à la bouche des passants, tas de noisettes réveillant le souvenir des promenades dans les bois odorants, corbeilles d'oranges et de limons, dessert doré venu des climats favorisés du soleil !

Mais les épiciers… oh ! les épiciers ! quelles tentations éprouvait celui qui se hasardait à jeter un coup d'œil entre les interstices de leurs contrevents ! quel parfum s'exhalait de leur thé et de leur café, de leurs raisins secs, de leurs blanches amandes, de leurs clous de girofle, de leurs dragées et de leurs fruits confits saupoudrés de sucre, de leurs figues, de leurs pruneaux et de leurs bonbons si curieusement décorés pour Noël !

Les cloches font entendre leur voix de bronze, appelant les chrétiens à l'église et à la chapelle : la foule remplit les rues, chacun vêtu de son plus bel habit et l'air heureux. En même temps, de toutes les rues, de tous les passages, de toutes les cours sortent des gens qui portent au four du boulanger le plat dont ils espèrent se régaler. L'Esprit paraissait vivement s'intéresser à eux, car il se posta, avec Scrooge à son côté, sur le seuil d'une boulangerie, et il les arrosait d'encens avec sa torche… Singulière torche que la sienne ! car, une fois, deux porteurs de dîner, s'étant pris de querelle après s'être rudement coudoyés, l'Esprit secoua sur eux quelques gouttes d'eau en place de flamme et la paix fut faite, les querelleurs s'écriant que c'était une honte de se disputer le jour de Noël… Oh ! qu'ils avaient bien raison !

Les cloches se turent, les portes des boulangers se fermèrent, et cependant on croyait voir encore comme une image réjouissante de tous ces dîners de Noël dans la fumée qui tourbillonnait au-dessus de chaque four.

« Y a-t-il donc une saveur particulière dans ce qui tombe de votre torche ? demanda Scrooge.

– Oui, la mienne.

– Se communiquerait-elle à toute espèce de dîner aujourd'hui ?

– À tout dîner partagé avec cordialité… et plus encore à ceux des plus pauvres.

– Et pourquoi ?

– Parce que ce sont ceux qui en ont le plus besoin… mais je veux vous faire assister à l'un de ceux-ci. »

Et à ces mots, Scrooge et l'Esprit, transportés dans les faubourgs de Londres, s'arrêtèrent sur le seuil d'une maison que l'Esprit bénit avant d'entrer en secouant sa torche avec un sourire. C'était la maison de Bob Cratchit, le commis même de Scrooge, ce pauvre commis à quinze shillings par semaine. Bob n'est pas encore au logis, mais il est attendu. Mrs Cratchit, sa femme, n'a qu'une robe qui a été retournée deux fois ; elle est en toilette cependant, tout autant qu'on peut l'être avec quelques sous de ruban ; elle met la table, aidée de Belinda Cratchit, la seconde de ses filles, qui est parée… de rubans, comme sa mère, tandis que maître Pierre Cratchit, le fils aîné, qui plonge une fourchette dans le poêlon aux pommes de terre, mord du bout des lèvres les coins d'un monstrueux col de chemise, présent de son père, heureux de se voir si brave et regrettant de ne pouvoir aller montrer son linge dans les parcs à la mode. Voici deux petits Cratchit encore, garçon et fille, qui surviennent en criant qu'ils ont flairé l'oie depuis la porte du boulanger et l'ont reconnue pour leur oie. Ces petits Cratchit croient déjà mordre dans leur part ; ils dansent de bonheur et flattent leur frère aîné qui souffle le feu jusqu'à ce que, bondissant sous le couvercle qui les étouffe, les pommes de terre demandent à être débarrassées de leur pellicule.

« Qu'est-ce qui retient donc votre bien-aimé père, dit Mrs Cratchit, et votre frère Tiny Tim ?… Martha aussi était arrivée deux heures plus tôt, le dernier Noël…

– Voici Martha, mère, s'écria justement une grande fille qui arrivait pour répondre elle-même à son nom.

– Voici Martha, mère, répétèrent les deux petits Cratchit… Hourra ! Martha ! c'est que nous avons une fameuse oie !

– Le Ciel vous bénisse, ma chère ! comme vous venez tard, dit Mrs Cratchit à Martha en l'embrassant une douzaine de fois et lui ôtant tendrement son chapeau et son châle.

– Nous avions beaucoup d'ouvrage à livrer ce matin, ma mère, répondit Martha.

– C'est bien, ma fille ; vous voilà. Asseyez-vous près du feu et chauffez-vous.

– Non, non ! voici père qui vient, crièrent les deux petits Cratchit. Cachez-vous, Martha, cachez-vous ! »

Et Martha se cacha : Bob Cratchit entre ; le nœud de son foulard flotte sur son gilet ; ses habits râpés sont bien brossés pour leur donner un air de dimanche. Bob Cratchit portait Tiny Tim sur son épaule. Hélas ! le pauvre petit Tiny Tim ! il avait une béquille, et un cercle en fer lui maintenait les jambes !

« Eh donc ! où est Martha ? demanda Bob Cratchit.

– Elle n'est pas venue encore, répondit Mrs Cratchit.

– Pas venue ! dit Bob avec désappointement et un peu essoufflé car il avait porté Tiny Tim depuis l'église. Être en retard le jour de Noël ! »

Martha souffrit de le voir contrarié même pour rire, et elle sortit de sa cachette en se jetant dans ses bras, pendant que les deux plus petits Cratchit entraînaient Tiny Tim vers la cuisine pour qu'il pût entendre bouillir le pouding.

« Et comment s'est comporté le petit Tiny ? demanda Mrs Cratchit après avoir raillé Bob de sa crédulité…

– Il s'est comporté comme un ange, répondit Bob. Cet enfant est singulier, vraiment : il a les idées les plus curieuses. Il me disait en revenant qu'il espérait avoir été aperçu dans l'église, parce qu'il est estropié et que ce doit être surtout le jour de Noël que les chrétiens aiment à se rappeler celui qui faisait marcher les boiteux et voir les aveugles. »

La voix de Bob tremblait pendant qu'il disait cela, et elle trembla plus encore quand il ajouta que Tiny Tim se fortifiait.

On entendit retentir sa petite béquille sur le plancher, et Tiny entra escorté par le petit frère et la petite sœur, qui le conduisirent à son escabelle près du feu. Bob alors, relevant ses manches, prit un citron, et avec de l'extrait de genièvre il composa une sauce piquante, puis il dit à maître Pierre et aux deux jeunes Cratchit d'aller chercher l'oie. Ils revinrent bientôt en procession solennelle.

À l'émotion qui s'empara de toute cette famille, vous auriez pu croire qu'une oie est le plus rare des volatiles, un phénomène emplumé auprès duquel un cygne noir serait un lieu commun… Hélas ! l'oie était réellement un oiseau rare dans cette maison. Mrs Cratchit fit chauffer le jus de ce beau rôti, maître Pierre acheva de peler les pommes de terre, miss Belinda mit du sucre dans la sauce aux pommes, Martha essuya les assiettes tièdes, Bob assit Tiny Tim près de lui à l'un des coins de la table, les deux petits Cratchit placèrent les chaises pour tout le monde sans s'oublier, et une fois à leur poste, se mirent leurs cuillers dans la bouche, de peur d'être tentés de demander de l'oie avant que vînt leur tour d'être servis. Enfin la prière fut dite et il y eut un instant d'attente solennelle, lorsque Mrs Cratchit, promenant lentement son regard sur le couteau à découper, se prépara à le plonger dans les flancs de la bête, mais à peine l'eut-elle fait qu'un murmure de plaisir éclata autour d'elle : Tiny Tim lui-même, excité par les deux petits Cratchit, frappa sur la table avec le manche de son couteau et cria d'une voix faible : « Hourra ! »

Jamais on ne vit oie pareille ! Bob déclara qu'il ne croyait pas qu'on en eût jamais fait cuire une si grosse, si grasse, si tendre, si savoureuse et à si bon marché ! Ce texte d'éloges fut commenté par l'admiration générale : avec la sauce aux pommes et les pommes de terre le dîner suffit à toute la famille… « Et vraiment ! dit Mrs Cratchit à la vue d'un os resté dans le plat, nous n'avons pas mangé tout ! » Cependant chacun en avait eu assez, et les petits Cratchit en particulier étaient bourrés de la garniture à la sauge et à l'oignon. Mais alors les assiettes étant changées par miss Belinda, Mrs Cratchit sortit seule… pour aller chercher le pouding !

Supposez qu'il soit manqué ! Supposez qu'il se brise quand on le tournera ; supposez que quelqu'un ait sauté par-dessus le mur de la cour de derrière et l'ait volé pendant qu'on se régalait de l'oie… À cette fatale supposition, les deux petits Cratchit devinrent blêmes. Toutes sortes d'horreurs furent supposées en une minute.

Mais quelle vapeur parfumée… il approcha. C'est lui, c'est le pouding porté par Mrs Cratchit, qui sourit toute glorieuse en regardant ce délicieux pouding, si ferme, si rond, semblable à un boulet de canon, noyé dans un quart de pinte d'eau-de-vie incandescente et décoré d'une petite branche du houx de Noël !

Oh ! quel merveilleux pouding ! Bob Cratchit déclara que c'était selon lui le chef-d'œuvre de Mrs Cratchit, le plus admirable pouding qu'elle eût fait depuis leur mariage. Mrs Cratchit répondit qu'à présent qu'elle n'avait plus ce souci sur le cœur, elle avouerait qu'elle avait eu quelques doutes sur la quantité de farine : chacun eut un mot à dire ; mais nul ne se permit de remarquer que c'était un bien petit pouding pour une si nombreuse famille. Il y aurait eu blasphème à le penser.

Le dîner terminé, la nappe enlevée, un coup de balai fut donné au foyer et l'on rajusta le feu, où l'on fit un cercle, c'est-à-dire un demi-cercle autour d'une autre table sur laquelle des oranges et des pommes servirent de dessert pendant que des marrons cuisaient sur les cendres. « Allons ! dit Bob Cratchit, mes chers amis, je propose une première santé : un joyeux Noël pour nous tous, et que Dieu nous bénisse ! » À ce souhait la famille fit écho. « Dieu nous bénisse ! » répéta Tiny Tim, le dernier de tous. Tiny Tim était assis le plus près de Bob, qui tenait dans sa main sa petite main flétrie avec l'étreinte affectueuse d'un père craignant qu'on ne le prive de son enfant.

« Esprit ! demanda Scrooge avec un intérêt qu'il n'avait jamais éprouvé, apprenez-moi si Tiny Tim vivra. »

L'Esprit répondit : « Je vois un siège vide dans le coin de la cheminée et une béquille solitaire qu'on garde soigneusement. Si ces images ne changent pas dans l'avenir, cet enfant ne peut vivre.

– Non, non, dit Scrooge ; oh ! non, bon Esprit, dites-moi qu'il vivra.

– Si ces images ne changent pas dans l'avenir, répéta l'Esprit, aucun autre Noël ne retrouvera l'enfant ici. Eh bien ! quoi ? s'il meurt... que peut-il faire de mieux ? il diminuera le superflu de la population. »

Scrooge baissa tristement la tête en entendant l'Esprit citer ses propres paroles, et il fut accablé de repentir.

« Homme, lui dit l'Esprit, si vous avez un cœur d'homme et non un cœur de pierre, ne vous servez plus de ce jargon jusqu'à ce que vous ayez appris ce que c'est que ce superflu et où il réside. Est-ce à vous de décider quels sont ceux qui doivent vivre et quels sont ceux qui doivent mourir ? Il se peut qu'aux yeux de la Providence vous soyez moins digne de vivre que des millions de créatures semblables à l'enfant de ce pauvre homme. Grand Dieu ! entendre l'insecte sur sa feuille déclarer qu'il y a trop d'insectes vivants parmi ceux qui ont faim dans la poussière ! »

Scrooge s'humilia sous cette réprimande de l'Esprit et baissa les yeux, tout tremblant ; mais il les releva bientôt en entendant prononcer son nom.

« Maintenant, disait Bob, je veux vous proposer la santé de M. Scrooge, celui à qui nous devons ce repas.

– Lui, en vérité ! s'écria Mrs Cratchit, je voudrais le tenir ici, je le régalerais d'une vérité de ma façon.

– Ma chère, dit Bob, les enfants… le jour de Noël…

– Il faut, en effet, que ce soit Noël pour proposer la santé d'un homme aussi dur, aussi avare, aussi odieux que M. Scrooge. Vous savez s'il est tout cela, Robert : vous le savez mieux que personne, mon pauvre ami !

– Ma chère, répéta Bob, le jour de Noël !

– Pour l'amour de vous et pour Noël, je consens, puisque vous le voulez, à boire à cette santé, répondit Mrs Cratchit , je lui souhaite donc une longue vie, une bonne fête de Noël et une bonne année. Il doit être très joyeux et très heureux en un pareil jour, je n'en doute pas. »

La santé fut bue aussi par les enfants, mais sans cordialité ; par Tiny Tim aussi, mais avec plus que de l'indifférence. Scrooge était l'ogre de la famille : la mention de son nom jeta un nuage pendant cinq minutes sur la gaîté de ces bonnes gens ; mais ces cinq minutes passées, ils devinrent dix fois plus gais qu'auparavant. Bob Cratchit leur apprit qu'il avait en vue une place pour son fils Pierre, une place qui lui vaudrait six shillings et six pence par semaine. Les deux plus petits Cratchit de rire de bon cœur en pensant que Pierre serait un commis, et Pierre lui-même parut un moment pensif en regardant le feu comme s'il rêvait déjà à l'emploi de ses futurs appointements. Martha, en apprentissage chez une couturière, raconta alors combien elle avait travaillé dans ce dernier mois et ajouta qu'elle se proposait de rester au lit le lendemain, jour de repos passé à la maison. Pendant tout ce babil, les marrons et la bière circulaient à la ronde, et enfin Tiny Tim chanta une ballade sur un enfant égaré au milieu de la neige : Tiny Tim avait une petite voix plaintive et il chanta bien.

Ainsi se passa cette veille de Noël pour la famille de Bob Cratchit. Ce n'était pas une belle famille ; ce n'était pas une famille bien nippée ; ses membres portaient des souliers qui n'étaient pas imperméables ; leur garde-robe était toujours mal garnie et il y avait probablement quelques-unes de leurs hardes chez le prêteur sur gages ; mais ils étaient heureux, reconnaissants, charmés les uns des autres et contents de tout. Lorsqu'ils allèrent se coucher sous une pluie d'encens que l'Esprit fit descendre sur eux de sa torche magique, Scrooge les suivit tous de l'œil, et surtout Tiny Tim.

Pendant ce temps-là il se faisait nuit noire et la neige tombait à gros flocons ; cependant Scrooge et l'Esprit, en se retrouvant dans les rues, n'y rencontrèrent que des figures enchantées, des enfants allant au-devant de leurs grands-parents, oncles, tantes, frères et sœurs ; des jeunes filles encapuchonnées et en souliers fourrés, jasant entre elles et se rendant d'un pied léger chez un proche voisin – ou malheur aux célibataires qui voyaient venir ces sirènes… et elles s'en doutaient, les malignes filles. Ce spectacle, aperçu aux reflets qui s'échappaient de tous les foyers, de tous les fours, de toutes les cuisines, réjouissait l'Esprit, qui éparpillait les étincelles de sa torche sur les divers groupes et même sur les allumeurs de réverbères, qui riaient comme tout le monde ce jour-là.

Tout à coup, sans que l'Esprit l'eût prévenu, ce fut au milieu d'une lande déserte que Scrooge se trouva transporté avec lui : vaste plaine parsemée de monstrueux tas de pierres comme si c'eût été un cimetière de géants : la dernière trace rougeâtre laissée par le soleil couchant éclairait d'un dernier et sombre regard la nuit, devenue de plus en plus épaisse.

« Où sommes-nous ? demanda Scrooge.

– Dans un lieu où vivent les mineurs, ceux qui travaillent dans les entrailles de la terre, répondit l'Esprit ; – mais ils me connaissent ; regardez. »

Une lumière brilla à la croisée d'une hutte et ils hâtèrent le pas de ce côté. Entrant à travers un mur de boue, ils trouvèrent une joyeuse compagnie autour d'un superbe feu : un vieillard et sa vieille compagne, avec leurs enfants et leurs petits-enfants tous endimanchés. Le vieillard, avec une voix qui par moments, s'élevait au-dessus du bruit du vent sur la lande déserte, leur chantait un noël, chanson déjà bien vieille lorsqu'il était en nourrice, et ses enfants faisaient chorus ; chaque fois qu'ils répétaient le refrain, le vieillard sentait redoubler sa vigueur et chantait plus fort qu'eux.

L'Esprit ne s'arrêta pas là, et disant à Scrooge de s'attacher à sa robe, il le transporta... Jugez de la terreur de Scrooge, il le transporta en pleine mer. En tournant la tête, Scrooge aperçut les derniers rochers du rivage, et ses oreilles furent assourdies du mugissement des flots qui tourbillonnaient dans une suite de cavernes creusées sous ses pas. Au milieu de la mer même, sur un récif assiégé par une éternelle tempête, s'élevait un phare solitaire. Eh bien ! là encore, les deux gardiens de la lumière amie des matelots avaient allumé un feu qui rayonnait sur l'abîme : joignant leurs mains calleuses par-dessus une table grossière, ils se souhaitaient une joyeuse fête de Noël en buvant leur grog, et le plus âgé des deux, à la face hâlée, semblable à la sombre tête qui orne l'avant d'un navire, entonna une chanson qu'on eût prise pour un autre ouragan.

L'Esprit ne s'arrêta pas là non plus, et entraînant Scrooge par-dessus la vaste étendue d'eau salée, le débarqua sur un vaisseau où le capitaine, les officiers de quart et les hommes de l'équipage étaient tous sous l'influence de Noël, les uns fredonnant un air de circonstance, les autres s'entretenant avec leurs camarades de ce qu'ils avaient fait naguère ou jadis à pareil jour.

Soudain, tandis que Scrooge écoutait, encore étourdi, le bruit des vents et des vagues, réfléchissant au périlleux voyage qu'il accomplissait, il entendit avec surprise un grand éclat de rire… avec plus de surprise encore il reconnut que cet éclat de rire provenait de son propre neveu et qu'il était dans une chambre bien éclairée, avec l'Esprit souriant à côté de lui et contemplant avec une approbation affable l'heureux rieur… tant celui-ci riait de bon cœur. Le rire, par compensation, n'est pas moins contagieux que les larmes : le neveu de Scrooge ne riait pas seul : la nièce de Scrooge, sa femme, riait comme son mari, et leurs hôtes ne riaient pas moins que le mari et la femme.

« Ah ! ah ! ah ! disait le neveu de Scrooge, sur mon honneur, il a prétendu que Noël était une bêtise ; ah ! ah ! ah ! et il le pensait.

– Deux fois honte à lui, Fred, répondit la nièce indignée de Scrooge… Parlez-moi des femmes ; elles ne font rien à moitié ; elles y vont toujours bon jeu, bon argent. »

La nièce de Scrooge était jolie, très jolie, avec une charmante figure, des joues à fossettes, un air éveillé et étonné, une bouche rose qui appelait le baiser, un menton gracieux et des yeux d'une vivacité agaçante.

« C'est un drôle de corps, en effet, dit le neveu de Scrooge, et qui pourrait être plus amusant encore… mais il porte la peine de ses défauts et je n'ai rien à dire contre lui.

– Je suis sûre qu'il est très riche, Fred, n'est-ce pas ? au moins vous me le dites.

– Et qu'importe sa richesse, ma chère ! quel usage en fait-il ? à quoi lui sert-elle ? il n'a pas même la satisfaction, ah ! ah ! de penser que nous en ferons un jour meilleur usage que lui.

– Il m'impatiente ! poursuivit la nièce, et les sœurs de la nièce et toutes les autres dames là présentes exprimèrent la même opinion.

– Quant à moi, reprit le neveu, je n'ai pas le courage de lui en vouloir ; je le plains plutôt : qui souffre de ses humeurs noires ? lui tout le premier ; il s'est mis en tête de nous faire mauvais visage et de ne pas venir dîner avec nous. Qu'y gagne-t-il ? Il est vrai qu'il n'y perd pas un bon dîner.

– Et moi je crois qu'il en perd un très bon, dit la nièce de Scrooge ; chacun de le dire comme elle, et comme ils l'avaient mangé, étant au dessert, ils parlaient en juges compétents.

– Si vous ne m'aviez interrompu, reprit le neveu de Scrooge, j'allais ajouter qu'il perdait une compagnie plus agréable que celle de ses propres pensées, soit dans son vieux comptoir, soit dans sa chambre, autre nid à poussière ; mais il a beau ne pas nous aimer, je veux lui offrir la même chance tous les ans, car je le plains. Qu'il se moque de Noël jusqu'à sa mort, il ne peut qu'en penser plus favorablement à la longue, en me voyant chaque année venir toujours de bonne humeur lui demander : « Oncle Scrooge, comment vous portez-vous ? » Si je l'amenais à laisser cinquante livres sterling à son pauvre commis, ce serait toujours cela d'obtenu… et je crois l'avoir un peu ébranlé hier au soir… »

L'idée qu'exprimait le neveu de Scrooge, l'idée d'avoir ébranlé son oncle, les fit tous rire ; et lui, heureux de voir rire, fût-ce à ses dépens, les encouragea dans leur gaîté en faisant circuler joyeusement la bouteille.

Après le thé, on fit de la musique ; car c'était une famille de musiciens, qui exécutaient admirablement, je vous l'assure, et surtout Toper, l'ami du neveu de Scrooge, qui faisait gronder sa basse comme un artiste sans qu'on vît se gonfler les veines de son front et tout son visage devenir rouge. La nièce de Scrooge pinçait très bien de la harpe : entre autres morceaux, elle joua ce soir-là un petit air bien simple, un air de rien, mais justement l'air favori de la petite sœur de Scrooge, celle qui était allée chercher son frère au pensionnat. À ces sons si familiers, Scrooge, attendri de plus en plus, vit apparaître encore toutes les images qu'avait naguère évoquées l'Esprit de Noël passé ; il se dit à lui-même que s'il avait entendu ces notes plus souvent, il aurait pu être moins indifférent aux douceurs de cette vie.

Mais la soirée ne fut pas consacrée tout entière à la musique. On joua aux gages touchés ; car il est bon de redevenir enfant quelquefois, et surtout à Noël, qui est la fête du Divin Enfant. On joua aussi à colin-maillard, et ce fut Toper qui se laissa le premier bander les yeux. Comme ce fut le neveu de Scrooge qui les lui banda, mon opinion est que les deux amis étaient d'accord ; le prétendu aveugle y voyait si bien qu'il poursuivit exclusivement une seule et même personne, et c'était la propre sœur de la nièce de Scrooge, une bonne grosse fille qui eut beau fuir et se cacher, tantôt derrière un fauteuil, tantôt derrière un rideau… elle fut prise. Et savez-vous l'atroce conduite de Toper ? Prétendant ne pas la reconnaître, il voulut absolument toucher son bonnet, puis celui de ses doigts qui avait une certaine bague, et mettre la main sur la chaîne qu'elle portait au cou… l'indigne Toper ! Il paraît que la bonne fille crut devoir lui en faire des reproches, et quand le mouchoir fut sur d'autres yeux, ils eurent ensemble une explication confidentielle dans l'embrasure de la croisée.

À ce jeu-là et à d'autres, Scrooge prit tant de goût qu'il se serait volontiers mis de la partie, lorsqu'on proposa de jouer à *oui ou non :* « Je pense à quelqu'un ou à quelque chose ; devinez : je vous répondrai *oui* ou je vous répondrai *non.* – Je pense, dit Toper, à un *animal,* à un animal vivant, à un animal très désagréable, à un animal sauvage, à un animal qui tantôt grogne et tantôt parle, qui habite à Londres, qui se promène dans les rues, qu'on ne montre pas pour de l'argent, qu'on ne musèle pas, qui ne vit pas dans une ménagerie, qu'on ne tue pas chez le boucher, qui n'est ni un cheval, ni un âne, ni une vache, ni un taureau, ni un tigre, ni un chien, ni un pourceau, ni un chat, ni même un ours. Devinez. – J'y suis, j'y suis, s'écria la nièce de Scrooge. – Qu'est-ce ? voyons ? – C'est l'oncle Scro-o-o-o-oge. »

Les éclats de rire furent universels, et le neveu de Scrooge de rire plus que les autres, mais il se hâta d'ajouter : « En vérité, le cher oncle nous a trop amusés pour que nous puissions refuser de boire à sa santé : allons, un verre de vin chaud à l'oncle Scrooge.

– À l'oncle Scrooge ! répéta-t-on en chœur ; joyeux Noël et bonne année à l'oncle Scrooge ! »

L'oncle Scrooge s'était si bien laissé gagner par l'hilarité générale, qu'il aurait fait honneur au toast de la compagnie et prononcé un discours de remerciement si l'Esprit lui en avait donné le temps ; mais déjà l'Esprit et l'oncle Scrooge avaient repris le cours de leurs voyages. Ils virent bien du pays, bien du monde, et partout des cœurs heureux. L'Esprit s'approchait du lit des malades, et ils croyaient renaître à la santé ; il s'approchait d'un exilé, et il se croyait dans sa patrie, – d'un homme dans la peine, et i1 espérait, – d'un indigent, et il était riche. À l'hôpital, dans la prison, partout où la porte n'était pas follement fermée à l'Esprit de Noël, l'Esprit laissait sa bénédiction et donnait une leçon nouvelle à Scrooge.

Ce fut là une longue nuit, si ce voyage ne dura qu'une nuit, et Scrooge en douta, se persuadant que plusieurs fêtes de Noël avaient été condensées pour lui en une seule. Autre chose étrange, tandis que Scrooge restait le même dans sa forme extérieure, l'Esprit devenait visiblement plus vieux. Scrooge, en sortant d'un réveillon d'enfants, remarqua ses cheveux blanchis et lui demanda enfin si les Esprits avaient une vie si courte.

« Ma vie sur ce globe est très courte en effet, répondit l'Esprit ; elle finit cette nuit.

– Cette nuit ! s'écria Scrooge.

– Oui, à minuit… Écoutez, l'heure s'approche. »

L'horloge sonnait les trois quarts de onze heures.

« Pardonnez mon indiscrétion, dit Scrooge en regardant attentivement la tunique de l'Esprit, mais il me semble voir quelque chose de singulier qui s'agite sous votre robe… Est-ce un pied ou une main ?

– Vous allez voir », répondit 1'Esprit tristement. Et des plis de sa robe il dégagea deux enfants, deux misérables, abjectes et hideuses créatures, qui s'agenouillèrent en tombant. C'étaient un garçon et une fille, tous deux jaunes, maigres, à l'air famélique ; deux anges dégradés ou deux êtres diaboliques. Scrooge recula d'horreur. “Esprit, sont-ce vos enfants ?” demanda-t-il.

– À moi ? Dites qu'ils sont les enfants de l'homme, répondit l'Esprit, et ils s'attachent à moi en se plaignant de leur père. Celui-ci est l'Ignorance ; celle-ci est la Misère. Gardez-vous de l'un et de l'autre, mais du premier surtout, car je lis sur son front une horrible destinée… Renie-le, si tu l'oses, ajouta l'Esprit, s'adressant à Londres, toi qui l'engendras et qui sais parfois t'en servir pour tes factieux desseins… Mais tremble…

– N'ont-ils aucun lieu de refuge, aucune ressource ? s'écria Scrooge.

– N'y a-t-il pas des prisons ? répondit l'Esprit en lui renvoyant ironiquement pour la dernière fois ses propres paroles ; n'y a-t-il pas des maisons de travail forcé ? »

L'horloge sonnait minuit… Scrooge voulut regarder l'Esprit et ne le vit plus. Au dernier son de la cloche, il se souvint de la prédiction du vieux Jacob Marley ; il aperçut un fantôme solennel, enveloppé d'une robe à capuchon et qui venait à lui en glissant sur la terre comme une vapeur.

LE DERNIER DES ESPRITS

Le troisième Esprit arrivait lentement, gravement, silencieusement. Lorsqu'il le vit à deux pas de lui, Scrooge fléchit le genou, pressentant qu'il était menacé par quelque sombre mystère. La longue robe noire de cet Esprit lui cachait la tête, le visage et la taille, ne laissant voir que sa main étendue, sans laquelle il eût été difficile de détacher cette figure de la nuit qui l'entourait.

« Je suis en présence du fantôme de Noël futur ? » demanda Scrooge, surmontant assez sa terreur pour rompre le premier ce silence effrayant.

L'Esprit ne répondit rien, mais sa main lui fit signe de regarder en bas.

« Vous allez me montrer les images des choses qui ne sont pas arrivées encore, mais qui arriveront dans la suite des temps, n'est-ce pas, Esprit ? »

À cette nouvelle question de Scrooge, l'Esprit se contenta d'incliner la tête : ce fut du moins ainsi que Scrooge interpréta un mouvement qu'il remarqua dans son capuchon.

Quoique commençant à s'habituer au commerce des Esprits, Scrooge éprouvait une telle terreur en présence de celui-ci, que ses jambes tremblaient sous lui et qu'il se sentit à peine la force de marcher, tout en se préparant à le suivre. L'Esprit s'arrêta un moment pour lui donner le temps de se remettre ; mais Scrooge sentait redoubler son horreur en pensant qu'à travers cette sombre enveloppe, des yeux se fixaient sur lui, tandis qu'il avait beau regarder il ne distinguait qu'une main de spectre et une masse noire.

« Esprit de l'avenir ! s'écria-t-il, je vous redoute plus qu'aucun des spectres que j'ai vus ; mais sachant que vous venez pour mon bien, et espérant vivre désormais tout autre que je n'étais, je suis préparé à vous accompagner avec un cœur reconnaissant. Ne me parlerez-vous pas ? »

Pas de réponse encore. La main seule lui fit signe de marcher.

« Précédez-moi, dit Scrooge, je vous prie ; la nuit avance, et je sais que le temps est précieux ; précédez-moi, Esprit. »

Le fantôme reprit sa marche solennelle ; Scrooge le suivit dans l'ombre de sa robe, et il lui sembla qu'il était transporté par elle. On ne pourrait pas dire précisément qu'ils entrèrent dans la ville. Ce fut plutôt la ville qui parut venir à eux et les entourer de son propre mouvement. Ils parvinrent ainsi au milieu de la Bourse, parmi les groupes de marchands et d'agioteurs, les uns faisant tinter l'argent dans leurs poches, les autres regardant leurs montres ou jouant d'un air pensif avec leurs breloques, tels que Scrooge les avait vus si souvent.

L'Esprit s'arrêta à côté de quelques-uns qui causaient entre eux et les montra à Scrooge, qui s'approcha pour écouter.

« Non, répondait un gros homme à double menton, je

n'en sais pas davantage ; tout ce que je sais, c'est qu'il est mort.

– Depuis quand ? demanda un second.

– La nuit dernière, je crois.

– Comment ! il est mort ? je croyais, moi, qu'il ne mourrait jamais, dit un troisième prenant une énorme prise de tabac dans une vaste tabatière.

– Qu'a-t-il fait de son argent ? demanda un gentleman dont le nez était surmonté d'une excroissance assez semblable à la crête d'un coq d'Inde.

– Je ne sais trop, répondit en bâillant l'homme au double menton ; tout ce que je sais, c'est qu'il ne me l'a pas laissé à moi. »

Cette plaisanterie provoqua un rire général.

« Ce sera probablement un enterrement à bon marché, dit le même interlocuteur. Qui voulez-vous qui accompagne le cercueil ? On n'aura pas beaucoup de voitures de deuil à retenir. Si nous y allions de nous-mêmes ?

– Je ne ferai pas d'objection s'il y a une collation, répliqua le monsieur à l'excroissance nasale ; mais si j'y vais je veux qu'on me nourrisse. »

Autre éclat de rire.

« Je vois qu'après tout, dit celui qui avait parlé le premier, je suis plus désintéressé que vous ; car je ne porte jamais de gants noirs et je ne fais jamais de collations ; j'irai cependant si personne n'y veut aller. Quand j'y songe, j'étais, je crois, son meilleur ami ; nous ne nous rencontrions jamais sans nous parler. Adieu, messieurs, adieu. »

Ce groupe se dispersa et se mêla à d'autres. Scrooge demanda une explication à l'Esprit. Là-dessus, le fantôme glissa dans une rue et montra du doigt deux passants qui s'abordaient. Scrooge écouta encore, pensant que l'explication était là.

Les deux interlocuteurs étaient de riches négociants de sa connaissance, et il s'était toujours piqué d'être avec eux dans de bonnes relations.

« Comment vous portez-vous ? dit l'un.

– Comment êtes-vous ? dit l'autre.

– Pas mal… Eh bien, le vieux pince-maille a eu son règlement de compte à la fin, eh !…

– On le dit… Il fait froid, n'est-ce pas ?

– C'est un temps de décembre. Vous n'êtes pas un patineur, je suppose ?

– Non, non… j'ai autre chose à faire. Bonjour. »

Pas un mot de plus, et les deux négociants se quittèrent.

Quelle importance pouvait donc attacher l'Esprit à des conversations en apparence si triviales ? Qui était mort ? Ce n'était pas de Jacob Marley qu'il s'agissait… Ce défunt-là appartenait au passé. Scrooge suivait un Esprit que l'avenir seul regardait. Serait-ce ?… Scrooge se promit d'écouter de toutes ses oreilles et de regarder de tous ses yeux, mais surtout de remarquer sa propre image quand elle paraîtrait, s'attendant à trouver le mot de l'énigme dans la conduite que tiendrait ce futur *lui.* Il se chercha donc à sa place habituelle ; un autre l'y remplaçait, et vainement le cadran de la Bourse indiqua l'heure précise de sa venue ; personne qui lui ressemblât parmi cette multitude se pressant sur les degrés du porche de la Bourse. Sa surprise céda toutefois à cette réflexion qu'il méditait un changement complet dans sa vie habituelle.

Cependant le fantôme demeurait à côté de lui, toujours le bras tendu ; il sembla à Scrooge que l'œil invisible pénétrait la profondeur de sa pensée. Cela le fit frissonner.

Quittant le théâtre bruyant des affaires, ils allèrent dans un quartier obscur de la ville où Scrooge n'avait jamais mis les pieds auparavant, quoiqu'il n'ignorât ni sa situation ni sa mauvaise renommée. Les rues étaient sales et étroites, les boutiques et les maisons misérables, les habitants à demi nus, mal chaussés, ivres et hideux. Des traverses et des ruelles vomissaient leurs émanations fétides et leurs immondices sur ce labyrinthe où tout respirait le crime, la boue et la misère. Entre toutes les portes de cet infâme repaire était celle d'une espèce de boutique-caverne où l'on achetait le vieux fer, les vieilles bouteilles, les haillons, les débris de la boucherie et des os. Sur le plancher intérieur étaient empilés des clés rouillées, des clous, des chaînes, des gonds, des limes, des tringles, des plateaux de balance dépareillés, etc. ; des mystères qu'on ne sonde qu'avec dégoût se cachaient sous ces tas de loques, sous ces masses de graisse corrompue et ces sépulcres d'ossements. Assis auprès d'une étuve à charbon en briques, au milieu des articles de son commerce, un septuagénaire, vieux coquin à cheveux gris, se défendait contre le froid du dehors au moyen d'une sorte de rideau composé de linge usé suspendu à une corde, et il fumait sa pipe avec toute la volupté de la solitude.

Scrooge et l'Esprit se trouvèrent en présence de cet homme en même temps qu'une femme qui entra dans la boutique avec un lourd paquet. Elle fut suivie d'une autre chargée de même, et celle-ci presque immédiatement d'un homme en habit noir râpé : ces trois personnes tressaillirent en se reconnaissant ; mais après le premier ébahissement de leur surprise qu'avait partagée le marchand à la pipe, elles éclatèrent de rire toutes les trois.

« Que la femme de journée passe la première, s'écria celle qui avait précédé les autres ; vienne ensuite la buandière, et le croque-mort en troisième. Dites donc, vieux Joe, est-ce là une chance ! Nous sommes venus ici tous les trois sans nous être donné le mot.

– Vous ne pouviez vous rencontrer dans un meilleur endroit, lui répondit le vieux Joe en ôtant sa pipe de la bouche. Passez dans le salon : vous y avez vos entrées depuis longtemps, vous le savez, et ces deux autres ne sont pas des étrangers. Attendez que j'aie fermé la porte de la boutique. Ah ! comme elle grince ! je ne crois pas qu'il y ait ici un morceau de fer plus rouillé que ses gonds, et je suis sûr qu'il n'y a pas non plus chez moi d'os aussi vieux que les miens. Ah ! ah ! nous sommes assortis. Passez dans le salon, passez. »

Le salon était l'espace que le rideau de loques séparait de la boutique. Le marchand remua le feu avec un vieux morceau de fer de rampe, et ayant mouché sa lampe (c'était le soir) avec le tuyau de sa pipe, il le remit dans sa bouche.

Pendant ce temps-là, cette femme, qui avait déjà parlé, jeta son paquet par terre et s'assit négligemment sur un tabouret ; puis, croisant ses coudes sur ses genoux, elle sembla provoquer d'un œil hardi les deux autres.

« Qu'y a-t-il donc ? Eh ! Mrs Dilber, dit-elle ensuite, chacun a le droit de prendre soin de soi-même. Eh ! c'est ce qu'il avait toujours fait, *lui !*

– C'est vrai, c'est bien vrai, répondit la buandière, nul homme plus que lui.

– Et pourquoi êtes-vous là à regarder comme quelqu'un qui aurait peur, ma chère ? lequel de nous trois vaut mieux que les autres ? Nous n'allons pas, j'espère, nous faire les cornes, eh ! je suppose.

– Non, certes, répondirent Mrs Dilber et le croque-mort. Non, nous l'espérons bien.

– Eh bien, donc, suffit ! Qui est-ce qui est à plaindre de perdre quelques nippes comme celles-ci ? ce n'est pas un mort, je suppose.

– Non, certes, interrompit Mrs Dilber en riant.

– S'il avait voulu les conserver après son trépas, le vieil écrou, poursuivit l'autre, pourquoi n'était-il pas plus généreux pendant sa vie ? S'il l'eût été, il aurait eu quelqu'un pour le veiller lorsqu'il lui a fallu lutter contre l'agonie, au lieu d'être tout seul pour rendre le dernier soupir.

– Vous n'avez jamais rien dit de plus vrai, repartit Mrs Dilber, vous venez de prononcer son jugement.

– Je regrette que mon paquet ne soit pas plus lourd, poursuivit la première femme, et il l'aurait été, vous devez me croire, si j'avais pu mettre la main sur quelque chose de plus. Ouvrez, ouvrez. vieux Joe, et voyons ce que cela vaut. Parlez net. Je n'ai pas peur d'être la première, ni peur qu'ils le voient. Nous savions bien que nous faisions nos petites affaires avant de nous rencontrer ici, je pense. Ce n'est pas péché : ouvrez le paquet, Joe. »

Mais la galanterie de l'homme en habit noir râpé ne voulut pas permettre qu'un autre que lui montât le premier sur la brèche, et il produisit *son* butin. Ce n'était pas grand-chose : une ou deux breloques de montre, un porte-crayon, deux boutons de manche et une agrafe de peu de valeur… c'était tout. Ces divers articles furent examinés et prisés séparément par le vieux Joe, qui marqua sur le mur avec de la craie les sommes qu'il prétendait en donner, et additionna le total.

« Voilà votre compte, dit-il, je n'ajouterai pas un autre demi-shilling, quand on me ferait bouillir. À un autre ! »

Ce fut le tour de Mrs Dilber, qui déploya des draps, des serviettes, un habit et deux paires de bottes, avec deux cuillers à thé et une pince à sucre. Son compte lui fut fait sur le mur de la même manière.

« Je donne toujours trop aux dames, déclara le vieux Joe. C'est une faiblesse, et c'est ainsi que je me ruine. Voilà votre compte. Si vous me demandiez un penny de plus, je me repentirais d'être si libéral et rabattrais une demi-couronne.

– Et maintenant, défaites mon paquet, Joe », dit la première femme.

Joe se mit à genoux pour être plus à portée de l'ouvrir, et après avoir défait plusieurs nœuds, il déploya une large étendue d'étoffe sombre.

« Qu'est-ce que cela d'abord ? demanda Joe, des rideaux de lit ?

– Oui, reprit la femme en riant et se penchant, les bras croisés, des rideaux de lit…

– Ah ça, les auriez-vous enlevés avec les anneaux pendant qu'il était encore là ? demanda Joe.

– Oui, répliqua-t-elle. Pourquoi pas ?

– Vous êtes née pour faire fortune, et fortune vous ferez, dit Joe.

– Certainement que je ne retirerai pas la main quand je pourrai la mettre sur quelque chose… ce ne sera pas du moins par égard pour un homme comme était *celui-là*, je vous le promets, Joe. Eh ! ne laissez pas couler l'huile de votre lampe sur les couvertures, maintenant.

– Ses couvertures ? demanda Joe.

– Et de qui donc seraient-elles ? Avez-vous peur qu'il prenne froid ?

– J'espère qu'il n'est pas mort de quelque mal contagieux, dites donc ? demanda tout à coup Joe, en interrompant sa revue.

– Avez-vous peur, mon vieux ? Vraiment, je ne l'ai pas assez fréquenté pour le savoir... Oh ! vous pouvez vous crever les yeux sur cette chemise, vous n'y trouverez pas un trou, ni une place usée. C'était sa meilleure et sa plus fine… qu'on eût bien laissé perdre sans moi.

– Qu'appelez-vous laissé perdre ? demanda Joe.

– La lui mettre pour être enseveli, reprit-elle en riant, et quelqu'un avait été assez sot pour le faire, mais je la lui ai ôtée… le calicot est bien suffisant pour cet usage. Il n'est pas plus laid avec une chemise de calicot. »

Scrooge écoutait avec horreur ce dialogue. Ce groupe ramassé sur les dépouilles d'un mort et vu à la lueur d'une mauvaise lampe lui inspirait plus de dégoût que n'auraient pu en faire naître d'obscènes démons marchandant le cadavre même.

« Ha ! ha ! ajouta encore cette femme avec son ricanement cynique, lorsque Joe tirant de sa poche une bourse en flanelle compta à chacun ce qui lui revenait. Voilà comme cela finit. Il nous tenait tous bien loin de lui pendant sa vie pour nous donner des profits à sa mort. Ha ! ha ! ha !

– Esprit, dit Scrooge, frissonnant de la tête aux pieds… je comprends, je comprends… le sort de cet infortuné pourrait être le mien. Ma vie actuelle me mène à cette fin. Miséricorde du Ciel, qu'est ceci ? »

Il recula d'épouvante : la scène venait de changer, et il touchait presque un lit, un lit nu, sans rideaux, où, sous un linceul déchiré, reposait quelque chose qui était révélé par le silence même. La chambre était très sombre, trop sombre pour être observée exactement, quoique Scrooge y promenât ses regards curieux, poussé par une impulsion secrète. Une pâle lumière projetait seule un rayon sur le lit et permettait d'y distinguer un cadavre dépouillé, abandonné, auprès duquel personne ne pleurait, personne ne veillait.

Scrooge tourna ses regards vers le fantôme. Celui-ci lui montrait du geste la tête de ce mort. Il n'eût fallu qu'un léger mouvement du doigt pour lever le suaire qui la voilait à peine. Scrooge y songea et il désirait le faire, mais il n'osa jamais.

« Ah ! se disait-il, si cet homme pouvait revivre, quelle serait sa pensée première ? Serait-ce une pensée d'avarice, de cupidité, de lucre ? Ces pensées-là ne l'ont-elles pas mené à une belle fin ? Le voilà dans cette maison déserte, sans qu'un homme, une femme ou un enfant puisse dire : "Il fut bon pour moi, dans telle circonstance ; il m'adressa un mot bienveillant, et, en reconnaissance de ce mot, je respecte sa mémoire..." » Un léger bruit se fit entendre : un chat qui grattait à la porte ; et puis, sous la pierre du foyer, des rats qui rongeaient quelque chose. Que cherchaient-ils dans cette chambre mortuaire ? Pourquoi l'inquiétude de ces animaux ? Scrooge n'osa pas y penser longtemps.

« Esprit, dit-il, ce lieu est affreux. Je ne le quitterai pas sans emporter la leçon qu'il renferme, croyez-moi... Partons... »

Mais l'Esprit lui montrait toujours du doigt la tête sous le suaire.

« Je vous comprends, poursuivit Scrooge, et je le ferais si je le pouvais : je n'en ai pas la force, Esprit, je n'en ai pas la force. »

L'Esprit parut sonder de son invisible regard le cœur de Scrooge.

« Esprit, s'il existe quelqu'un en ville qui éprouve quelque émotion causée par la mort de cet homme, dit Scrooge avec angoisse, montrez-moi ce quelqu'un ; Esprit, je vous en conjure. »

Le fantôme, pendant un moment, étendit devant lui sa sombre robe comme une aile, et puis la repliant il révéla soudain une chambre où une mère était avec ses enfants.

Il était grand jour ; cette femme attendait quelqu'un et avec l'agitation d'une inquiète impatience, car elle allait et venait dans la chambre, tressaillait au moindre bruit, regardait par la fenêtre, consultait la pendule, essayait en vain d'avoir recours à son aiguille et pouvait à peine supporter les voix de ses enfants qui jouaient entre eux.

Enfin retentit à la porte le coup si attendu. Elle court et ouvre à son mari. Cet homme dont le visage annonçait de longs et de pénibles soucis, quoique jeune encore, avait en ce moment une expression remarquable ; il laissait voir une espèce de plaisir triste dont il se sentait honteux et qu'il cherchait à réprimer.

Il s'assit pour prendre le repas qui avait été tenu prêt pour son retour. « Quelles nouvelles ? » se hasarda à lui demander sa femme après un long silence d'hésitation. Il parut embarrassé de répondre.

« Bonnes ou mauvaises ? dit-elle pour l'aider.

– Mauvaises ! répondit-il.

– Nous sommes tout à fait perdus ?

– Non, il y a encore de l'espoir, Caroline.

– S'*il* se radoucit, dit-elle étonnée, il y a de l'espoir sans doute ; oui, il y en a, après un tel miracle.

– Il n'a plus à se radoucir, Caroline ; il est mort. »

Elle était une créature douce et patiente, ou sa physionomie était bien trompeuse ; mais elle ne put s'empêcher de se réjouir au fond de son âme, et le déclara en joignant les mains. Le moment d'après, elle prononça une prière en demandant pardon au Ciel d'avoir cédé à la première émotion de son cœur.

« Cette femme à demi ivre ne m'avait dit que trop vrai hier au soir, lorsque j'avais essayé de le voir pour obtenir une semaine de délai. J'avais cru que c'était une excuse ; il était non seulement très malade, mais mourant.

– À qui sera transférée notre créance ?

– Je ne sais, mais d'ici là nous aurons la somme, et quand même, ce serait trop jouer de malheur que de tomber sur un créancier aussi impitoyable que l'autre. Nous pouvons dormir cette nuit sans inquiétude, Caroline. »

Oui, ils avaient beau se le reprocher, ils sentaient un poids de moins sur le cœur. Une gaîté plus franche anima les visages des enfants, qui étaient venus écouter ce qu'ils ne comprenaient guère. Cette famille devait un peu de bonheur à la mort de cet homme : la seule émotion vraie causée par l'événement, la seule que l'Esprit pût montrer à Scrooge était une émotion de plaisir.

« Esprit, dit Scrooge, si vous ne voulez que la chambre mortuaire où nous étions tout à l'heure soit toujours présente à ma pensée, effacez-en l'impression, en me montrant quelque scène de tendresse provoquée par une mort. »

L'Esprit le conduisit par plusieurs rues qui lui étaient familières, et, tout en allant, Scrooge regardait çà et là, espérant *se* rencontrer et ne s'apercevant nulle part. Ils entrèrent dans la maison du pauvre Bob Cratchit, que Scrooge avait visitée déjà. La mère et les enfants, assis autour du feu, attendaient tranquillement… bien tranquillement. Les bruyants petits Cratchit étaient comme des statues dans un coin, les yeux fixés sur leur frère Pierre, qui tenait un livre ouvert devant lui. La mère et les filles s'occupaient à coudre… Tout le monde était bien tranquille assurément.

Au moment où Scrooge et l'Esprit franchissaient le seuil de la porte, Pierre lisait sans doute tout haut, car Scrooge entendit ces paroles :

« ET IL PRIT L'ENFANT ET LE PLAÇA AU MILIEU D'EUX. »

Mais pourquoi interrompit-il sa lecture ? La mère déposa son ouvrage sur la table et se cacha le visage avec les mains, en disant : « La couleur de cette étoffe me fait mal aux yeux ! »

La couleur !… ah ! pauvre Tiny Tim !

« Mes yeux sont mieux à présent, dit la femme de Cratchit ; la lumière les rend faibles, et, pour rien au monde, je ne voudrais que votre père crût que j'ai pleuré quand il rentrera… Il ne peut tarder, voici l'heure.

– L'heure est passée, dit Pierre en fermant son livre ; mais je crois qu'il marche plus lentement qu'autrefois depuis quelques soirs, ma mère. »

La mère et les enfants étaient encore bien tranquilles. Enfin, elle répondit d'une voix ferme et qui ne faiblit que sur un mot :

« Je l'ai vu marcher vite, très vite avec… Tiny Tim sur son épaule.

– Et moi aussi, s'écria Pierre, souvent !

– Et moi aussi, s'écria un autre. Tous répétèrent : « Et moi aussi. »

– Mais Tiny Tim ne pesait guère, reprit la mère en retournant à son ouvrage pour cacher son effort, et son père l'aimait tant qu'il le portait sans peine… sans peine… Mais j'entends votre père à la porte. »

Elle courut au-devant de lui. Bob entra avec son foulard… il en avait bien besoin, le pauvre père. Son thé était prêt sur le guéridon, et c'était à qui s'empresserait pour le servir. Ensuite les deux petits Cratchit s'installèrent sur ses genoux, et chacun d'eux posa une petite joue contre une des siennes comme pour lui dire : « Nous sommes là, mon père, ne vous affligez pas. » Bob parut très gai avec tous et eut une bonne parole pour les uns et les autres. Il examina le travail de sa femme et de ses filles, loua leur adresse, leur activité.

« Ce sera fini longtemps avant dimanche, ajouta-t-il sans autre transition.

– Dimanche ! vous y êtes donc allé aujourd'hui, Robert ? demanda sa femme.

– Oui, ma chère, répondit Bob… je regrette que vous n'ayez pu y venir ; cela vous aurait fait du bien de voir combien l'emplacement est vert ; mais vous le verrez souvent, n'est-ce pas ? Je lui avais promis que j'irais m'y promener un dimanche. « Mon petit, mon petit enfant, s'écria Bob, mon petit enfant ! »

Il éclatait tout à coup, il ne put s'en empêcher. Il quitta la chambre où était la famille et monta dans une chambre au-dessus, qui était éclairée et décorée comme pour Noël. Il y avait là une chaise… où le pauvre Bob s'assit, et quand il se fut un peu remis, il redescendit plus calme.

La famille se rapprocha du feu ; les jeunes filles et leur mère se remirent à coudre en causant. Bob leur parla de l'extraordinaire bienveillance du neveu de Scrooge, qu'il avait à peine vu deux fois et qui, le rencontrant le matin, lui avait demandé, touché de son air un peu… un peu abattu, ce qu'il avait. « Sur quoi, poursuivit Bob, je le lui dis car c'est le plus courtois des hommes. "Je suis sincèrement affligé de ce que vous m'apprenez, monsieur Cratchit, dit-il, et je plains vivement votre excellente femme…" Et par parenthèse, comment a-t-il pu savoir cela ? »

– Savoir quoi, mon ami ?

– Que vous étiez une excellente femme.

– Tout le monde ne le sait-il pas ? dit Pierre.

– Très bien répliqué, mon garçon ! s'écria Bob ; j'espère que personne ne l'ignore. "Je suis sincèrement affligé, disait-il, pour votre excellente femme ; si je puis vous être utile en quelque chose, voilà où je demeure." Et il m'a remis sa carte. "Venez me voir." Ce n'est pas tant pour ce qu'il peut faire en effet, continua Bob, mais son air de bonté m'a charmé. On aurait dit qu'il avait connu notre Tiny Tim et qu'il le regrettait comme nous.

– Je suis sûre qu'il a un bon cœur, dit Mrs Cratchit.

– Vous en seriez encore plus sûre, ma chère, répliqua Bob, si vous l'aviez vu et si vous lui aviez parlé. Je ne serais pas surpris, faites bien attention à ceci, qu'il trouvât une meilleure place à Pierre.

– Entendez-vous, Pierre ? dit Mrs Cratchit.

– Et alors, dit une des miss Cratchit, Pierre s'établira pour son compte et se mariera.

– Voulez-vous bien vous taire ? repartit Pierre en riant.

– Elle pourrait bien un jour avoir raison, dit Bob, quoiqu'il y ait du temps pour cela, mon garçon. Mais de quelque manière que nous nous séparions les uns des autres, je suis sûr qu'aucun de nous n'oubliera le pauvre Tiny Tim…

– Jamais, mon père ! s'écrièrent-ils tous.

– Et je sais, dit Bob, je sais, mes amis, je sais que lorsque nous nous rappellerons sa patience et sa douceur… quoique ce ne fût qu'un petit enfant… nous n'aurons jamais de querelle ensemble… ce qui serait oublier le pauvre Tiny Tim.

– Non, jamais, mon père, répétèrent-ils tous.

– Vous me rendez heureux, très heureux », dit Bob.

Mrs Cratchit l'embrassa, ses filles l'embrassèrent, les deux petits Cratchit l'embrassèrent, et Pierre et lui se prirent tendrement la main. Âme enfantine de Tiny Tim, tu étais une essence de Dieu !

« Spectre, dit Scrooge, quelque chose me révèle que notre séparation approche ; quelque chose dont je ne me rends pas compte. Apprenez-moi quel était l'homme que nous avons vu mort. »

L'Esprit de Noël futur le transporta comme il avait déjà fait, mais Scrooge crut que c'était par un mouvement encore plus rapide, et le supplia de s'arrêter. « Ce quartier, dit-il, que nous traversons si vite est celui où était le centre de mes occupations ; car, au milieu de ces visions de l'avenir, Scrooge parlait déjà du présent comme du passé. Je reconnais la maison, laissez-moi voir ce que je serai un jour. »

L'Esprit s'arrêta ; mais son doigt indicateur se dirigeait d'un autre côté.

« Voilà la maison, s'écria Scrooge ; pourquoi me faire signe d'aller plus loin ? »

Le doigt inexorable resta immobile.

Scrooge courut à la hâte donner un coup d'œil à la fenêtre de son comptoir. C'était toujours un comptoir, mais non plus le sien. L'ameublement était le même, et le personnage sur son siège n'était plus lui. Le fantôme continuait son geste.

Scrooge le rejoignit et le suivit de nouveau jusqu'à une grille de fer. Il s'arrêta avant d'entrer : un cimetière !… Ici donc, sous quelques pieds de terre, était l'homme dont il voulait savoir le nom. Ce cimetière était entouré de maisons ; le gazon et les herbes sauvages y croissaient abondamment, végétation vigoureuse de la mort et non de la vie… les places y étaient serrées, et l'on aurait pu s'étonner d'y voir encore des fosses béantes, mais le cimetière est un gouffre insatiable.

L'Esprit, debout au milieu des tombes, en désigna une à Scrooge, qui s'en approcha tout en tremblant, car dans l'air toujours solennel de son guide, il lui semblait reconnaître une signification nouvelle.

« Avant que je fasse un pas de plus vers cette tombe, demanda Scrooge répondez à une question : ce que vous me montrez, est-ce l'image de ce qui *doit* être, ou seulement de ce qui *peut* être ? »

L'Esprit se contenta encore, pour toute réponse, d'indiquer la tombe près de laquelle ils se trouvaient.

« Dans le sentier où s'engage un homme, peut se projeter devant lui l'ombre du but où il doit arriver s'il y persévère ; mais s'il change de voie, le but changera. Apprenez-moi s'il en est ainsi pour ce que vous me montrez. »

L'Esprit demeura immobile avec le même geste.

Scrooge se pencha avec terreur sur la dalle funéraire, et, suivant de l'œil le doigt du fantôme, lut pour toute épitaphe de cette tombe négligée son propre nom :

« Suis-je donc l'homme qui était sur le lit de mort ? » s'écria-t-il en s'agenouillant.

Le doigt se dirigea alternativement de la tombe à lui et de lui à la tombe.

« Non, Esprit, oh ! non, non. »

Toujours le doigt fatal.

« Esprit, s'écria-t-il en se cramponnant à sa robe, écoutez-moi ! Je ne suis plus l'homme que j'étais… je ne serai plus l'homme que j'aurais été sans cette intervention secourable. Pourquoi m'avoir montré toutes ces choses, s'il n'y a pas d'espoir pour moi ? »

Pour la première fois, la main parut vouloir faire un autre mouvement.

« Bon Esprit, reprit Scrooge, toujours prosterné à ses pieds, vous intercédez pour moi, vous avez pitié de moi. Assurez-moi que je puis changer ces images que vous m'avez montrées, en changeant de vie. »

La main s'agita avec un geste bienveillant.

« J'honorerai Noël au fond du cœur, et le célébrerai toute l'année. Je vivrai dans le passé, le présent et l'avenir. Les trois Esprits qui m'ont visité ne me quitteront plus, car je ne cesserai de méditer leurs lecons. Oh ! dites-moi que je puis passer l'éponge sur cette pierre. »

Dans son angoisse il saisit la main du spectre. Elle voulut se dégager de son étreinte, mais la sienne tint bon, et il y eut lutte jusqu'à ce que l'Esprit, étant le plus fort, le repoussât.

Scrooge, joignant ses mains dans une attitude de suppliant, aperçut une altération dans le vêtement et la forme du spectre, qui se transforma insensiblement en colonne de lit.

Oui ! c'était la colonne d'un lit, et ce lit était le sien, et il était dans sa chambre ; mais, circonstance plus heureuse encore, le lendemain lui appartenait pour vivre et s'amender.

« Je veux vivre dans le passé, le présent et l'avenir, répéta Scrooge en sautant à bas du lit, je méditerai en moi-même les leçons des trois Esprits. Ah ! Jacob Marley ! je remercie le Ciel et la fête de Noël, je le dis à genoux, vieux Jacob, à genoux ! »

Il était si animé de ses bonnes intentions que sa voix brisée répondait mal à l'exaltation de sa pensée. Il avait sangloté violemment dans sa lutte avec l'Esprit et son visage était humide de larmes.

« Ils ne sont pas arrachés, s'écria Scrooge en embrassant un de ses rideaux, ils ne sont pas arrachés avec les anneaux, ils sont ici, je suis ici : les images des choses qui auraient pu se réaliser peuvent s'évanouir : elles s'évanouiront ; je le crois, je le sais. »

Dans son transport il ne savait plus ce qu'il faisait de ses mains, et en s'habillant, il mit plus d'une fois ses vêtements à l'envers, les ôta en croyant les mettre, se débattit contre ses bas comme Laocoon contre ses serpents et fit toutes sortes d'extravagances. « Je suis léger comme une plume, s'écria-t-il, je suis heureux comme un ange, gai comme un écolier en vacances, étourdi comme un homme ivre ! Joyeux Noël à tous et bonne année ! Holà ! hé ! holà ! »

De sa chambre il avait sauté dans son salon, complètement essoufflé. « Voilà bien le poêlon où était mon gruau, se dit-il en se tournant vers la cheminée ; voilà la porte par laquelle entra l'Esprit de Jacob Marley ; voilà le coin où était assis l'Esprit de Noël présent ; voilà la fenêtre où je vis les âmes en peine : tout est à sa place, tout est vrai, tout est arrivé… Ha ! ha ! ha ! »

En vérité, pour un homme qui en avait perdu l'habitude, Scrooge riait admirablement.

« Je ne sais quel jour du mois nous sommes, continua-t-il, je ne sais combien de temps j'ai passé avec les Esprits ; je ne sais plus rien ; je suis un enfant… N'importe, qu'est-ce que cela me fait ? je voudrais être un enfant… eh ! holà ! holà ! hé ! »

Il fut interrompu dans son exaltation par le carillon des cloches : « Dong, ding, ding », et jamais carillon ne l'avait tant réjoui.

Il courut à la fenêtre, l'ouvrit et regarda : pas de brouillard… le jour était clair, froid, mais pur, un jour qui invitait à la danse ; le soleil brillait au ciel… quel beau temps ! quelles joyeuses cloches ! oh ! quel jour splendide !

Un petit garçon endimanché passa sous sa fenêtre : « Eh ! mon petit homme, quel jour sommes-nous ?

– Eh ! répéta l'enfant étonné.

– Quel jour sommes-nous, mon garçon ?

– Aujourd'hui ? Eh ! c'est le JOUR DE NOËL !

– Le jour de Noël ! se dit Scrooge, allons, je ne l'ai pas manqué ; les Esprits ont tout fait en une nuit : ils peuvent faire tout ce qu'ils veulent : certainement qu'ils le peuvent…

– Holà ! mon petit garçon.

– Holà ! répondit l'enfant.

– Sais-tu où est la boutique du marchand de volailles au coin de la seconde rue à droite ?

– Je crois le savoir.

– Garçon d'intelligence, enfant remarquable ! Sais-tu si l'on a vendu la belle dinde qui y était hier ? Il y en avait deux ; je parle de la plus grosse.

– Celle qui est aussi grosse que moi ?

– Quel charmant enfant ! c'est un plaisir de lui parler ; oui, mon benjamin !

– La dinde y est toujours, répondit le petit drôle.

– Vrai ? s'écria Scrooge ; eh bien, va l'acheter.

– Est-il plaisant le monsieur !

– Non, non, je parle sérieusement. Va l'acheter et dis qu'on me l'apporte ici pour que je donne l'adresse de la maison où il faut la remettre. Reviens avec celui qui l'apportera et je te promets un shilling ; reviens avec lui avant cinq minutes et tu auras une demi-couronne. »

Le petit garçon partit comme un trait.

« Je l'enverrai chez Bob Cratchit, se dit Scrooge en se frottant les mains ; il ne saura pas d'où cela lui vient. Elle est deux fois grosse comme Tiny Tim. Ce sera une plaisanterie excellente que de l'envoyer à Bob. »

Il écrivit l'adresse d'une main qui n'était pas très ferme, mais il l'écrivit et descendit pour attendre la dinde sur le pas de la porte. Là, il remarqua le marteau : « Bien-aimé marteau, dit-il en le caressant de la main, je t'aimerai toute ma vie. Je te regardais à peine avant-hier ; quelle honnête expression dans ta figure de cuivre ! Merveilleux marteau !… Voici la dinde : holà ! hé ! bonjour ; je vous souhaite de joyeuses fêtes de Noël. »

Quelle dinde ! était-il possible qu'un pareil volatile eût jamais pu se tenir sur ses jambes ? elles se seraient brisées sous lui.

« Impossible que vous portiez cela jusqu'à Camden-Town, mon brave homme, dit Scrooge ; prenez un cabriolet. »

Jamais rire ne fut plus franc que celui qui accompagna ces paroles et Scrooge rit encore plus fort en payant la dinde, il rit en payant la course du cabriolet, il rit en récompensant le petit garçon ; bref, il rit encore, et cette fois jusqu'aux larmes, en s'asseyant, essoufflé par tant d'éclats de rire.

Scrooge se rasa, et ce ne fut pas besogne facile tant sa main tremblait encore, tant il tenait mal son équilibre ; mais il se serait fait une entaille avec le rasoir qu'il y aurait mis un morceau de taffetas agglutinatif et se serait consolé.

Enfin sa toilette fut terminée ; il sortit avec ses plus beaux habits et rencontra une population nombreuse dans les rues comme il l'avait vue en compagnie de l'Esprit de Noël présent. Pour tous ceux qui le regardaient, il avait un air de gracieux sourire : il avait en un mot l'air si bonhomme que deux ou trois bons vivants lui dirent : « Bonjour, monsieur ! joyeux Noël, monsieur ! » Jamais souhait n'avait ravi autant son oreille.

Après avoir fait un peu de chemin encore, il reconnut un des quêteurs qui, la veille, étaient venus le voir, celui qui lui avait dit : « Scrooge et Marley, je présume ? » Cette rencontre lui causa un remords et il se serait peut-être détourné pour l'éviter ; mais il en prit son parti en brave, et s'avançant vers le gros monsieur, il lui saisit la main :

– Mon cher monsieur, lui dit-il, comment êtes-vous ? j'espère que votre journée a été bonne hier ; je vous remercie de m'avoir compris sur votre liste de visites. Je vous souhaite un joyeux Noël !

– Monsieur Scrooge ?

– Oui, c'est mon nom, et peut-être ne vous est-il pas agréable : je vous demande mille excuses et auriez-vous la bonté de… » Scrooge acheva sa phrase à l'oreille de son interlocuteur qui s'écria tout surpris : « Dieu me bénisse ! mon cher monsieur Scrooge, parlez-vous sérieusement ?

– S'il vous plaît, pas un farthing de moins : je vous assure que je comprends dans cette somme bien des rentrées sur lesquelles je ne comptais plus ; me ferez-vous cette grâce ?

– Mon cher monsieur, dit le quêteur en lui secouant la main cordialement, je ne sais que répondre à tant de mugnifi…

– Pas un mot de plus, je vous prie, répliqua Scrooge. Venez me revoir ; voudrez-vous bien revenir ?

– Oui, certes, dit le monsieur, oui, j'irai. Et l'on voyait à son air qu'il irait.

– Je vous remercie, lui répondit Scrooge, je vous suis très obligé ; je vous remercie mille fois ; au revoir, mon cher monsieur. »

Il entra dans l'église, il parcourut les rues, il examina les gens qui allaient et venaient, donna aux enfants de petites tapes caressantes sur la tête, interrogea les mendiants auxquels il fit l'aumône, plongea un coup d'œil dans les cuisines et puis regarda aux fenêtres, trouvant que tout pouvait l'intéresser ; jamais, jusqu'alors, il ne s'était imaginé qu'une promenade pût devenir une telle source de distractions et de bonheur. Dans l'après-midi, il dirigea ses pas du côté de la maison de son neveu.

Il passa et repassa une douzaine de fois devant la porte avant d'avoir le courage de frapper ; mais enfin il se monta la tête et frappa.

« Votre maître est-il chez lui, ma chère ? demanda Scrooge à la servante, brave et jolie fille vraiment.

– Oui, monsieur.

– Où est-il, ma chère fille ?

– Il est dans la salle à manger avec madame : par là, monsieur ; je vais vous annoncer si vous voulez.

– Merci, ma chère fille, il me connaît », dit Scrooge.

Il tourna doucement le bouton de la porte, l'entrouvrit et commença par promener son regard dans la salle ; son neveu et sa nièce examinaient la table qui était disposée comme pour un gala… ces jeunes mariés aiment que tout aille bien.

« Fred ! » dit Scrooge.

À cet appel, ah ! comme sa nièce se retourna et tressaillit en reconnaissant l'oncle Scrooge !

« Et Dieu me pardonne ! s'écria Fred, qui est-ce ?

– C'est moi, votre oncle Scrooge ; je viens dîner ; me voulez-vous, Fred ? »

Fred se précipita vers lui et lui prit vivement la main : Scrooge était à son aise au bout de cinq minutes. La réception fut on ne peut plus cordiale ; la nièce imita le neveu ; Toper fut charmant pour Scrooge ; la belle-sœur du neveu de même ; bref, tous les convives. Quelle partie ! quels jeux ! quelle unanimité… félicité parfaite !

Scrooge fut matinal le lendemain pour descendre à son comptoir. Ah ! pensait-il, si je pouvais être le premier rendu et prendre Bob Cratchit à arriver tard ! Il s'en faisait une fête et il eut cette satisfaction. Neuf heures, pas de Bob ; neuf heures un quart, pas de Bob : Bob fut de dix-huit minutes en retard. Scrooge était assis à son pupitre avec la porte toute grande ouverte pour le voir se blottir dans son coin.

Bob avait ôté son chapeau et son foulard ; il se glissa sur son escabelle et fit courir tout d'abord sa plume comme pour rattraper neuf heures.

« Holà ! grommela Scrooge avec son ton bourru habituel, autant qu'il put le feindre, que signifie de venir à cette heure ?

– Je suis bien fâché, monsieur, je suis en retard.

– En retard ! répéta Scrooge, oui, je le crois ; avancez ici, s'il vous plaît.

– Ce n'est qu'une fois tous les ans, monsieur, dit Bob d'un air confus en s'approchant de son chef ; cela n'arrivera plus, je me suis mis un peu en gaîté hier, monsieur.

– Écoutez que je vous dise, mon ami, dit Scrooge : cela ne peut aller ainsi plus longtemps ; et en conséquence, poursuivit-il en sautant de son fauteuil et portant à Bob une botte dans son gilet qui le fit reculer à plus de dix pas, et en conséquence, je veux augmenter vos appointements ! »

Bob trembla et se plaça à la portée de la règle , il eut un moment l'idée d'en asséner un coup à Scrooge, de s'emparer de lui et d'appeler à son secours les voisins pour le conduire à Bedlam.

« Joyeux Noël ! Bob, dit Scrooge avec un air trop sérieux pour qu'on pût s'y méprendre et en frappant Bob familièrement sur l'épaule ; un Noël plus joyeux que je ne vous en ai donné depuis longtemps. Bob, mon garçon, j'augmenterai vos appointements ; je chercherai à être utile à votre laborieuse famille et nous discuterons vos affaires cet après-midi sur un *bowl* de vin chaud. Bob ! allumez les deux feux et brûlez-moi un autre boisseau de charbon avant de faire un second I, Bob Cratchit ! »

Scrooge tint parole : il fit mieux, beaucoup mieux. Il fut un second père pour Tiny Tim, qui NE MOURUT PAS ! Il devint un bon ami, un bon maître, un bon homme, aussi bon qu'aucun marchand de la Cité, avant et depuis lui. Quelques personnes rirent de son changement ; il les laissa rire, sachant bien qu'il vaut mieux rire que pleurer ; il avait lui-même le rire au cœur : cela lui suffisait.

Il n'eut plus de commerce avec les Esprits ; mais on disait de lui qu'il solennisait admirablement Noël. Qu'on en dise autant de vous, de moi, de nous tous ! Et ainsi, comme s'exprimait Tiny Tim, « Dieu nous bénisse tous tant que nous sommes ! »

Traduction d'Amédée Pichot.

TABLE DES MATIÈRES

Imprimé en France par la Société Nouvelle Firmin-Didot
Dépôt légal : octobre 1994
CNE section commerce et industrie Monaco : 19023
N° d'impression : 32355